Mercedes Deambrosis est née le 1er octobre 1955 à Madrid. Elle est notamment l'auteur de *Milagrosa, Un après-midi avec Rock Hudson, Suite et fin au Grand Condé* et de *La Plieuse de parachutes*. Son recueil de nouvelles, *La Promenade des délices*, qui a pour cadre l'Espagne de Franco, a été unanimement salué par la critique.

DU MÊME AUTEUR

Milagrosa
Dire éditions, 1999
Buchet/Chastel, 2004
et « Points », n° P2071

Un après-midi avec Rock Hudson
Buchet/Chastel, 2001
et « Points », n° P1406

Suite et Fin au Grand Condé
Buchet/Chastel, 2002

La Promenade des délices
Buchet/Chastel, 2004
et « Points », n° P1405

La Plieuse de parachutes
Buchet/Chastel, 2006

Candelaria ne viendra pas
Les Éditions du chemin de fer, 2008

Rien de bien grave
(illustrations de Renaud Buénerd)
Les Éditions du chemin de fer, 2009

De naissance
Les éditions du Moteur, 2010

Le Dernier des treize
La Branche, 2013

Mercedes Deambrosis

JUSTE POUR LE PLAISIR

ROMAN

Buchet / Chastel

Photo p. 9 : © Jean Séeberger, 1944.

TEXTE INTÉGRAL

ISBN 978-2-7578-1458-1
(ISBN 978-2-283-02353-2, 1re publication)

À Nuria Benayoun,
Élisabeth Beaugrand,
Manuela Marques,
Pascal Jacquinot

Pour Esteban

Note de l'auteur

Juste pour le plaisir est un roman qui s'appuie sur des faits historiques (la rafle du Vel'd'Hiv, l'Opération meuble…). En tant que tel le récit a pris certaines libertés avec la chronologie de l'Histoire.

En effet, les prisonniers de la rafle du Vel'd'Hiv ont été, dans leur majorité, emmenés au camp d'internement de Drancy, et c'est seulement quelques mois plus tard, lors du début de l'Opération meuble, que huit cents d'entre eux environ ont été choisis en raison de leur métier, et conduits dans les camps de transit parisiens Lévitan, Austerlitz et Bassano.

Quant à Rudolf Hess, la date de sa mort est le 17 août 1987.

« Aucune justice n'est possible pour les morts.
Et puis le tueur tue deux fois. La première en tuant,
la seconde en essayant d'effacer les traces
de son crime. »

Elie Wiesel, *Le Monde*, 4 juin 1987 (extraits).
Procès de Klaus Barbie.

1

Paris, rue Grégoire de Tours, 1987

Une fois, il a essayé de me passer par la fenêtre. Rires.

Ma mère l'en a empêché, elle est restée deux mois à l'hôpital. Je ne suis pas allée la voir, ni mon frère. Silence.

Une autre fois, il a balancé ma tête contre le radiateur. Un radiateur en fonte. J'ai encore la cicatrice, là.

Il découvre le haut de son front, sous la frange. Une mince balafre à peine plus foncée que la carnation originelle de la peau. Il a la peau très pâle, ridée. Si elle avait été plus longue, elle aurait rejoint le sourcil en un angle parfait.

J'en ai pissé du sang. Le visage, ça pisse toujours beaucoup de sang. C'est comme l'oreille.

– Qu'est-ce qui vous est arrivé à l'oreille ?

Il porte la main à son oreille.

– Qu'est-ce qui vous est arrivé à l'oreille ?

Il se tait. Remue sur la chaise.

– Ça pisse toujours beaucoup de sang, l'oreille, le visage, c'est très…

Silence.

– Impressionnant ce que ça peut pisser comme sang, l'oreille.

– Vascularisé ?

Il hésite. Oui, c'est ça.

Vascularisé.

Allemagne, Spandau, décembre 1987

– Comme vous êtes étudiant en histoire, Lisestein, vous vous coltinerez le Boche. Ça devrait vous intéresser !

Le capitaine Rivet ne regarde jamais en face quand il donne des ordres.

Il est content de lui, il a prononcé ces mots en mâchouillant son cigare, tournant la tête vers la droite, certain de sa trouvaille qu'il pourra raconter ce soir au mess.

Il voit déjà la scène.

Chemise propre, repassée, il tombera la vareuse, entre officiers. Il n'est pas le plus gradé, mais il est le seul à être toujours là, encore là, et il ne comprend pas pourquoi. Ginette dit que c'est à cause de ses états de service.

États de service. Elle n'a que ce mot à la bouche. Comme si rien d'autre n'existait. Qu'est-ce qu'elle y connaît, elle, aux états de service ?

– Ils ont quoi, mes états de service, bordel ? hurle-t-il.

Immédiatement, Ginette commence à geindre. D'une toute petite voix, au débit accéléré. Un jour, il faudrait qu'il lui en retourne une, pour la faire taire. Il ne le fait pas et ne dit plus rien, et mâche son cigare avec force pendant qu'elle s'embarque, une fois encore, sur ses états de service.

Peut-être a-t-elle raison. Cent gus dans une forteresse vide pour un seul prisonnier, ce n'est pas normal.

Paris, place de la Madeleine, 1987

– Si le type signe, c'est le pactole ! Quoi ? Non, je ne t'entends pas ! J'entends rien, je te dis ! Le pactole, à 22 % de com, je te dis pas ! Le pactole ! Ouais ! On va faire sauter le bouchon, et plus d'une fois, c'est moi qui te le dis ! Et merde… j'entends rien ! Je te rappelle ! J'entends rien, je te dis ! Ouais, c'est ça, ciao ! À la revoyure ! Il repose le combiné d'un coup sec. Putain de merde de cabine !

Il regarde à droite, puis à gauche.

Là où il se trouve, juste au renfoncement, entre une boutique de porcelaine et le magasin de dégriffé, il n'a aucune visibilité sur le boulevard. En face, la Madeleine.

Il n'a jamais su si c'était un temple protestant ou une église. Sans doute à cause des colonnes sur le devant. Trop rigide pour du catholique, froid, distant. Rien à voir avec la beauté sans histoire du Sacré-Cœur. Ça, c'est de l'église, du majestueux.

Il ne sait pas d'où l'autre peut bien venir. S'il vient en voiture, il aura du mal à se garer.

Il fait quelques pas, un groupe de Japonais lui barre la vue. Il en est très irrité et sautille sur place dans l'espoir d'apercevoir son client. Les Japonais s'inclinent légèrement, du moins en a-t-il l'impression.

– Mais qu'est-ce qu'ils se croient, ces Japs ? Je ne suis pas un nain comme eux ! Il leur sourit, le tourisme japonais est une source importante de revenus pour la France.

Égypte, Alexandrie, 26 avril 1894

Il était à peine une heure de l'après-midi en cette journée du 26 avril 1894. La chaleur déjà étouffante.

La femme hurla, retomba en arrière. Une saveur âcre emplit sa bouche.

La sueur coulait entre ses seins, sur ses épaules, sur son front. Persiennes fermées, l'air vint à lui manquer quand une douleur atroce lui broya les entrailles. Elle supplia, cria, en vain.

Les coups dans son ventre se succédaient, inexorables, sans pitié pour ses pleurs, ses cris, sa chair déchiquetée, martyrisée, écartelée. Sans cesse, de plus en plus vite.

On lui tenait les poignets, les chevilles. Le sang se mit à couler. Il lui tourna le dos, claqua la porte, l'abandonna.

En courant presque, il descendit les marches et se précipita, cœur battant, sur la corniche.

La vue de la mer, son reflux indifférent à toute joie, à toute souffrance, sauraient l'apaiser. Il chantonna deux ou trois mesures, une valse, air décidément nouveau. Cette nouveauté froissait l'oreille de plus d'un, elle lui plaisait.

Là-haut, elle continua à crier jusqu'à perdre connaissance. Un peu avant la fin du jour, la nuit tomba très vite avec la brutalité d'un couperet, tout fut fini.

Il se nommerait Richard.

Rudolf comme son père, Walter comme le père de sa femme et Richard pour la valse. Rudolf Walter Richard Hess.

Paris, place de la Madeleine, 29 mai 1942

Après trois ans de conflit, les repas chez les Meïer ne sont pas aussi somptueux que par le passé. Néanmoins, le décorum subsiste, nappe de lin brodée, vaisselle en porcelaine fine, blanche, translucide, de Saxe, et cristal de Bohême pour les verres à pied. Deux chandeliers en argent trônent, un à chaque bout de la table ovale choisie spécialement par le grand-père, Albert Alphonse Alain Meïer, afin de faciliter le dialogue entre eux, étrangers installés depuis près d'un siècle sur la terre française, et leurs amis ou relations qui, chez eux, ont toujours eu table ouverte.

Depuis cette année 1939 qui a englouti en terre les deux aînés, Rodolphe et Pierre-Louis, la chair n'est plus aussi abondante chez les Meïer. Certains invités ont déserté la maison, par prudence, peut-être par crainte d'être vus à la table de personnes devenues jour après jour *non grata*. Qui saurait vraiment le dire.

Malgré cela, la table est dressée tous les soirs dans le faste d'une vaisselle, d'une argenterie, devenues inutiles en regard de la simplicité des mets servis. Et ces soupes claires, ces absences de volailles grasses, de viandes nobles, de poissons luisants, heurtent douloureusement le cœur d'Adélaïde Meïer, peu habituée à la tache sombre du pain bis sur les broderies des dominicaines du XVe, de réputation les meilleures brodeuses de France.

Ce soir-là, son mari, Albert Samuel David Meïer, distribue aux convives, le grand-pèrc et le petit Nathanaël, des étoiles grossièrement taillées dans du mauvais tissu jaune à coudre sur leurs effets. Un troisième cap vient d'être franchi.

Paris, quai des Orfèvres, mai 1942

– Qu'est-ce que vous voulez que ça me foute, hein, trois macchabées de plus ?

Il frappe du plat de la main le mince rapport qui vient d'atterrir sur sa table. Le sous-main damasquiné forme un pli sous la violence du coup. Furieux, le commissaire regarde celui qui a apporté le dossier où trois noms, Georgette Malivoine, Régine Desmarquets et Louise Petitjean sont soigneusement calligraphiés.

Petit, pâle, nerveux, le jeune homme se dandine d'un pied sur l'autre, recule d'un pas, avance de deux.

– C'est fini, cette danse de Saint-Guy, Lambert ? Vous me donnez les nerfs, à la fin !

Lambert n'ose pas ouvrir la bouche de peur de se mettre à bégayer.

Le commissaire, incommodé par les sonneries de téléphone, le parquet qui craque, le bruit de pas dans le couloir, et cet air lourd, épais, enfumé qui absorbe toute volonté, finit par baisser les yeux sur le rapport.

Puis il se dresse et sa stature fait reculer Lambert.

Il retient une pensée, mauvaise, ironique, et pose un doigt sur les noms. Il sait déjà ce qu'il va trouver à l'intérieur. Ce ne sont pas les premières, ni les dernières !

Dix-neuf ans, quinze ans et dix-sept ans. Toutes trois de Montreuil. Bordel. Cette fois, c'est Montreuil.

Varsovie, 1943

La place est presque vide. Les rares passants rasent les murs. Les autres, ceux qui n'ont rien à se reprocher, les inconscients, les vainqueurs, avancent tranquillement vers leur destination.

Il a pris la photo parce qu'on lui a dit de la prendre, il a été coincé avec l'appareil.

Un appareil qu'il a trouvé en parfait état de marche dans une maison en ruine, aux abords du ghetto. Il ne sait pas très bien, peut-être la maison était-elle dans le ghetto ? Ils ont pilonné si longtemps qu'ils ont réussi à effacer tous les repères.

Pourtant, lui, Pavel, est né ici, à Varsovie.

Il allait d'un côté à l'autre de la ville, courant nez au vent, s'enivrant d'odeurs, de couleurs, de cris, de mots. Plus personne ne parle maintenant, sauf eux.

Il a compris tout de suite ce qu'ils voulaient. Le peu de mots allemands qu'il a appris à l'école a suffi.

Un brun et deux blonds. Deux en uniforme et le troisième en gris, des jumelles pendues autour du cou, des lunettes cerclées de métal, et une cigarette au bec.

Il a envie de lui en demander une, de cigarette. Ça se fait. Ça s'est vu. Mais le rire du blond l'a rappelé à l'ordre.

Il prend la photo, mais ses yeux refusent de croire ce qu'il voit. Celui de gauche saisit l'autre par l'épaule, l'attire à lui, comme l'on fait avec une femme. Et il se love dans ses bras, commence à le lécher. De sa main droite il agite une grenade devant son sexe, aux yeux de tous, et sort son mauser pour le poser sur le cou de son ami.

Il se dit qu'il gardera le négatif, si Dieu lui prête vie, car personne, absolument personne, ne voudra croire ce que ses yeux voient au travers de l'objectif.

Paris, rue Danrémont, rez-de-chaussée, 1942

– J'aime pas les blettes, tu ramènes toujours des blettes !

– Ta gueule !

– Faut croire que tu le fais exprès ! Des blettes, des blettes, des blettes, ça donne des coliques à la petite, toutes ces blettes !

– Ta gueule !

Il hurle et balance ses bottes en caoutchouc boueuses contre le mur de la cuisine.

Dans le couffin le bébé se met à brailler. Elle crie, elle aussi.

– Si c'est pas un monde tout de même ! Avec le mal que je me suis donné pour l'endormir, avec ses coliques, tu la réveilles ! T'es vraiment un con ! Un con à bouffer des blettes ! Tiens ! Un con à blettes ! Elle rit, et rit, encore.

Son rire lui tape sur le système. Il s'avance vers elle, furieux comme un taureau, poing en avant. Elle le voit venir, se baisse pour l'éviter, perchée sur un haut tabouret.

Elle a gardé cette habitude d'avant leur rencontre : les hauts tabourets, une cigarette au bout des lèvres. Belle connerie, tiens ! Belle connerie, mais on ne se refait pas !

Elle l'esquive et bascule. Un monde ce carrelage, dur, glacial, qui lui brise la hanche. Elle cesse de rire et hurle. De douleur, de rage. Une belle connerie, tiens ! Suivre ce con de bouffeur de blettes !

Espagne, front d'Aragon, 1938

Il préfère Zach à Zacharie.

Ici, il passe pour un Espagnol. Brun, carré, les joues recouvertes d'ombre. En traversant la frontière il a tout de suite été dans le bain, pas besoin de lui faire un dessin, ni un discours. Les discours il en a soupé, chez lui, à l'école, avec les commissaires politiques, avec les filles. Maintenant il sait les faire taire. Il a tout compris.

Il n'était pas manchot au couteau, il s'en est servi. Le commissaire politique a été le premier.

La mort, on s'en fait une drôle d'idée. Pourtant, rien à dire. Il n'y a rien à dire. Juste « avant » et « après ».

C'est beau le sang, chaud, mousseux. Tout dépend de l'endroit où la lame s'enfonce. Dans le cou, les reins, le ventre, le cœur. Les possibilités sont infinies. Il ne peut pas toujours choisir, il n'a pas toujours le temps. Mais il préfère le cou, la petite mousse, le gargouillis gai comme le champagne.

C'est la première chose qu'il a faite, en traversant la frontière.

Quand les brigadistes sont partis, il n'a pas cherché à savoir pourquoi. Il a dormi un peu plus longtemps que d'habitude, certains ont dû le croire mort.

2

Paris, rue Grégoire-de-Tours, 1987

Ça me fait rire maintenant. Auparavant, je riais aussi. Ça le rendait fou. Plus je riais, plus il frappait, je ne pouvais pas m'en empêcher.

– Ça vous faisait rire qu'il vous frappe ?

Il ne répond pas. Il veut se lever, quelque chose dans sa question, dans son silence, l'en empêche.

Les images reviennent, toujours les mêmes. Deux, trois, pas plus. Le temps efface tout.

Le visage de la fille, de la première fille. La première fois. Blanc, livide comme un cadavre. Il avait ri également, et sentait le regard des autres qui ne comprenaient pas son rire. Le rire est souvent incompréhensible.

– Vous riiez toujours quand il vous frappait ? Quand…

Il parle très vite alors, il devine la question qu'il a arrêtée au bord des lèvres, il la connaît et ne veut pas l'entendre.

Il parle, parle et le flot de paroles, pense-t-il, devrait être suffisant pour le faire taire. Son âge, sa solitude, les échecs, son manque d'ambition, sa vie. De quoi le rassasier, de quoi écrire un livre, une encyclopédie.

Allemagne, Spandau, 1987

La forteresse de Spandau a été construite en 1876, selon les règles architecturales en vogue de l'époque. Les bâtiments, en briques rouges, pouvaient contenir jusqu'à cinq cents prisonniers.

Elle a été démolie en septembre 1987, et toutes ses pierres ont été jetées dans la mer du Nord afin d'empêcher que le site devienne un lieu de pèlerinage pour les factions néonazies.

Depuis la fin de la guerre, des soldats des quatre puissances se sont relayés pour garder le septième prisonnier.

Ils sont cent gus dans cette forteresse vide à surveiller un seul homme.

Au début, sept prisonniers y ont été enfermés en attendant Nuremberg : Erich Raeder, Walther Funk, Albert Speer, Baldur von Schirach, Konstantin von Neurath, Karl Dönitz et Rudolf Hess.

Après 1966, il n'en restait qu'un seul.

Des ordres très stricts furent donnés aux gardes sur l'interdiction de fraterniser avec le prisonnier. Il leur fut expressément interdit de lui procurer des cigarettes ou d'utiliser des appareils photo dans l'enceinte de Spandau.

Jamais nommé, il est « le septième prisonnier ».

Paris, place de la Madeleine, 1987

L'homme lui déplaît immédiatement. Il sait que c'est lui avant d'avoir échangé un seul mot.

Il imagine ses doigts gras, moites, la poignée de

main qui se prolonge en signe de confiance. Le sourire, immense sous des yeux scrutateurs, plissés, pour rendre son faciès plus avenant.

Tout lui déplaît. Son costume de prix, ses chaussures italiennes brillantes. Il les devine, car à cette distance, il ne peut pas les voir.

Il se tourne vers une vitrine pour gagner du temps et se plonge dans le spectacle triste de portants aux robes pailletées. Sa crispation tend son cou, son dos. Un bourdonnement emplit son oreille. Trop vite. Tout va trop vite, et il sait qu'il ne peut plus reculer. Ce serait un suicide de reculer maintenant. Quelle autre perspective lui reste-t-il, hormis la fuite ?

Les klaxons deviennent assourdissants.

C'est plus qu'il ne peut supporter, il va faire demi-tour, se mettre à courir avant que l'autre ne le voie. Offrir son dos sans défense au désastre.

Il ferme les yeux, appuie son front contre la vitre. La fraîcheur l'apaise. Il reste là, encore un peu. À l'intérieur du magasin, deux ombres entament un conciliabule plein d'inquiétude. Elles gagnent l'entrée avec précipitation.

A-t-il par mégarde déclenché le signal d'alarme ? Combien de temps…

– Vous vous sentez bien, monsieur ?

Il lève le regard, étonné.

– Oui. Merci.

Égypte, Assouan 1904, Spandau, 1987

Il garde son pain pour le donner aux oiseaux.

L'hiver, ils sont plus nombreux que durant les beaux jours. Faim, nécessité, besoin.

Il n'a plus de besoins, ou si peu. Parfois, il se réveille

la nuit, son dos lui fait mal, ses jambes sont celles d'un vieillard, ses mains aussi. Peau tavelée, doigts larges, carrés, recroquevillés et douloureux.

Il s'assoit à côté du lit, sur la chaise, ferme les yeux.

Son père l'emmène à Assouan, sur l'île. Il croit être au paradis.

L'eau du Nil encercle l'île Kitchener avec lenteur, mollesse, les mendiants dorment sur les marches de l'embarcadère. Quelques pas franchis et l'air frémit.

En haut des palmiers, des acacias, des bambous, ça s'agite, ça piaille, ça crisse. Des mouvements mystérieux, des foisonnements étonnants, feuilles, ailes, bruissements qui l'enchantent, le transportent. Il voudrait marcher pieds nus, comme eux, les miséreux, enfoncer les orteils dans le sable ocre, rouge, charnel du sol, chatouiller avec sa peau la pelouse fraîche qui ondoie, doucement, froisser les pétales des hibiscus, des lys, des azalées, tombés durant la nuit. Son regard, à gauche, face au désert.

Quelqu'un heurte la grille.

– Visite. Votre fils.

N'était-il pas avec son père ?

Paris, place de la Madeleine, 29 mai 1942

– Mon Dieu, soupire Adélaïde Meïer. Son soupir s'éteint avec les bougies des candélabres qu'on couvre, une sur deux, par souci d'économie, pour faire durer un peu plus ce qui est voué à disparaître. Et ce simple geste de son mari fait venir les larmes aux yeux d'Adélaïde Ziegler, les beaux yeux de celle qui se rêve toujours jeune fille en un corps vieilli.

Lui, Albert, continue son geste. Ce n'est pas de

l'indifférence, mais ce sens du devoir qui a toujours guidé ses pas. Et si ses pas l'obligent à éteindre aujourd'hui une bougie sur deux et à porter une étoile jaune sur le revers de sa veste, il ne sera pas dit qu'il dérogera à la loi.

– Sonnez, Adélaïde, sonnez !

Elle s'exécute, lasse. Le son s'estompe et rien ne se produit.

Adélaïde commence à pleurer. Elle pleure sur les cheveux de son fils Nathanaël qui sourit, son bout d'étoile entre les doigts.

– Sonnez, Adélaïde, Germaine n'a pas dû entendre.

Dans le ton de son époux un soupçon d'hostilité.

Si elle n'arrive plus à accomplir son devoir d'épouse, de maîtresse de maison, c'est la fin de leur monde.

Son regard, irrité, se pose sur elle et il s'interdit de réfléchir. Aucune pensée ne viendra le distraire en un moment pareil.

La porte s'ouvre avec fracas. Un homme aux traits grossiers, rouge de peau, fait irruption. Dans ses mains, en équilibre sur un plateau, la soupière.

– Elle est où, Germaine ? crie le petit Nathan en agitant l'étoile.

Paris, quai des Orfèvres, 1942

Georgette Malivoine, dix-neuf ans, Régine Desmarquets, quinze ans, Louise Petitjean, dix-sept ans.

– Vous allez me dire, Lambert, que rien, absolument rien ne relie les victimes, hormis leur lieu de naissance…

– Non. Oui.

Le commissaire se lève, trop vite, son poids pèse sur ses reins, sur ses genoux, sur ses pieds. Une douleur l'élance dans tout son dos gras, bloque son cou, et il a alors ce mouvement d'autruche dont tout le monde se moque.

– Pas de naissance, continue cet imbécile de Lambert. Georgette Malivoine est née à Angers, Régine Desmarquets à Paris, dans le XXe, croit-il bon de préciser, et Louise Petitjean…

– Je me fous de Louise Petitjean et de l'endroit où elle est née, Lambert ! Je me fous d'avoir trois macchabées de plus dans les murs alors que la ville grouille de macchabées en puissance ! Vous n'avez peut-être rien vu, Lambert ? Promenez-vous un peu en ville et vous me raconterez ensuite ! Le spectacle de macchabées en plein jour, ça vaut le détour, Lambert !

– Elles étaient voisines, continue Lambert dans un souffle, à Montreuil, toutes trois vivaient à Montreuil, avec leurs parents, elles ont été tuées près de chez elles, pas très loin des murs à pêches. L'une à côté de l'autre. L'une après l'autre.

Varsovie, 1943

Heureusement, la photo est sortie tout de suite. Ils n'ont pas eu à attendre. Le brun à lunettes s'est approché et lui a tendu un paquet de cigarettes en le regardant d'une drôle de façon par-dessus ses verres. Il a dit quelque chose. Pavel n'a pas compris, mais a allongé sa main. Va savoir en quelle langue il a parlé ! Le paquet est blanc et vert, froissé, au toucher il reste deux cigarettes ; il hésite, peut-il garder le paquet ou doit-il lui rendre ? L'autre lui tourne le dos et avance vers les deux soldats. Qui rient, s'embrassent, se mordent.

Comme avec une femme, pour rire. Le brun regarde loin derrière eux avec ses jumelles.

Au-delà de la place, la fumée du ghetto s'élève dans un ciel parfaitement bleu, paisible.

Que peut-il bien regarder ? Ses yeux sont pourtant bons, il voit disparaître ceux qui rasent les murs, tandis que les autres, ceux qui pensent, à tort, ne rien avoir à craindre, avancent vers le centre de la place, là où se tiennent les nazis, en un essai pathétique et vain de fraternisation qui pourrait les sauver du chaos. Mais maintenant, rien ne peut plus sauver personne.

Pavel le sait, depuis toujours. Depuis qu'il a su aligner deux mots, trois chiffres, sur une feuille. Cancre à l'école, mauvais au catéchisme, se pliant difficilement à toute forme d'autorité qui ne fût la sienne. Pavel est né avec un don du ciel envié de tous, la grâce des grâces, l'Ausweis le plus direct qui soit vers le bonheur : l'égoïsme.

Ni jugement moral ni valeurs, seulement les faits. Pavel se sait et se veut égoïste. Il ne pense qu'à lui. Sa satisfaction, sa survie, et cette activité exclusive l'accaparent nuit et jour.

Quand il voit les deux nazis s'arrêter de rire, une minute peut-être, attentifs aux paroles de l'autre, du brun, qui baisse ses jumelles, parle un allemand hésitant, avec un accent de cruauté perceptible, et sort de sa poche un autre paquet de cigarettes, il pense qu'il a bien fait de le garder. Il a la tentation de reculer, de se mettre à l'abri.

Les deux blonds éclatent de rire, si fort que les passants, les mêmes qui flânaient à proximité, pressent soudain le pas.

Le nazi à la vareuse fait mine de regarder en arrière. Son compagnon l'en empêche. Le brun allume une cigarette. L'odeur âcre, caractéristique du mauvais tabac, pénètre dans les narines de Pavel qui n'apprécie que le très bon tabac, et irrite sa gorge.

Il tousse, se penche un peu pour éviter la quinte. Quand il se relève, la fumée de la cigarette du brun s'élève, mince, fine, au-dessus de sa tête, au-dessus des maisons dont certaines ont été construites au XIVe-XVe siècle, et en direction desquelles, de dos, les yeux fermés, la main de son compagnon posée en guise de bandeau, l'un des deux blonds jette une grenade dégoupillée.

Paris, rue Danrémont, rez-de-chaussée, 1942

Elle lui en a voulu, ça, c'est sûr. Un coup manqué à dire vrai, car c'est elle toute seule qui s'est jetée sur le carrelage de la cuisine, avec la gosse qui braillait, et l'autre qui avait encore une fois tout salopé avec ses bottes de cul-terreux.

– T'es qu'un cul-terreux, un con de cul-terreux ! qu'elle lui criait.

Dès le début, elle lui avait crié après. Elle était pas femme à se laisser faire et lui se gênait pas pour la ramener, et à pas d'heure.

Un caractère de cochon, coléreux, mauvais comme une bête.

C'est ça qui lui avait plu, quand elle fréquentait le Petit Désir, en haut, rue Pigalle.

– T'es qu'une pute ! lui avait-il gueulé quelques jours après leur mariage. Et il lui avait mis une mandale.

Elle s'était saisie d'une pelle, de sa pelle à lui, à ce cul-terreux, et lui en avait retourné une, en pleine figure.

Ça l'avait à peine étourdi, et lui avait laissé une

jolie cicatrice sur la lèvre. Elle l'avait alors bécoté avec entrain avant de passer à d'autres petites affaires.

Les petites affaires, ça avait toujours été son truc, mais pute, non. Y avait tout de même une sacrée différence.

– J'ai jamais tapiné, t'entends ? Moi, le tapin, la rue, très peu pour moi, merci. J'ai des aspirations, vois-tu ? Des aspirations.

Il n'avait pas trouvé à redire. Germaine était un joli petit lot et savait en tirer parti.

Ils s'étaient mariés très vite, et Germaine avait continué à fréquenter. Tant qu'elle rapportait son avoine et restait une affaire au pieu, il avait l'esprit large. Son Auvergne natale venant cruellement à lui manquer, il avait dans l'idée d'acheter un jardin ouvrier du côté de la petite ceinture. Un jardin où il pourrait avoir son potager, des carottes, des choux, de la salade, des navets, des patates. Et des blettes. De quoi faire.

Pour le môme, il avait fait la gueule.

– Putain, t'aurais pu faire gaffe ! T'es vraiment pas une maligne ! Et qui sait si le môme est de moi ?

Germaine ne dit rien, perplexe. Elle savait pas bien non plus.

Bonne fille, elle avait mis les bouchées doubles pour lui offrir de quoi : son jardin ouvrier.

Ouvrier, Désiré ne l'avait jamais été, il avait en horreur le travail manuel, la mécanique. Mais c'était un bon en affaires, un débrouillard, l'argent il le sentait, fallait pas lui en raconter.

Dès son arrivée à Paris, une tire d'années, il avait pris du service chez un pays, près de la République. Une fois le métier rentré, il s'était fait embaucher à Montparnasse, dans un café d'artistes, mal fréquenté. Que des pauvres, des bohèmes, des sans-le-sou. Et ça rendait folle Germaine qui se voyait installée dans ses meubles.

Désiré, lui, attendait.

Espagne, front d'Aragon, 1938

En faisant le mort, il n'a pas eu à leur dire au revoir, à les embrasser, à les serrer dans ses bras en une de ces accolades fraternelles dont ils semblaient être si friands.

Une fois les brigadistes partis, il a traîné un peu, regardé s'il y avait quelque chose à prendre, quelque chose qui aurait pu servir, mais il ne trouva rien. Voler les espadrilles pourries d'un mort ne présentait aucun intérêt. Trouver des cadavres nationaux, ça oui.

Il n'eut pas à réfléchir longtemps. Ni à chercher non plus. Les nationaux étaient à leurs trousses et les brigadistes les avaient attendus.

Il avait évité les grands assauts, les missions dangereuses, choisissant toujours des positions où il se trouverait à couvert, une balle est vite gagnée. Pour preuve tous ces macchabées qui essaimaient les routes, les chemins, les monts, que les rouges, dans leur fuite éperdue, n'avaient pu enterrer et avaient dû laisser derrière eux en pâture aux bêtes.

Les hommes avaient toujours faim, et après deux ans de guerre, les bêtes, les rapaces, commençaient, eux, à être repus.

Il trouva ce qu'il cherchait dans la position qu'ils avaient occupée deux jours auparavant. À trois pas à peine de celle qu'ils venaient d'abandonner.

Entre les discours, les palabres des stratèges, des commissaires politiques, souvent en mauvais espagnol, ils avaient mis deux jours pour parcourir moins de cinq kilomètres. Mais ils avaient réussi à abattre une patrouille de nationaux en reconnaissance. Il déshabilla les hommes et creusa un trou. En jetant des pelletées de terre sur leurs corps couverts de mouches, il eut une pensée qui le réjouit. La chance était avec lui : un sous-lieutenant et trois soldats.

Il prit le pantalon de l'un, la veste de l'autre et retrouva un regain de vigueur et d'optimisme. Il grimpa sur un arbre et réfléchit tranquillement à la situation. Les troupes avançaient vers le nord, peu de blindés, mais des couleurs qui virevoltaient sous la lumière, de la poussière soulevée par des centaines de sabots.

Il hésita, il ne savait pas que la cavalerie était de la bataille, pensant que la plupart des chevaux avaient fini en boucherie. Il ne prit aucun papier, juste l'argent, une misère, dans les poches du sous-lieutenant Antonio Osorio Zancadas dont il oublierait aussitôt le nom, et se mit en route.

Un chiffon plein de sang sur la tête, il marcha en parallèle, à l'affût du moment propice pour se joindre à la troupe nationale qui faisait route vers Barcelone.

3

Paris, rue Grégoire-de-Tours, rue de Buci, 1987

Dans deux mois, il n'aura d'autre obligation dans la vie que celle qu'il s'impose à présent : se rendre, une fois par semaine, là où il se trouve en ce moment même, au seuil de cette porte basse, peinte en vert foncé, avec la grille sur la fausse fenêtre encastrée, là où il piétine, sur le rebord d'un trottoir défoncé par les années. Juste un liseré de pierre qui souligne maladroitement une chaussée irrégulière.

Quand est-ce que cela a commencé ? Cette nécessité impérieuse de venir tout raconter, dire les choses, le silence aussi. Peut-être le plus important pour lui, ce silence qu'il déverse à profusion sur des tapis, des murs qu'il n'a pas pris la peine de regarder, pour ne pas s'abandonner entièrement à la tradition psychanalytique, à la gestuelle de tous ceux qui, avant lui, ont franchi des portes semblables.

Il faillira à la règle.

La décision prise, il se sent soulagé. Sa respiration est plus sereine, dans sa tête, une sensation semblable au bonheur, l'oubli.

Il tourne le dos à la porte avec assurance et se dirige vers un café. Il évite la terrasse et commande un blanc sec. À peine le garçon l'a-t-il posé qu'il en demande un autre, puis la bouteille entière.

Des regards étonnés autour. Des cons. Bien habillés, jeunes, riches, de noir vêtus, noyant leur ennui devant une eau plate, une eau gazeuse pour les plus hardis, un diabolo menthe pour les extravagants affichés.

Il aurait voulu un estaminet. Avec son poivrot à la barre, sa vieille en charentaises mouchant son chagrin au-dessus d'un ballon de rouge, deux Arabes autour d'un jeu de dominos, et pourquoi pas un flipper, vulgaire, bruyant, avec une fausse blonde imprimant des coups de hanche vicelards à la machine et riant avec un rire de crécelle.

De rage, il vide le troisième verre.

Des coups, il en a pris. Plus d'un, il en a donné aussi, le métier.

Ce qu'il y a de bien dans les bistrots branchés, c'est le silence. Personne ne parle car tous ont beaucoup de choses importantes à dire, et l'importance ne souffre que le silence pour briller.

Il a envie de beugler.

Il rigole doucement à la tête qu'ils feraient.

Et le garçon le prierait de vider les lieux, avec les formes bien sûr, et en ayant auparavant réglé la note.

Sur le pas de la porte, il connaît la réponse à la question qui le tourmente : parce qu'il n'existe aucun autre endroit au monde pour cela. Voilà tout.

Allemagne, Spandau, 1987

C'était important pour lui d'épouser une fille de bonne famille.

Faux sur toute la ligne. En épousant Ginette, il avait cru se marier à une vraie blonde et elle se teignait les cheveux, à une mince et son corps, un an à peine après les noces, était devenu dodu à force de garder le repos au lit dans l'espoir de conserver l'enfant, en se gavant de sucreries, de souvenirs.

Elle lui avait dit que son père était rentier.

Sans doute c'est ce qui l'avait fait rêver. Rentier. L'hôtel particulier à Paris, dans un quartier cossu, peut-être le bas du IXe, la Nouvelle Athènes, là où la vie s'articulait autour de la rue des Martyrs et de ses marchands des quatre-saisons, le dimanche la messe à Notre-Dame-de-Lorette, le gâteau chez Bourdaloue, et les jours festifs, signalés, l'office à la Trinité.

Une belle, grande maison de campagne, un peu à l'abandon mais avec des possibilités du côté de Troyes. Il aurait préféré la Dordogne, le Bordelais, quelques pieds de vigne qu'il aurait su faire proliférer. Un petit cru spécial, une appellation. Pourquoi pas un château, plus tard. Il se sentait une veine d'entrepreneur.

Sans fortune, sans éducation, l'armée lui avait ouvert ses portes, trop heureuse de trouver en lui un corps en état et un esprit malléable en ce temps de vaches maigres alors que la jeunesse renâclait à l'idée de revenir de bon gré sous un drapeau taché, après les grands massacres de la précédente décennie.

Il rêva de titres. Russes, Panama. Un grand bureau en acajou, une bibliothèque sombre et riche, de beaux cigares odorants.

Il commença à fumer le cigare. Il en fut malade. Plus d'une fois il rendit ses tripes. Personne ne lui avait dit qu'il ne fallait pas avaler la fumée.

Personne ne lui avait dit non plus pour Ginette. Il aurait dû se méfier. Dans un certain monde on rencontrait des Madeleine, des Béatrice, des Marie-Louise. Pas des Ginette, enfin, pas très souvent.

Elle n'avait pas menti, Ginette. Émile Marie Ferdinand Simonot, son père, était rentier. Un très vieux monsieur, par chance veuf, qui touchait une petite rente d'invalidité pour services rendus à la nation. Il avait conçu Ginette sur le tard, si tard que sa femme avait passé de vie à trépas sans protestation. Après la cinquantaine, on est en droit de mourir, c'est dans l'ordre des choses.

Il avait appelé l'enfant Ginette, car ses sens s'étaient vus émoustillés par une jeune première à la bouche pulpeuse, aux formes épanouies : Ginette Leclerc. Elle était bigrement bien roulée, la Ginette !

Il soupira et revint à la réalité. L'appelé était toujours là. Il ne lui avait donné aucun ordre, ni la permission de partir.

Il rit à nouveau. Il allait se coltiner le Boche ! Elle était bien bonne !

Paris, place de la Madeleine, 1987

La visite se passa mieux qu'il ne l'avait craint. Le type avait l'air complètement stone. S'il ne lui avait présenté de sérieuses garanties et aligné un chèque d'enfer, il n'aurait pas été rassuré.

– Le mec semblait sortir d'une cave, je te dis pas, ouais, un vrai fantôme. À se demander comment il tenait debout. Ouais, mais je m'en fous du moment qu'il raque. Ouais, je te dis, il a raqué, et pas qu'un peu. Moi, j'y allais mollo, je lui faisais une ristourne s'il avait posé des questions. Tu penses ! Il a à peine jeté un regard à l'appart, rien, je te dis, on a fait les trois cents mètres carrés au pas de course. Il a même pas remarqué qu'il n'y avait aucune salle de bains en état. Que dalle ! Dans certaines pièces, je n'ai même pas eu le temps d'ouvrir les fenêtres. Ouais, tant mieux, parce que la vieille, avec le temps qu'elle a mis pour passer l'arme à gauche, il aurait fallu aller au karcher, je te dis pas. Des cochonneries en veux-tu en voilà, sans parler de celles du vieux. Des trucs pas nets.

Ouais, à l'asile. Ouais, c'est bien. Un vrai casse-couilles, méchant comme pas deux. Non, elle a pas fait d'histoires, Odile. Tu comprends, le pactole, je lui amène sur un plateau à la grosse. Ouais, elle en avait ras le cul de torcher le vieux. D'abord la vieille, et après… non, c'est pas une vie ! Parce que c'étaient des mauvais, faut pas croire. Ils la tabassaient. Ouais, et pas qu'une fois, toute baraquée qu'elle est. À coups de canne, de trique, je te dis. Des mauvais, des radins. Va savoir ! Non, Odile n'est pas causante là-dessus. Et puis, je vais te dire, maintenant, on ne va pas refaire l'histoire, pas vrai ? Moi, je m'en tape, mais alors là, carrément, de savoir. La seule chose qui m'intéresse, c'est ma com, et vu comment j'ai emmanché l'affaire, elle va être juteuse. Allez… à la revoyure !

Il sourit. Il avait eu du nez, il n'y a pas à dire. Et du savoir-faire.

Quand il a vu arriver le type avec sa dégaine, il s'est dit que c'était pas gagné. Il a joué les bons princes. Une veine, parce que Odile, toujours si prompte à rigoler de toutes ses dents, n'était pas une facile en affaires.

– Je le veux impec, l'appart. Tu m'entends ? Tu vires les cochonneries des vieux et le reste… Odile avait hésité. Tu me nettoies ça. Je ne veux rien savoir, la Madeleine doit être impec. Comme ça, j'en tirerai un max et pas de questions à la con, vu ? C'est à prendre ou à laisser.

Il avait pris et en une illumination subite avait fait cadeau de tout le bazar au type.

– C'est cadeau ! Pour un connaisseur, il y a de belles pièces, ça ne se voit pas au premier abord, mais je m'y connais.

Il retira sa main du monstrueux buffet Henri IV, rafistolé, avec un vinyle poisseux collé dessus. Il crut voir un sourire affleurer sur le visage du type. Mais il pouvait se tromper. Il se trompait. L'autre n'avait aucune raison de sourire.

Égypte, 1903, Spandau, 1987

Il s'accroupit à côté d'un banc, sur la pelouse. Des arbustes, un peu plus loin, sur la gauche. Il retient sa respiration le plus longtemps possible, ferme les yeux. Son genou le démange, mais il s'interdit tout mouvement.

Des vrilles, des gloussements. Une voix sèche qu'il voudrait faire taire, une autre qui lui répond, qu'il maudit. Le grincement d'un robinet, rouillé, et le crachotement absurde de l'eau qui jaillit, court à travers le tuyau, se répand sur le sol, dans l'herbe grasse, et le rire du jardinier, paresseusement, éclate.

La tache pâle du désert flotte devant ses yeux au-delà des palmiers. Ocre, gracieux, le mausolée de l'Agha Khan récemment construit scintille sur le sable qui brûle déjà dans l'air du matin.

Le vol de l'ibis dure le temps d'un clin d'œil, de branche en branche. La vision du tourbillon blanc de plumes le ravit.

– Où est l'ibis, maintenant ?

Il n'adresse pas sa question à l'homme assis de l'autre côté des grilles. Mains posées sur les genoux, raide sur la chaise, il bouge ses lèvres, mais lui ne l'entend pas.

Il demande à nouveau :

– Où est l'ibis ?

Il ferme les yeux pour le retrouver, plus rien ne subsiste.

– En quelle année sommes-nous ? demande le visiteur.

Pourquoi lui pose-t-il une question si simple ? L'imbécile.

Son visage est carré, pâle, ses cheveux noirs parsemés de fils blancs. Il ne porte pas de costume, juste une veste de sport et un pantalon. Ses chaussures sont de piètre qualité ; malgré le mauvais éclairage il peut aisément le voir. Des chaussures de pauvre.

C'est ce qu'il faisait pour passer le temps au temple pendant les offices. Regarder les pieds des ouailles. Il n'y en avait pas beaucoup. C'était un petit temple. Plutôt une salle, en ville. Son père et sa mère l'y emmenaient.

– Est-ce que vous vous souvenez en quelle année nous sommes ?

L'irritation le gagne. Il est partagé entre l'envie de lui clouer le bec et de lui répondre.

Il choisit de lui répondre :

– 1903.

L'homme se lève, tire un objet de sa poche, c'est une glace, une petite glace qu'il glisse entre les barreaux, il lui dit d'une voix lasse :

– Père, en 1903 vous aviez neuf ans. Regardez, nous ne pouvons être en 1903.

Il regarde, et dans le miroir voit un vieillard.

– Je ne peux pas voir l'ibis…

Paris, place de la Madeleine, 29 mai 1942

– Pas là. C'est moi qui la remplace.

Il pose le plateau brutalement, et grimace pour atténuer la violence du geste.

Adélaïde se ressaisit, en maîtresse de céans absolue. Elle dévisage l'homme courtaud, malodorant, qui, dans sa brusquerie, n'a pas renversé une goutte du précieux liquide, témoignant par là d'un savoir-faire inouï chez une personne de son acabit.

Elle remarque sur lui l'un des tabliers blancs de Germaine, des entrelacs de marguerites sur le pourtour de la poche, avec une finition simple au point de croix. Elle l'a brodée.

Elle se souvient comment elle a bâti son trousseau. Sa mère l'avait, très jeune, à peine était-elle devenue femme, incitée à le commencer. On ne sait jamais. Personne ne peut prévoir l'avenir. Une première douzaine de mouchoirs, un service à thé, avec ses serviettes, puis un tablier. Le premier était long, beaucoup trop long.

– Tu ne saliras pas ta jupe lors du repas de shabbat, lui avait-elle dit en guise de consolation.

Elle avait pleuré, humiliée, et brodé tout de suite un autre, court, avec des marguerites comme celles qu'elle avait plantées sur la tombe de son père, peu de temps après. Des marguerites sur la pierre.

– Parfois il y a des miracles, Adélaïde, d'étonnants miracles, il faut persévérer. Sa mère avait adopté un ton distrait. Les fleurs, un jour, peuvent prendre racine dans la pierre.

Des miracles, il n'y en avait pas eu. Elles étaient toutes mortes, et lui aussi.

Elle avait terminé son trousseau et épousé Albert

Meïer, selon ce qui avait été convenu entre les deux familles.

– Vous êtes sans doute le mari de Germaine ? Que lui est-il arrivé ? demanda-t-elle en se redressant sur sa chaise. Tout dans l'homme lui déplaisait, comme chez Germaine, mais ce choix lui avait été imposé.

– Elle a eu un accident.

– Rien de grave, j'espère.

La voix devint hautaine, sifflante, laissant transparaître un sentiment qui ne devait pas se trouver là, pas en ce moment, devant sa famille.

Albert Meïer intervint. Personne, hormis elle, ne perçut l'altération minime sur le visage de son mari.

– Que lui est-il arrivé ?

– Cela ne nous regarde pas, coupa-t-elle. Du moment que ce n'est pas grave…

L'homme ouvrit la bouche.

– Veuillez enlever votre couvre-chef, monsieur, ordonna-t-elle, avant de servir, de nous servir.

Elle détourna le regard comme si tout avait été dit.

Il porta la main à sa casquette.

– Je croyais que chez les…

– On vous a mal renseigné. On attend !

L'autorité qui émanait de cette femme assise, buste droit, menton levé, le regard fixe qui l'ignorait, porta.

Saloperie de youpins, pensa l'homme en servant remarquablement une louche de soupe claire dans chacune des assiettes en porcelaine de Saxe posées sur la nappe brodée de la table de la salle à manger de la famille Meïer, au complet, ce jour-là.

Paris, quai des Orfèvres, 1942

On frappa à la porte. Sa fureur augmenta d'un cran, il n'eut guère le temps de l'exprimer, ils étaient entrés. Ils posèrent un mince dossier sur la table, sur celui, ouvert, de Georgette Malivoine, Régine Desmarquets et Louise Petitjean et, sans préambule ni salutation, donnèrent leurs ordres.

En application des lois promulguées par l'État de Vichy, dorénavant tous les juifs porteraient un signe distinctif. Pour les besoins du recensement. Le Reich comptait sur une collaboration absolue. Ils insistèrent là-dessus et partirent. Sans refermer la porte.

Lambert rougit.

– Je dois en mettre une, moi aussi ?

Sa rage explosa.

– Vous n'êtes pas juif, que je sache ! Lambert, ce n'est pas juif, bordel ! Lambert, c'est français, non ?

– Oui, répondit Lambert posément. Mon grand-père est devenu français à son arrivée, il s'appelait Kamberski, il venait de Pologne.

Le commissaire s'assit. Sa fureur atteignait son apogée.

– Et alors ? Vous n'êtes pas votre grand-père ! Il est où, votre grand-père ?

– Il est mort.

– Eh ben voilà ! Dieu soit loué ! Vous voyez bien qu'il n'y a pas de quoi fouetter un chat ! Et maintenant, vous allez arrêter de m'emmerder, Lambert !

Un autre homme fit son apparition sur le seuil. Très grand, blond, avec une veste qui pendait sur le devant et une étoile jaune glissée dans la poche.

Il sentit venir l'attaque. Soufflant, il se leva et poussa

un bref cri de douleur. Ses reins ne répondaient plus. Il ouvrit la bouche pour hurler. Lambert recula, mains ballantes. David Berstein, lui, était juif.

– Foutez-moi le camp ! Tous ! cria-t-il.

Dans le couloir, Lambert posa la question.

– Tu vas la porter, toi ?

David Berstein haussa les épaules.

– Oui. Pas toi ?

Lambert le regarda, interloqué. Il n'était pas juif. Il était français, son père s'appelait Lambert et sa mère Suzette.

– Non, articula-t-il avec peine. Je devrais ?

Berstein le regarda curieusement.

– Vu les circonstances, on devrait tous la porter. Ou ne pas la porter du tout.

– C'est obligé, rétorqua-t-il.

– Pourquoi tu me demandes, alors ?

– Je suis français, moi…

– Moi aussi je suis français, né en France, c'est écrit sur mes papiers.

Le commissaire avait raison. Qui allait se soucier des filles de Montreuil ?

Il décida d'aller à leur enterrement. Il aimait la lecture des feuilletons où les assassins retournent toujours sur le lieu de leur crime.

Varsovie, 1943

Il y a les cris et les gens qui courent, ceux qui tiennent encore debout. En quelques secondes la place se vide.

Un trou d'où s'échappe une lamentation continue, le bruit de gravats qui roulent, s'effondrent un peu plus bas, et le rire en cascade des nazis.

Leur face déformée par le rire, les tendons du cou gonflés, le sang qui irrigue leur visage blanc, le colore et le revêt d'une apparence bovine. Ils échangent des mots que Pavel ne comprend pas, s'arrêtent de rire.

Le troisième, le brun, fait lentement le tour de la place avec ses jumelles, et vise le trou laissé par la grenade, à une dizaine de mètres. Toujours cette lamentation.

Il dit quelque chose, Pavel pense qu'il ne doit pas être allemand, italien peut-être. Ces gens-là ont peu d'alliés.

Pavel est ingénu.

Comme deux grands chiots, en mêlant leurs jambes, leurs bottes, par jeu, pistolet à la main, les nazis courent vers la crevasse.

Le troisième les suit, sans se départir d'une nonchalance que lui donne l'impunité de ses actes.

Pavel ne peut s'empêcher de faire de même. Le dispositif de l'appareil est enclenché, il ne reste plus qu'à attendre. Il ne l'actionne pas et les rattrape, en gardant une distance prudente.

Dans le trou, un couple. Un homme et une femme coiffée d'un chapeau, son sac dans les mains. Elle a les yeux ouverts, inexplicablement, sur le spectacle de ses jambes séparées de son buste par cinquante centimètres de terre arrosée par le sang, le sien, et celui de l'homme dont le crâne a explosé à ses côtés.

Le spectacle met en joie les trois nazis. Leur débit s'accélère. La femme pousse des cris où se mêlent des mots : « À l'aide, par pitié, par pitié, par la Vierge. »

La grand-mère de Pavel implorait aussi la Vierge, l'été, quand les températures élevées de sa Silésie natale la faisaient vivre en recluse dans sa salle à manger, fenêtres closes, et qu'elle ânonnait des heures durant

« par la Vierge, je vais mourir. Quelle chaleur, je vais mourir ». Elle avait raison.

Les nazis prirent leur temps pour viser ce qui restait de crâne à l'homme. Ils devaient être ivres, un seul réussit son coup. L'autre balle se perdit dans l'une des jambes de la femme qui sauta en l'air sous l'impact. Elle hurla, comme si la jambe était encore rattachée à son corps, avec le peu de forces qui lui restaient.

Ils levèrent leurs mausers à l'unisson et les pointèrent sur la femme. Elle s'accrocha à son sac et ferma les yeux. De ses lèvres s'échappaient maintenant de tout petits cris.

Pavel s'accroupit derrière une grande roue de charrette abandonnée, recouverte de poussière. Rien ne se produisit.

Il vit le troisième homme sauter dans la fosse. L'éclat d'un couteau brilla à sa main droite.

Il s'agenouilla auprès de la femme, avec délicatesse lui ôta le chapeau, et dégagea ses cheveux. Elle pleura de reconnaissance, oubliant peut-être l'épouvantable douleur qui la clouait au sol, impuissante devant ses bourreaux.

Pavel eut une pensée de soulagement, les Italiens étaient de bons chrétiens, de vrais catholiques, aussi fervents que les siens. Certaines horreurs n'étaient pas tolérées par le Seigneur.

L'Italien enfonça lentement la lame de son couteau dans la gorge de la femme. Les yeux de celle-ci s'agrandirent. Un immonde gargouillis gicla. Il se rejeta en arrière pour ne pas être aspergé, sali, et acheva d'enfoncer le couteau avec son talon en s'adressant aux deux autres.

Au bout d'une ou deux minutes, l'Italien déplia un mouchoir, reprit son couteau et l'essuya avec soin.

Il jeta le tissu ensanglanté, remonta et, se retournant dans la direction où Pavel se tenait, debout, tira. Deux fois.

Paris, rue Danrémont, rez-de-chaussée, 1939-1942

– Ah, si j'avais voulu aujourd'hui, je serais dans mes meubles, et pas dans cette misère !

Désiré haussa les épaules. Les femmes, ça répète toujours la même chose, et que je te dis, et que je pense, et que je crois ! Même pas sûr que ça ait une âme. Mais pour ce qui était de la ramener, elle la ramenait, Germaine.

– Ta gueule, fit-il pour la forme.

Désiré était de bonne humeur. Il avait acheté un beau cadenas et avait verrouillé la porte de son jardin. Ça éviterait les mauvaisetés. Il avait planté des navets, des pommes de terre, des laitues, des blettes. Pour les plants de tomates et les groseilles fallait attendre, voir ce que ça donnerait, cette première récolte. Il avait de l'espoir, la terre était bonne, noire.

– Et pas qu'une fois, t'entends ? J'en avais des propositions ! Si seulement j'avais voulu…

Il sortit sans la regarder.

Après la colère, les regrets, l'amertume.

Germaine se laissa tomber en arrière sur le lit, la jambe immobilisée par le plâtre.

Fracture de la hanche, il y était pas allé de main morte, il perdait rien pour attendre. Elle allait lui en concocter une dont il se souviendrait.

La gosse couina dans son berceau. Avec la jambe elle donna un coup au moïse, doucement, malgré l'envie qui la tenaillait d'y aller plus fort. Elle n'avait pas encore tiré tout le parti qu'elle pouvait espérer de son nouvel état. L'enfant se tut et gazouilla, ravie du balancement du berceau.

– C'est ça, rigole tant que tu peux ! Profites-en, la vie, elle te donnera pas souvent l'occasion de te marrer, c'est moi qui te le dis !

Au bout de quelques mois passés à faire la boniche, elle en avait eu plus qu'assez. Surtout que c'étaient des regardants, pas moyen de soutirer un sou, une nippe, un rab à la cuisine. Tout était verrouillé, enfermé, compté. Le moindre verre de lait, la plus petite tranche de pain, de saucisson, jamais rien pour elle, juste un grabat pour dormir, les restes debout à côté de l'évier, un après-midi libre par semaine et quelques francs en bout de mois qu'ils lui donnaient, le visage tordu par le dépit, les doigts moites de pingrerie, défaillants par peur de manquer.

– Ah, je te jure ! Des fois je me réveille la nuit tellement j'ai les crocs ! C'est la troisième maison que je fais, je te jure, c'est de pire en pire ! avait-elle dit à Françoise qu'elle avait rencontrée gare du Nord, quand elle était descendue sur Paris. Depuis, elle la voyait, de temps à autre, histoire de vider un bock dans une brasserie et causer.

Chez elle, elle détestait la bière. Elle détestait cette odeur douceâtre, la transpiration aigre et le ventre gras que ça donnait aux hommes, là-haut, leurs rots sonores, les jets de pisse mousseuse, tiède.

Les choses changeaient. Maintenant, les bocks elle les vidait avec mélancolie, gare du Nord, avant de retourner dans le XVIe où elle servait, chez les Chambourtin.

– Des youps, à tous les coups !

– N'importe quoi. Pas avec un nom pareil. Des riches, plutôt.

Elle regarda son amie, étonnée. Françoise avait fait du chemin. Avec ses yeux pâles et son visage allongé, blanc et mou, ses doigts rougis et ses pieds hommasses, elle semblait maintenant nager dans l'oseille. Elle avait même repoussé ses sous, pour la bière, elle tenait à payer.

– Tu roules sur l'or ou quoi ?

Françoise avait ri. Puis sa bouche s'était affaissée avant de prendre un air mystérieux.

Elle ne lui avait rien demandé, car toute gosse on lui avait appris à coups de torgnole qu'il ne faut rien demander ni raconter. S'en tenir à la volonté du Seigneur et jurer que tout allait bien, car fallait pas gâcher toutes les bonnes choses que le petit Jésus avait mises dans notre berceau à la naissance.

– Ben moi, il a dû m'oublier, le petit Jésus, ou peut-être que j'avais pas de berceau ! Sa mère l'avait giflée et jetée dehors. C'est ce qu'elle avait toujours voulu, la maternelle, avoir une bouche de moins à nourrir !

Françoise lui avait raconté, elle ne savait pas tenir sa langue.

– Je m'arrange.

– Tu t'arranges ?

– Il y a un endroit où tu t'assois et on t'invite. Tel que je te dis. Si tu veux, ça te regarde rien que toi, mais tu peux toucher le pactole. Vise.

Elle ouvrit son sac et dénoua un mouchoir d'homme où il y avait plus de cent francs.

Espagne, vers Barcelone, 1938

Personne ne lui posa de questions. Son pantalon, sa tête ensanglantée, furent suffisants. Ils l'envoyèrent à l'intendance où un officier, dont la ressemblance avec l'acteur américain Tyrone Power captiva son attention, s'adressa à lui avec élégance après avoir donné des ordres à un soldat, bien trop jeune pour être là, mais empressé d'obéir au doigt et à l'œil à son supérieur.

– Grade ?

La question le prit de court. Il n'avait pas envie de se trouver à exécuter le tout-venant, mais sa méconnaissance de l'armée l'empêchait de prétendre à un grade trop élevé. Il joua le tout pour le tout.

– Allemand.

L'officier fit un pas vers lui, le regarda avec étonnement.

En un espagnol volontairement approximatif, il était très doué pour les langues, il sourit et toucha ses cheveux noirs.

– Italien.

Puis ses épaules, carrées.

– Allemand.

Enfin son cœur.

– Espagnol, *nacional*. *¡ Viva España ! ¡ Viva el Cristo Rey !*

Il avait entendu ce cri hier encore, lors de l'assaut. Ils étaient tous morts en criant ces mots.

On lui donna un uniforme de gradé et l'officier en personne lui passa un brassard jaune et rouge au bras. Un brassard où était brodé le mot « conseiller ».

Sous une grande tente vide on lui servit une assiette de *cocido* et un demi-litre de vin.

Il sortit et demanda une carte. Devant une poignée d'officiers il indiqua deux ou trois positions. Là où se trouvaient les rouges. Les routes qu'ils avaient prises, les relais qui les attendaient.

Ce fut un massacre.

Les nationaux luttaient tels des croisés, épaulés par les Maures. Il récupéra des papiers, allemands, français, italiens, américains, anglais dont il ferait bon usage, il en était certain, en temps utile, une paire de bottes anglaises et tout l'argent qu'il put trouver. Pour voir venir.

L'armée allait sur Barcelone.

Il resta toujours distant, se liant peu avec les officiers, encore moins avec les soldats. Toujours disponible, toujours solitaire.

Zacharie attendait, marchait, mangeait, assistait à la messe et à certaines réunions d'état-major. Quand les renseignements sur les routes, chemins pris par les brigadistes et les rouges s'épuisèrent, il fit appel à son bon sens. Celui-ci se révéla la plupart du temps infaillible. Il ne leur restait pas beaucoup d'alternatives. Une armée en déroute est toujours prévisible.

4

Paris, 1987

À quel âge peut-on se dire que l'on a tout raté ?

Quand il trouvera la réponse, il le pressent, il n'y aura plus d'autre question.

Il se lève, ses jambes tremblent un peu, ses mains aussi, l'alcool. Il boit beaucoup trop. C'est toujours ça. Il jette les billets froissés sur la table. Des billets que l'autre n'aura pas. Il se trompe et il le sait. Il faut toujours payer, même si on n'est pas totalement coupable.

Une certitude, la morale de sa vie. De sa vie inutile.

Chez lui, cette fois, il prend la peine d'ôter ses vêtements et s'étend sur le lit.

Pauvre, triste nudité que la sienne. Il s'absorbe dans l'exercice périlleux qui lui soulève le cœur : l'observation de ses membres blancs, maigres, de sa peau cireuse, de ses orteils déformés par des années de mauvaises chaussures, son sexe violacé, noyé dans les poils clairsemés de son pubis vieillissant. Les plis de sa peau, ses côtes saillantes, et il s'arrête enfin, écœuré.

Des nudités il en a vu, mais ce sont ces trois-là qui lui reviennent toujours en mémoire. Parce que personne, hormis lui, et c'était bien la peine, n'avait pris le temps de les regarder. Il y en avait beaucoup trop alors.

Il se dresse soudain et se demande si, encore aujourd'hui, quelque chose subsiste.

Il aurait voulu se lever, enfiler un pantalon, mettre une chemise et, en trois pas, dévaler l'escalier, être dans la rue. Mais il était de ceux qui descendaient les marches doucement, se tenant à la rampe, comme s'il y avait quelqu'un, tapi, qui pouvait surgir pour le précipiter la tête en bas.

L'escalier, c'était pour la mère. Eux, ils avaient droit à tout le reste. La ceinture, le balai, les chaises, un coin de meuble, une porte, le mur, les bottes, les poings.

Ce que son père préférait était de précipiter sa mère dans l'escalier, ça le faisait rire.

Il n'y avait pas eu de plaisanteries vaseuses autour des corps, rien. Pourtant, il y en a toujours qui croient bon d'en sortir une, pour rompre le malaise, pour faire barrage aux sentiments et rester dans les faits. Un macchabée c'est un macchabée, rien de plus. Si on commence à penser à la personne, c'est foutu.

Lambert y a pensé, souvent. Ce soir, apaisé, il s'endort en songeant que, dorénavant, il n'aura rien d'autre à faire.

Allemagne, Spandau, 1987

– Vous vous occuperez du Boche !

Il répète la phrase et ne se souvient plus pourquoi elle lui a paru si drôle.

– Attention, hein ? Les ordres sont stricts ! Ni cigarettes ni causette. Rien. Le minimum.

Aucune idée non plus sur le pourquoi de ces avertissements. Depuis le temps, la guerre, c'est de l'histoire ancienne. Il continue à énumérer la liste des interdictions d'une voix forte, professionnelle.

– Aucun contact. Pas de familiarité ni de fraternisation avec le prisonnier, compris ?

Face à lui, debout, la recrue met du temps à répondre.

– Compris ? Soldat… il baisse le regard sur le dossier du soldat. Soldat Lisestein ?

– Oui, capitaine.

La voix est affirmée. Le capitaine Rivet en conçoit une amertume inexplicable. Il s'assied et lit en prenant son temps.

Doctorat en histoire. Né à Paris, une date, les mensurations habituelles.

– Lisestein, ainsi vous êtes…

Il se tait et porte le cigare éteint à sa bouche. Sa salive est âcre. Il se demande s'il aime vraiment les cigares. Il lève les yeux, le soldat Lisestein ne montre aucune impatience, aucune nervosité. Il se contente d'être là.

Ce moment, Samuel Lisestein l'avait longtemps attendu. L'idée avait pris forme jusqu'à devenir une obsession. Le but de son existence.

Personne autour de lui ne s'en était rendu compte, ni ses sœurs, trop jeunes alors, ni ses parents qui ne voyaient jamais rien.

Il avait dix-sept ans quand il leur en avait parlé.

Son meilleur ami n'avait pas compris. Ce n'était qu'une hypothèse fantasque, excitante, entre adolescents désœuvrés.

Comme il n'avait aucune aptitude pour les langues, et que le livre n'était pas traduit en français, il avait dû se contenter d'une traduction mot à mot. Ses efforts avaient abouti à un texte incompréhensible pour tout autre que lui. Mais dès la première ligne, cela lui avait suffi. Des études d'histoire avaient confirmé ses présomptions, ses certitudes.

Pour la première fois, il avait demandé à son père

d'intervenir. Celui-ci, une fois dessoûlé, avait eu du mal à saisir ce que diable voulait son fils.

– Quoi ? Tu veux faire ton service militaire ? Redis-moi ça…

Il l'avait redit, espaçant ses mots, élevant un peu la voix, car il n'était pas certain du degré de sobriété de son père. Celui-ci avait ri, beaucoup ri, en famille, avec les amis, nombreux, au ministère et, riant encore, il avait passé un coup de fil pour demander que son fils, quelle idée absurde, fasse son service militaire, en Allemagne, à Spandau.

Le sous-secrétaire avait ri aussi et soupiré avec regret. Il aurait préféré que M. le conseiller lui demande de signer une dispense pour son fils…

Paris, place de la Madeleine, 1987

Trois cents mètres carrés, beaucoup de couloirs inutiles, au premier étage, place de la Madeleine. Quatre fenêtres du salon s'ouvrent sur la place, mais la lumière ne pénètre pas aisément, l'immeuble est dans un recoin. Une fenêtre encore, double, avec un petit balcon où seule une personne peut tenir debout. La chambre à coucher, vaste. La surface n'est pas belle, une armoire a été construite dans le mur du fond et casse les proportions, amoindrit l'espace. Les pièces donnent sur un hall très grand d'où partent deux couloirs étroits où s'amoncellent de vieux cartons, des baluchons recouverts de poussière, jusqu'au plafond.

Celui de gauche est le couloir de service. Cuisine sur cour, cellier, office et chambre sans fenêtre où un lit défoncé disparaît sous des cartons dégorgeant de papiers, dont l'humidité a, par endroits, effacé l'encre. À côté, des outils de jardinage, rouillés.

Celui de droite, long d'une cinquantaine de mètres, a ses portes fermées à clef. Toutes, sauf une.

Une chambre en parfait état, une chambre d'enfant avec des jouets, des peluches, aux tentures rose et violette, aux couleurs passées. De la moquette à fleurs recouvre le sol, une moquette neuve que nul ne semble avoir foulé.

Au milieu des portes fermées une salle d'eau immense, d'une saleté repoussante.

Il revient vers les pièces du devant. Le vendeur lui a laissé les clefs en gage de confiance. Au prix annoncé, il aurait dû dire non. Marchander. Il sait qu'il se fait rouler, mais il aurait payé le double. Maintenant que son père est mort en lui laissant ce legs, le poids de l'argent, il ne reste pas d'autre utilisation possible ni d'autre prix à payer.

La chambre à coucher d'abord, où s'entassent des dizaines de meubles, une accumulation de bibelots laids, certains renversés, tombés au sol, comme lors d'une fouille.

Il frissonne.

Les tiroirs de la commode dégueulent de guenilles. Les portes de l'armoire immense montrent un paysage dévasté : cintres décrochés, vêtements arrachés. Le lit, enfin, aux draps jaunâtres, aux couvertures usées, pestilentielles.

Le salon est lui aussi un vaste territoire. Des meubles dépareillés, en surnombre, vermoulus, cassés, paraissent pour certains ramassés directement dans les décharges, au fil des ans, et posés au hasard de leurs voyages.

L'interrupteur est poisseux, noir de crasse. La dernière ampoule du lustre s'allume et explose. Lourd, à facettes, en métal doré et verre taillé, il est typique des années quarante.

Il ne va pas jusqu'aux fenêtres, il n'ouvre pas les volets, ne laisse pas place à la lumière. Demain, il aura tout son temps.

Spandau, 1987

– Il garde son pain pour le donner aux oiseaux, dit le sergent.

Avant de venir, il a appris à reconnaître les insignes, les barrettes, les uniformes des différentes armées, les décorations. Quatre puissances gardent le prisonnier à tour de rôle. Qui a instauré les tours de garde ? Sont-ils les mêmes depuis l'époque où il y avait encore les sept prisonniers qui attendaient entre ces murs leur jugement, leur transfert vers Nuremberg ?

Il a compris les mots du sergent.

– *He keeps his bread for the birds.*

– *He doesn't do anything else. Walking around and keeping his bread for the birds. Sometimes, there are no birds.*

Il entre dans la tourelle. Son cœur se serre d'angoisse. Bientôt une porte, grillagée, en contrebas, va s'ouvrir et il le verra.

À chaque promenade, Rudolf a cherché l'ibis dans les arbres.

À Assouan, son père se promenait, le matin, avant les grandes chaleurs, sur l'île Kitchener. Lui tenant la main, lui faisant la lecture de quelques pages de l'Ancien Testament dont le ton épique se mélangeait harmonieusement au lent éblouissement du fleuve, au spectacle banal et fantastique des peaux sombres des jardiniers dans leurs tuniques blanches, de la déambulation sur les rives, sur le sable, d'un chameau, de bêtes venant boire.

Et le moment qu'il attendait chaque jour, le cœur serré à l'idée qu'il ne se produise pas, arrivait ; celui où son père lâcherait sa main, s'assoirait sur un banc, déploierait son journal et l'abandonnerait.

– *Mein Führer.*

Un sanglot monte dans sa gorge.

L'air glacé le fouette. Il se renfonce dans son manteau. La neige l'éblouit. Les portes se referment dans son dos. Il plonge la main dans sa poche et trouve du pain que ses doigts gourds émiettent, écrasent, broient.

Il n'y a pas d'oiseaux, aujourd'hui.

Il marche, visage muré. La colère dessine un territoire familier sur son visage. Un instant il ressemble à celui qu'il était, auparavant.

Il hurle. Personne ne vient. Un soldat le regarde du haut de la tourelle, mais il ne le sait pas. Il ne sait plus rien, seulement le souvenir flou, qu'un jour, il a su.

Paris, place de la Madeleine, 1942

La famille Meïer fut arrêtée et emmenée comme des milliers d'autres au Vél'd'Hiv ce jour du 16 juillet 1942. Presque deux mois après le soir où Désiré, qui remplaçait sa femme, Germaine, servit la soupe à leur table, en professionnel.

Adélaïde soupçonna l'homme de les avoir dénoncés.

Son mari, assis sur les gradins du stade, contempla la foule qui, autour de lui, avait cessé de se plaindre et, tournant le visage vers sa femme, eut un sourire triste en touchant de l'index l'étoile sur sa poitrine.

– Désiré n'en avait pas besoin, dit-il énigmatiquement.

Elle recula. Depuis combien de temps ne la touchait-il plus ?

Longtemps, sans doute. Aucun souvenir, ni bon ni mauvais. Juste la lassitude de ce qui n'est plus, qui pèse sur l'âme et la rend encore plus abstraite. Peu de chose lui importait maintenant. La peur, la fatigue, la faim et la soif avaient pris toute la place. Adélaïde Meïer se sentait vaincue et n'avait qu'une hâte, que cela finisse.

Quand ils étaient venus les arrêter, elle n'avait pas compris. Ils étaient juifs, mais n'avaient rien fait de mal. Sa famille, celle de son mari, figurait parmi celles qui comptent dans un certain milieu.

Elle allait téléphoner. On l'en empêcha et l'ordre fut donné de rassembler quelques affaires, pour deux ou trois jours, pas plus, dans une valise. Ces mots ne la rassurèrent pas. Adélaïde Meïer n'était pas femme à ne pas voir venir, une échéance si courte ne pouvait pas la réconforter.

– Nous ne sommes pas religieux ! s'écria-t-elle dans une dernière tentative pour éviter l'erreur monstrueuse qui était en train d'être commise.

Les gendarmes, un policier en civil, le plus jeune d'entre eux, rougit. Elle répéta en le regardant fixement :

– Vous savez, nous ne sommes pas pratiquants, nous sommes comme tout le monde.

Albert Meïer se détourna et son fils pleura. Elle eut envie de les rabrouer.

Le mari de Germaine fit son apparition à cet instant, chargé de leurs effets. Il les posa au sol et alluma une cigarette.

Le plus gradé, ennuyé, examina encore une fois sa liste.

– Il n'y a pas d'erreur. Vous êtes bien la famille Meïer ?

– Oui, oui, nous sommes bien…, répondit Albert Samuel David Meïer, fatigué.

– Mais enfin, nous…

Adélaïde Meïer regarda les membres de sa famille dans le hall d'entrée, une étoile jaune sur la poitrine, un balluchon d'effets à leurs pieds, et pensa que, de sa vie, elle n'avait contemplé un si triste spectacle.

Le gendarme eut un geste.

Albert Meïer ouvrit la marche, les autres le suivirent. Elle résista, encore.

– Que faites-vous là ? Où est Germaine ?

Désiré la regarda avec mépris, cigarette au bec.

Elle passa devant lui, effrayée par tant de morgue.

– Les clefs, s'écria-t-elle. Il faut que je lui donne les clefs, pour fermer notre maison…

Les gendarmes s'écartèrent.

Elle fouilla dans son sac, échauffée, nerveuse, et les remit au mari de Germaine qui la fixait curieusement.

– Vous prendrez soin… à notre retour…

Tout le monde cherchait tout le monde, et se retrouver là, sur les gradins de ce stade, ne consolait personne. Au contraire, ce n'étaient que cris et lamentations.

Adélaïde Meïer ne cherchait personne. C'était une erreur.

En ce troisième jour où elle crut, à tort, qu'enfin les choses allaient redevenir normales, son attention ne s'éveillait qu'à l'annonce des noms que les haut-parleurs déversaient. Ces mêmes gendarmes qui étaient venus les prendre allaient les raccompagner, après leur avoir présenté des excuses.

Elle reviendrait chez elle et ferait ce qu'elle aurait dû faire depuis le premier jour. Signifier son dû à Germaine et à son mari.

Elle se souvint du soir où Albert lui avait expliqué, juste avant de se coucher, qu'elle devait prendre à son service une jeune femme, Germaine, qu'un de ses amis, dont il devait garder le nom secret, avait mis en fâcheuse situation. Il avait promis de le tirer de ce mauvais pas à cause de l'amitié et de certaines affaires qui les liaient.

Montreuil, 1942

Il n'avait, de sa vie, assisté à beaucoup d'enterrements. Mais en entrant dans le vieux cimetière de Montreuil, un misérable quadrilatère où bon nombre de tombes semblaient abandonnées, il sut que sa présence ne serait pas la bienvenue.

Les fosses n'étaient pas encore creusées par manque de main-d'œuvre, et l'unique fossoyeur peinait, seul, avec les trois trous.

Il se retint d'aller lui donner un coup de main. Les cercueils étaient posés à même le sol, côte à côte sous le ciel bas, orageux, menaçant. Les familles se tenaient là, serrées les unes contre les autres malgré la température, à la recherche d'un peu de réconfort face à une situation qui les dépassait.

À l'ombre, une ombre avare en ce milieu de journée, sous un parapluie noir se terrait le curé, présence qui rendait la scène encore plus triste.

Il scruta les alentours, aucune silhouette suspecte. Il se sentit ridicule, mais n'osa pas bouger par respect pour ces filles, qu'il n'avait jamais vues vivantes, essayant de retrouver dans les visages douloureux, fermés, stupéfaits de l'assemblée, la trace de ce qu'elles avaient été.

Dans sa poche, son carnet. Lambert savait qu'il rentrerait avec les pages blanches et que personne ne les remplirait à sa place. Sa place n'était pas ici. Ni avec ses collègues, dont la collaboration totale était attendue par les occupants.

La masse sombre des familles vacilla sous ses yeux. Au moins, eux, n'avaient pas de cas de conscience. Tout avait été dit.

L'enterrement traîna en longueur. Le curé s'énerva. Les mots qu'il prononça sur les cercueils des trois jeunes filles eurent le goût d'une nourriture sans sel. Vides, ne pouvant apporter ni consolation ni espoir. Les familles s'en contentèrent, de la même manière qu'elles avaient accepté leur massacre.

– Ehhh…, fit-il alors que le cortège s'ébranlait, et que le croque-mort, écarlate, suant, commençait à verser les pelletées de terre.

Quelques-uns se retournèrent, peu, le reste continua, vers la sortie, sans curiosité, accablé par le malheur.

Deux hommes et un enfant s'arrêtèrent.

Il se présenta, ils touchèrent le bord d'une casquette, qu'ils gardaient encore à la main, sans dire un mot.

– Je voudrais, je voudrais vous présenter toutes nos condoléances, au nom de la P.J.

Il montra sa carte. Ils bougèrent la tête et restèrent là, à attendre.

Lambert n'avait rien à leur dire. Eux non plus.

– Bon, c'est pas tout ça, dit le plus âgé. Faut y aller, si ça vous dit. On va boire le coup.

– Pour les petites.

Lambert les suivit, regardant le gravier, soulevant

malgré lui la poussière qui se déposait sur ses chaussures, sur le bas de son pantalon.

Il salua tout le monde, serra des mains et ne but pas le petit verre de liqueur qu'une vieille lui offrit.

– Si c'est pas pitié, si c'est pas pitié.

Il hocha la tête, faillit sourire. Un sourire aurait été de trop. Il posa le verre sur le buffet et partit, tel qu'il était venu.

Là n'était pas sa place. Il eut envie de pleurer. Il n'y avait aucune place pour lui.

Pologne, 1939-1942

Hans et Herman ne furent pas inquiétés pour leurs actes. Ils faisaient partie de la multitude de crimes et d'exactions que l'armée allemande commit lors de l'invasion de la Pologne. Invasion dont la rapidité et la violence n'eurent rien à voir avec les codes militaires enseignés dans les académies d'un monde civilisé ou jugé comme tel, avant les conflits – Tolède, Saint-Cyr, Sanderthust ou West Point. Hans et Herman n'étaient pas des monstres, ni des assassins. Ils l'étaient, naturellement, devenus.

Nés, l'un en Rhénanie, l'autre à Berlin, issus de milieux modestes où l'argent cependant ne vint à manquer, ils avaient été élevés dans des familles aux préceptes religieux propres à la petite bourgeoisie. Leurs parents ne les forcèrent pas à entrer dans les jeunesses hitlériennes, ils n'avaient pas grande opinion sur le sujet, mais ils adhérèrent, comme les autres, à la propagande nazie qui allait apporter au pays une stabilité mise à mal par les spartakistes, et une honorabilité nouvelle qui effacerait des mémoires l'affront de la Première Guerre dont ils étaient, par pure chance, sortis vivants.

La mort, la destruction, ne faisaient pas encore partie de leurs plans.

La tête pleine de chants, le cœur rempli d'espoir, ils commençaient juste leur vie dans ce grand pays qu'ils allaient construire.

Ce fut lors de la capitulation de Lódz qu'ils connurent leurs premières femmes.

Le hasard les plaça côte à côte dans le peloton d'exécution, s'il y a un mot pour qualifier plus de vingt hommes achevant d'un tir dans la nuque des centaines de prisonniers attachés les mains dans le dos.

Couverts de sang, les doigts endoloris d'avoir accompli des heures durant le même geste, ils violèrent les femmes, toutes celles qu'ils purent attraper, avant de les exécuter à leur tour.

Hans, Herman et beaucoup d'autres – nul ne dit mot pour ne pas se désavouer – n'avaient pas cette idée de l'amour charnel avec une femme. Ils étaient nourris, pour certains, d'une littérature que les vers de Schiller, de Goethe, avaient teintée de romantisme.

Un viol pour un jeune de vingt ans, guère plus, est une expérience définitive. Elle brise à jamais les frontières, elle ramène la femme, ces femmes-là, à une place qu'elles ont méritée, celle du trou.

Peut-être eurent-ils une pensée envers leur mère, leur grand-mère, leur sœur, les enfants de leur famille, leurs amis. Mais le rire des autres, la bière, l'alcool, la fatigue hallucinante de la mort, leur servirent de moteur, et Hans, Herman, tous, violèrent, massacrèrent, le cœur léger, pour la nouvelle Allemagne.

Très vite, ils prirent du plaisir, ivres du pouvoir qu'un homme, au loin, mais toujours présent dans leur esprit, avait mis entre leurs mains. Ils faisaient partie de la race des élus.

Toute idée neuve était la bienvenue pour les arracher à la routine sanguinolente de leurs jours.

Varsovie fut décisif.

L'extermination du ghetto, une folie qui, curieusement, s'effacerait très vite de leur mémoire, marqua une étape dans leur sauvagerie.

L'Italien se détourna, indifférent de savoir s'il avait ou non atteint sa cible, content du rire qui s'élevait dans son dos, un rire mêlé, celui de Hans et d'Herman qui, en lui, avaient trouvé leur maître incontesté.

Paris, Pigalle, 1938

Elles étaient convenues d'un rendez-vous à Pigalle dans les quinze jours à venir.

– Faut pas que tu viennes en boniche, hein, faut voir les nippes qu'on voit par là-bas.

Germaine n'avait pas grand-chose à se mettre. À bout de ressources, elle subtilisa une jupe et un corsage que les filles de la maison, des pimbêches, lui avaient jeté pour le sale.

Germaine ne regrettait pas de leur avoir emprunté des affaires, même si elle en avait entendu parler par la suite. Mme de Chambourtin avait des idées très arrêtées.

– Ce sera retenu sur vos gages, ma petite Germaine. Nous ne sommes pas, vous pensez bien, à une jupe près, c'est pour le principe, vous comprenez bien que…

Ouais, elle comprenait que trop bien la vieille, qui jouissait de l'économie d'un demi-mois de gages pour deux bouts de chiffon, même pas à son goût.

Françoise, pour la consoler, lui promit qu'elle se referait très vite.

Elle avait eu raison. Germaine saisit tout de suite où était son intérêt, et une fois passé l'ébahissement provoqué par les velours rouges, les lumières tamisées et les parfums violents des pensionnaires en titre du Petit Chez-Soi, elle se tailla sa place avec sa jupe noire, son col rond et son petit air pincé pendant qu'elle mettait la main au paquet ou plus, si on allongeait le billet.

Jamais elle ne tapina. Elle veilla à toujours garder son emploi en ville qui lui donnait une position sociale, sans parler du baratin qu'elle servait à la clientèle. En un sens, ses déboires dans la maison l'aidaient pour ses nouvelles activités.

Germaine s'était spécialisée dans les messieurs d'un certain âge et d'une certaine société. Une dose de commisération, deux de culpabilité, ne pouvaient que contribuer à ouvrir des portefeuilles à l'origine bien serrés par l'attention d'une épouse et l'habitude séculaire de pingrerie de la bourgeoisie.

Elle dut chercher un logement car, ses petites affaires prenant de l'ampleur et rapportant bien plus que les gages de la maison, elle quitta les Chambourtin après les avoir volés. Rien, des couverts, deux ou trois bijoux. Certaine qu'ils ne moufteraient pas, après avoir croisé M. de Chambourtin en bonne compagnie sur le seuil de la Fontaine d'Or, établissement en tout point semblable à celui qu'elle fréquentait. Elle fit des heures de ménage au lieu d'être à demeure.

Elle mena, quelque temps, une vie pépère entre ses ménages et le Petit Chez-Soi. Mais si cela comblait un esprit bovin comme celui de Françoise, elle, Germaine, voulait voir venir.

Plus elle se laissait faire, les yeux au ciel, poussant

de petits soupirs agacés dont nul homme doté d'un semblant d'intelligence ne pouvait être dupe, plus elle s'épanchait.

– Moi, ce que je veux, c'est être dans mes meubles, avait-elle coutume de dire après la chose, pour amorcer la conversation et entraîner les éventuels preneurs vers un terrain plus propice.

Mots qui, le plus souvent, produisaient l'effet contraire. Alors elle grommelait dans son coin et énervait ses consœurs, les clients et le tenancier qui lui remit, un soir, les idées en tête aussi sec.

– Si tu la fermes pas, c'est la rue ! Ici, c'est rien que la gaieté, les paillettes ! Crois-tu que les bonshommes paient pour entendre couiner une morue dans ton genre ? Ils ont tous leur régulière à la maison ! Et gratis !

– Ce que je veux, moi, c'est être dans mes meubles…, ne put-elle s'empêcher d'arguer.

– Ben, tu t'y prends comme un manche, je te dis ! Du cœur à l'ouvrage, des rires, c'est tout, compris ? Sinon, c'est la rue !

Germaine frissonna à l'idée de se retrouver dehors à tapiner, les pieds gonflés, les jambes douloureuses. Elle aimait ses aises et, contre un droit de bouchon et une commission, forte il est vrai, elle se laissait besogner dans un cagibi mis gracieusement à disposition de ces dames par l'établissement. Ces avantages, elle n'était pas prête de les lâcher !

De la joie, des rires, des paillettes… Germaine n'était pas une joyeuse, mais elle fit un effort et l'amélioration de son humeur, chagrine à l'ordinaire, lui valut un surplus de clients.

Espagne, Barcelone, 1938

La marche sur Barcelone fut l'occasion de nombreux combats. Il entra dans la ville avec la garde maure, et avant que l'armée insurgée obtienne officiellement la reddition, sa main devint sûre.

L'usage du couteau demande une souplesse, un savoir-faire, une créativité en toutes circonstances. Les cas sont toujours différents, les positions variées, l'état d'esprit aléatoire. Beaucoup de considérations sont à prendre en compte : la surprise, la peur, la violence de l'assaut, la passivité du blessé ou, au contraire, ce dernier élan avant le saut final, à classer parmi les plus dangereux. Quand il n'y a plus rien à perdre, la réaction peut se révéler fatale.

Il fut subjugué par la bestialité de la garde maure qui, sans état d'âme, avec une joie évidente, tuait, violait, égorgeait, violait encore, massacrait tout ce qui se trouvait sur sa route.

En voyant Franco, petit homme mou et bedonnant, lors du passage en revue de ses troupes, flanqué de ses officiers et de deux curés, tressautant de fausse modestie et de joie à l'idée que ces milliers d'hommes qu'il exaltait allaient rayer de la surface de la terre tous les rouges, il se demanda comment le Généralissime pourrait faire entrer dans leur cage ces chacals, une fois le carnage achevé. Ce fut une leçon magistrale. D'une extrême simplicité, comme toute grande chose. Il n'était pas prêt de l'oublier.

Quand l'armée rebelle hissa son drapeau or et sang sur la ville, ses éléments les plus durs, les plus préparés, encerclèrent la garde maure, hurlante, qui s'attaquait avec démence à des cadavres déjà atrocement mutilés, faute de vivants.

Avec méthode, calme, ils abattirent plus du quart à la mitraillette, pendirent les plus récalcitrants et rassemblèrent les survivants. Après leur avoir distribué de nouveaux habits et des capes en soie qui les recouvraient jusqu'à flanc de cheval, on leur servit de la nourriture et de l'alcool à satiété.

Il s'aperçut que la brutalité, la sauvagerie, ne l'intéressaient pas, elles ne comblaient que les esprits primaires.

Il n'avait aucune préférence d'âge ni de sexe. Un vieillard, un homme, une femme, un enfant, faisaient tout aussi bien l'affaire.

La jouissance se résumait à des moments très brefs, ceux où il enfonçait le couteau dans la chair de la victime et où le jaillissement du sang apportait en un ruisseau tiède et bouillonnant la mort.

Après l'occupation militaire de la ville, il comprit que la nouvelle organisation ne saurait rien lui apporter. Comme des rats sortant des cloaques, l'église se multiplia et étendit son règne d'hystérie et d'obscurantisme à une vitesse fulgurante.

Les processions suivaient les processions, des rosaires d'expiation tentaculaires s'organisaient. La prêtrise était partout, aux premières loges des exécutions, des déportations, des interrogatoires, un air de résignation extatique dans les yeux, lèvres serrées, contenant avec peine une formidable joie devant ce nouvel ordre.

La répression pouvait offrir d'innombrables occasions de plénitude auxquelles il renonça. Il troqua, un soir, son uniforme, contre les frusques d'un paysan qui eut les honneurs d'un enterrement militaire pour services rendus à la croisade, vola un cheval et gagna, avec une dextérité apprise de longue date, une dernière colonne de réfugiés qui fuyaient, affamés, désespérés, vers la frontière française.

Il n'y eut personne pour lui demander des explications. Il proposa d'emblée son cheval pour la boucherie, à condition qu'un autre que lui ne s'occupe de l'abattage. Il ne supportait pas la vue du sang…

En tout point il fut exemplaire, porta des enfants, des vieillards, sur son dos, aida les blessés et les mourants, proposa aux malheureux un réconfort qu'ils ne parvenaient pas à trouver, chacun ne pensant qu'à une seule chose, la fuite.

Quand il traversa enfin, à son tour, la frontière, parmi les milliers de fugitifs, il n'eut pas d'arme à abandonner ni de charge à emmener.

Avant d'être enfermé dans un camp français, à la faveur de l'obscurité, il cacha ses papiers français, allemands, italiens, au fond de ses bottes.

Il se retourna et leva le poing vers ses compagnons d'exil. Nul ne répondit à son salut, tous dormaient, tous rêvaient déjà à la terre qu'ils regretteraient jusqu'à leur mort. Mais il n'y prit pas garde, connaissant bien les caprices du hasard et les facéties du destin.

5

Paris, 1987

Au réveil, sa décision de la veille le ragaillardit. Sous la douche, Lambert égrène des noms qu'il n'a pas prononcés depuis cinquante ans : Georgette Malivoine, dix-neuf ans, née à Angers, Régine Desmarquets, quinze ans, née à Paris dans le XXe, et Louise Petitjean, dix-sept ans, née à Capdenac dans l'Aveyron.

– Toutes trois mortes à Montreuil, toutes trois vivant à Montreuil, dit-il à voix haute. Toutes trois enterrées à Montreuil.

Quand il sort de chez lui, il est près de dix heures du matin. Dans la rue règne un calme inhabituel. Il entre dans le métro avec le journal, *Le Parisien*, qu'il a le temps de lire de bout en bout jusqu'à la station Robespierre.

Rien n'a vraiment changé, les rues gardent cet air de pauvreté séculaire, descendent en pente, doucement, entourées d'entrepôts à l'abandon, de maisonnettes aux jardins bétonnés, de terrains vagues où poussent, drues, les mauvaises herbes, et de bistrots minables, sombres, au mobilier en Formica.

Il entre dans le premier d'entre eux, boit un café au comptoir, amer, qui lui tord les boyaux et, au moment de payer, propose le journal au cafetier.

– C'est pas de refus. La clientèle se fait rare, faut passer le temps.

Il demande alors :

– C'est toujours par là, le cimetière ?

L'homme ne répond pas, fait un geste du menton.

Il sort et reste un moment sur le trottoir défoncé, hésite.

La première fois il aurait pu, s'il avait osé, apprendre quelque chose. Cinquante ans après… Il sourit et avance. Maintenant il en est temps.

Le cimetière s'est agrandi. Cet ajout de stèles est contraire au temps qui passe, qui rapetisse et réduit tout.

Il y a les morts aux tombes délaissées, et les morts aux monuments récents, laids, rutilants. Les guerres ont apporté leur moisson, construit leur territoire.

Il ne se souvient pas du chemin qu'il avait parcouru pour la triste cérémonie. Il n'a pas vu les croix, les plaques, il était parti, et qui sait si quelqu'un est revenu un jour fleurir, pleurer les trois jeunes disparues…

Son regard erre, toujours fasciné par la laideur et la paix qui émanent de ces lieux, où les fleurs finissent aussi par mourir là, couchées sur le marbre, le granit, où les visages jaunissent et continuent à disparaître en souriant, chapeautés, médaillés, chéris par les parents, les enfants, les voisins, les collègues de travail, l'amicale des pompiers, la chorale de Saint-Étienne-du-Mont, ceux-là mêmes qui, un jour, à leur tour, viendront nourrir une terre sans futur.

Il les trouve par hasard, au bout d'une allée qui ne mène nulle part, un cul-de-sac où une grande croix barre la route, derrière un amas de tombes cassées, brisées, abandonnées.

Celles des trois jeunes filles sont identiques, non entretenues, avec de petits vases vert-de-gris, scellés sous leur portrait souriant, piqué lui aussi par la rouille. L'humidité a pénétré sous le verre des photos. Des feuilles s'entassent entre les stèles, pourries et séchées.

Les trois « à notre fille bien-aimée » sont toujours là. Et une seule fleur, en plastique, coincée par un fil de fer à la croix en métal qui les surplombe. Des fleurs de rien du tout, faites pour durer. Une rose, un coquelicot, une jonquille.

Il s'assoit sur une tombe, en face, regarde autour de lui dans l'espoir de voir quelqu'un à qui poser une question.

Le temps est encore agréable, et il a l'impression de se reposer, apaisé, l'esprit vide.

Quelle question pourrait-il poser aujourd'hui ? Trois tombes pour trois mortes, il y a si longtemps.

Parents morts, famille disparue. Des frères, des sœurs, des amis, peut-être. Les tombes ne sont pas entretenues.

Il se lève.

Ce n'était pas une bonne idée, elles sont vraiment mortes pour tous, celles-là. Il lui faudra trouver autre chose pour l'aider à tenir et faire taire toutes ces questions auxquelles il n'a pas envie de répondre.

Il jette un dernier regard puis, lui aussi, leur tourne le dos.

Il avance vers la sortie, croise un homme portant une sorte d'uniforme. Sans réfléchir, il sort sa carte barrée.

– Dites, vous avez des registres, ici ?

L'autre répond avec empressement.

– Bien sûr, suivez-moi.

De la fatigue sur les épaules, des yeux qui semblent ne rien voir, bleus, pâles, aux cils presque blancs.

Il pose des questions. Peu, il n'a pas beaucoup d'idées, ni l'envie.

Non, il ne sait pas, il est tout seul pour tout faire

ici, mais non, il ne lui semble pas que quelqu'un… Peut-être juste une chose. Il ne peut pas le jurer. Il ne l'a pas vu de ses yeux, seulement constaté.

– La fleur, la fleur est changée tous les ans, vers le mois d'août. Mais je peux me tromper.

Il sent, lui, qu'il ne se trompe pas.

– En août, dites-vous ?

– Oui. C'est pendant mes congés. Quand je reviens, début septembre, je me dis, tiens, la fleur en plastique a changé.

Allemagne, Spandau, 1987

Devant son officier, pauvre type à la calvitie avancée, à la graisse contenue par le tissu rêche de l'uniforme, où l'insatisfaction se lit de la pointe de son cigare jusqu'à ses chaussures trop lustrées, Samuel Lisestein, qui connaît les instructions de mémoire, se souvient de ce premier jour où il trouva un but à son existence.

Du temps où les disputes entre ses parents avaient encore l'énergie de la vie. Il avait très vite fait le tour du problème. Rien ni personne ne l'intéressait.

Un détachement indolore vis-à-vis des siens, une profonde indifférence envers ceux qui se disaient ses amis. Une méconnaissance opiniâtre des sentiments, du sexe, de l'amour. Voilà qui pouvait résumer sa situation.

Il demanda à ses parents s'ils étaient juifs. La réponse fut, là aussi, circonstanciée :

– Ça te pose un problème ?

Il haussa les épaules. Son père continua :

– Strictement juif, tu ne peux pas l'être. La religion se transmet par la mère, or la tienne – il leva son verre d'un geste joyeux – ne l'est pas. Tout ce qu'il y a de français. De français pure souche. Une demoiselle de Chambourtin.

– Je connais le nom de jeune fille de ma mère.

– Mademoiselle de Chambourtin, chéri, ajouta celle-ci en s'abandonnant un peu plus sur le canapé. Sa mère, blonde et molle, la peau blanche jusqu'à la transparence, avec des lèvres épaisses, rouges, qui lui donnaient, lorsqu'elle parlait, un air de poupée pour ventriloque.

– Donc, je disais, selon la religion juive, malgré la grande famille à laquelle nous appartenons, les Lisestein…

Son épouse pouffa. Il rit à son tour.

– La dernière du nom, pour ainsi dire. Parce que ma sœur, mon pauvre frère… Son sourire ne vacilla pas en évoquant Hubert de Chambourtin, dont la vie, brève, avait été source de scandales et de peines pour ses grands-parents. Aimables et attentionnés, du fond de la terre fraîchement creusée qui les recouvrait, toujours ce raffinement extrême jusque dans la mort, à un mois d'intervalle, pour rendre les choses faciles, eux non plus ne comptaient pas pour Samuel.

Pourquoi s'était-il rendu dans cette bibliothèque déserte, immense, à Versailles, alors que chez lui les livres abondaient ? Il n'en gardait aucun souvenir. Il vola le livre dont la couverture, le titre, l'avaient intrigué.

Le lendemain, il prétexta un vague malaise pour pouvoir le lire. Il ne comprit pas tout, juste l'essentiel, et le postulat qui irrita par jeu son esprit devint rapidement l'idée maîtresse qui, en ce jour du mois de décembre de 1987, prenait pour la première fois un sens.

– Oui, capitaine, dit-il quand l'autre sembla s'épuiser.

Rivet, agacé, le congédia. Il n'était pas encore temps d'aller au mess, et l'idée de rentrer chez lui l'effleura.

Son intérieur, sombre, à cause de son obsession de la lumière, la lumière qui attaque les yeux, la tête, elle a toujours mal à la tête Ginette, lui fit l'effet d'une bombe lui explosant à la face. Il se rassit et lut, pour la troisième fois, le dossier de l'appelé.

Ah, si seulement il pouvait de nouveau avoir vingt ans, la vie serait différente ! Il en goûterait chaque instant, s'enivrerait de la plus petite parcelle d'existence au lieu de passer son temps à attendre. À attendre quoi ? Il n'y a rien à attendre. Il eut envie de pleurer, il se sent si misérable.

La neige recouvre tout. Trente pas jusqu'à la première guérite, qui fait un angle de quarante-cinq degrés avec la fenêtre où il se tient. Des barbelés à soixante-quinze centimètres du sol, une barrière que l'on peut ôter en cas de besoin, inutile. Comme les dizaines de guérites, de mètres de barbelés, les relèves de garde, les armes automatiques, antichars, antimissiles sur les toits, à chacun des quatre Q.G.

Depuis tout ce temps, il n'a eu de véritable conversation avec personne. Les langues étrangères, il n'a jamais aimé ça, alors tu parles, se mettre à son âge à l'anglais, au russe… Ils n'ont qu'à faire des efforts, eux. Il est français, les Français assurent le premier tour de garde, c'est bien un signe, non ?

Paris, place de la Madeleine, 1987

Les formalités se succèdent dans un brouillard. Il signe les papiers : acte de vente, acte notarié, décharges, état des lieux, chèques, encore des chèques, et chaque fois qu'il pose sa signature sur le bas d'une feuille, il se sent plus léger.

L'action, il ne vous reste que l'action, avait dit l'un des médecins.

Est-ce que le fait d'apposer sa signature sur un papier est une action ?

– Vous avez fait une affaire ! s'exclame le vendeur en nage, une fois les documents signés. Allez, je vous emmène boire un verre pour fêter ça !

Il faillit refuser. « Fêter ça ! » Cette promiscuité, contenue dans le terme, la gaieté de bon aloi… Peut-être devrait-il se forcer à la gaieté ? Mais il voulait l'observer une seule fois, tout à loisir.

Ils s'installèrent en terrasse en bas des Champs-Élysées, dans un établissement tape-à-l'œil, avec de grosses colonnes recouvertes de miroirs, des tableaux illuminés façon musée représentant des marines en accord avec la clientèle du lieu, assise aux tables en marbre massif, rehaussées de laiton doré.

– Une petite coupe ? proposa-t-il en habitué.

– Oh, oui ! fit-elle faussement joyeuse, il avait remarqué qu'il l'intimidait.

Elle était habillée en grenat de la tête aux pieds avec, assorti à sa cape, une sorte de bibi en forme de cône sur le haut du crâne. Quand il avait glissé sa main dans la sienne, chaude, dodue, sa chair avait été parcourue d'un frisson.

Ses doigts boudinés, aux ongles rongés, étaient le seul signe d'une faille et ce détail lui conférait, fugacement, un air enfantin, dénié aussitôt par sa voix stridente, son visage épais au double menton vigoureux, ses yeux perçants, petits, où nulle bonté ne se réfugiait.

– Et pour vous ? Vous nous accompagnerez, n'est-ce pas ? Trois coupes ? clama-t-il, s'adressant au serveur.

– Pour moi, ce sera une verveine, froide, s'il vous plaît.

Il les vit échanger des coups d'œil de connivence, des coups de coude sous la table. Le spectacle d'Odile Meïer et du vendeur se réjouissant à l'idée de l'avoir dupé le mit de bonne humeur.

Il leva avec eux sa tasse de verveine, insista pour payer le moment venu, et s'émerveilla de la voir ainsi, commune, vulgaire, laide, repue de sa bêtise et de son ignorance, soulevant son petit doigt pour boire du mauvais champagne à un prix exorbitant, heureuse de la vente, faite à un inconnu, de l'appartement de sa véritable famille.

Pendant qu'ils devisaient, banalités sur platitudes, mensonges sur prétentions, il chercha en vain, dans la carnation rougeaude, les traits épais, les mimiques outrées, une ressemblance, si minime soit-elle, avec Albert Samuel Meïer, son père. Et cette manière qu'il eut de la fixer, elle, comme si le monde tout autour n'existait pas, la rendit en un premier temps nerveuse, puis flattée, et enfin affolée, délirante, avec des éclats de rire se fracassant dans les octaves, des tressaillements de poitrine, de fesses, de mains, confite de contentement d'avoir enfin pris sa place dans ce qu'elle croyait être le monde.

Il eut la tentation, un moment, de tout lui avouer et de les planter là, avec le fardeau.

Quelque chose dans son regard le fit changer d'avis, attendre encore un peu. Le temps, il ne lui restait plus que ça, même s'il était compté, tout le reste ayant été consommé jusqu'à la lie.

Le regard d'Odile était opaque, mais la fêlure, pourtant, existait. Et c'est dans cette faille qu'il voulait se glisser. Bâton de dynamite dans une montagne qu'il ferait voler en éclats. Tant pis si elle n'y était pour rien. Il avait appris qu'il y a les bourreaux et les victimes, les forts et les faibles, les riches et les pauvres. Il avait maintenant toutes les cartes en main. Il en ferait sa victime.

Quand ils se séparèrent, il était devenu presque sociable, ainsi du moins le pensa Odile, qui attendit son départ définitif, sur une poignée de main appuyée, un échange de numéros de téléphone et la promesse de se revoir.

Il s'éloigna, un peu voûté, sourire aux lèvres, une aberration chez un homme n'ayant eu, jusqu'à ce jour, ni raison ni occasion de sourire.

– Je lui ai fait une grosse impression, déclara Odile en faisant tournoyer sa capeline. Ouiiiiii, je crois bien que je lui ai fait une très grosse impression !

Comme elle ne lui avait pas encore versé son pourcentage, il ne dit rien. Qu'est-ce qu'elle croyait, l'autre ? Avec son quintal de mauvaise graisse, elle pouvait en faire des impressions… Leur relation avait évolué, elle était maintenant centrée sur l'argent, le profit. Sinon, pourquoi supporter une femme répugnante que la galipette titillait plus que de raison ? Il devait se ménager, à chaque fois il frôlait l'infarctus. Mais ce jour-là, il y alla avec rage, n'hésitant pas à lui faire mal, pour se soulager. Quelque chose le rendait nerveux.

Allemagne, Spandau, 1987

Il n'a aucun plan précis.

Pendant des années il a pensé, réfléchi, anticipé cette confrontation, et rien ne se déroule comme prévu.

Le vieillard marche lentement, tête baissée. Son manteau épais tombe sur ses jambes. Il regarde le sol et voit ses pieds se mouvoir avec précaution. Il va jusqu'au bout du chemin et revient.

Par neuf fois il recommence le trajet, puis s'arrête.

Il lui semble le voir crier, mais le vent, si fort, emporte les mots. De toute manière, il n'aurait pas compris, il ne connaît pas l'allemand.

Cela fait à peine vingt minutes qu'il est là-haut et le froid a pénétré tout son corps, s'attaque douloureusement à son nez, à ses oreilles sous son casque. Il ne veut plus rester là, comme un imbécile, à regarder le dos d'un vieillard qui avance dans la neige.

Le rire de son père lui revient en mémoire, aussi coupant que le froid, aussi glacial que sa déception. La solitude de sa situation lui pèse. Jamais auparavant il n'avait ressenti une telle sensation. Souvent il avait frayé avec la solitude, mais il l'avait domptée, de son propre choix. À présent, devenue sauvage, elle l'agresse, lui raidit le cou.

À qui peut-il confier ce qu'il soupçonne ? Le pourquoi de sa présence dans cette tour sinistre, au lieu de gentiment végéter dans un bureau ministériel chauffé, lisant la presse, et attendant que les heures passent sur la pendule murale ?

Il ne trouve pas de réponse, une fois de plus.

Le tour de garde finit. La nuit s'écoule. Un jour et un autre jour, avec la monotonie, la tristesse de l'ennui. La vie se dilue dans cette obéissance stricte aux rituels stupides qui régissent la vie militaire.

Peu à peu il commence à boire, pour se réchauffer, se consoler, s'abrutir, se rapprocher des autres.

La première permission le trouble. Ne pas rester, ne pas s'en aller. Il a la tentation de les suivre. Il abandonne vite cette idée, faire la fête le tétanise. Il n'a jamais eu le goût du rire.

Désœuvré, il erre devant le quartier des officiers, des petites maisons en préfabriqué. Il regarde les jardinets propres où quelques plants de tomates, lui semble-t-il, gèlent à côté des feuilles mornes, visqueuses, des pommes de terre. Qui peut bien vouloir cultiver des pommes de terre dans un pays qui érige la pomme de terre en valeur nationale ?

La réponse jaillit du porche et lui propose en un souffle une boisson chaude. Par ce temps, il n'y a pas d'autre chose à faire. Se terrer, boire du thé chaud, du chocolat, de la verveine, de la camomille, jamais du café car ses nerfs n'y résisteraient pas.

Ginette Rivet l'a tout de suite remarqué. Pas particulièrement beau avec son grand nez d'oiseau, son front court, un peu fuyant, ses lèvres longues et trop fines, il n'est pas son genre d'homme. À son âge a-t-elle seulement un genre d'homme ? Certainement pas son mari, il lui fait horreur, lui confessera-t-elle plus tard, il fait « des choses ». Rien n'avait été dit de plus sur le sujet. Son mari avait parlé de lui deux fois, deux fois où elle avait perçu chez son époux un sentiment autre que l'indifférence sadique avec laquelle il traitait les nouvelles recrues.

Samuel Lisestein n'est pas parvenu à deviner le genre de choses que le capitaine Rivet pouvait faire à sa femme.

Ginette Rivet est petite, boulotte, avec de ridicules frisottis sur la tête et de grands yeux qu'elle roule, affolée, pendant que sa bouche se rétrécit en un trou minuscule d'où s'extrait un son continu, uniforme, semblable aux alarmes d'usine.

Ginette Rivet s'exprime uniquement sous forme de jérémiades.

Samuel Lisestein accepte une infusion. Il ne supporte plus le froid. Inattendue et déconcertante découverte sur sa nature.

Adolescent, il s'est plu à imaginer que cet état d'esprit qui atermoyait ses gestes, ses expressions, n'était que passager, que, le temps venant, il évoluerait vers une personnalité plus conforme à ses rêves, un physique en accord avec ses aspirations. Il n'en est rien. Il se complaît dans l'idée qu'il est affreux, bête, inutile, en de terribles et passagères crises de désespoir narcissique.

Ginette Rivet ne put jamais lui servir une autre tasse de verveine, de camomille, de tilleul, de thym, excellent pour les affections cathartiques, car il se jeta sur elle, sans désir, sans trop savoir pourquoi, peut-être la curiosité de savoir si elle continuerait de geindre.

– Ainsi, vous êtes étudiant ? Le tremblement de sa voix atteste l'émotion que l'acte mécanique de Samuel Lisestein suscite en elle. Ni précautions ni préliminaires, encore moins de paroles ou d'attentions. Basculée sur la table, une main tenant sa nuque écrasée contre le bois pour cacher son visage, l'autre s'enfonçant dans la chair flasque de sa taille. Des mouvements de métronome en regardant par la fenêtre la partie moderne du camp, construite pour accueillir les officiers qui, avec leur famille, ne voulaient à aucun prix passer des mois, des années, entre les murs sombres de la forteresse.

– Même le diable n'arriverait pas à chauffer des endroits pareils. Avec plus de quatre mètres de hauteur de plafond… C'est bien les Boches, tiens, construire de telles monstruosités !

Il en convient poliment.

Ce dont elle se plaint le plus est de n'avoir personne à qui parler.

Après des heures passées recroquevillée dans son fauteuil, près de la fenêtre, à observer l'étendue quasi déserte du camp – toutes les autres familles sont parties, seul son mari reste en poste dans le secteur français – elle l'attend. Et dès que celui-ci pose un pied à l'intérieur de la maison, elle lui déverse un flot inépuisable de paroles, véritable logorrhée où les affaires du jour, le prix du chou, les nouvelles de Spandau, n'importe quel sujet, sont bons pour combler sa solitude.

En été elle le guette dehors, à côté de la minuscule barrière qu'elle a exigée autour de ses deux mètres carrés de jardin, en une tentative désespérée de civiliser cet affreux no man's land.

Folle de dépit, souvent, elle le voit faire demi-tour et s'engouffrer dans le mess au lieu de venir déguster les excellents repas qu'elle lui prépare.

Paris, place de la Madeleine, 1942

C'est à ce moment qu'elle aurait dû parler. Poser les questions qui s'imposaient. Elle s'était tue et il avait déplié son journal. Le silence, ainsi, s'était installé.

D'habitude, il commentait les nouvelles, s'exclamait, condamnait. Albert Meïer avait toujours une opinion sur tout. Par son esprit frondeur, jeune homme, il avait brisé le carcan rigide de sa famille où nul ne prenait la parole sans l'autorisation du père.

Mais il s'était tu, lui aussi, une seule fois, et avait obéi, comme elle. Car c'était prévu de longue date et, ensemble, ils n'avaient jamais évoqué le sujet. Chacun gardait ses secrets, ses suppositions, l'un frôlait la vérité, l'autre se jouait de la réalité, pour ne pas provoquer de scandale.

Elle ferma les yeux et remarqua dans le scintillement de l'obscurité que son mari passait les pages trop vite, comme si ses yeux refusaient ce soir-là de lire les nouvelles d'une guerre qui érodait leur monde, et avait, dès les premiers jours, tué leurs fils.

Morts à une semaine d'intervalle d'après le communiqué du ministère de la Guerre. Leurs corps enterrés à la va-vite, on ne sait où. La France avait capitulé et, le choc passé, chacun avait essayé de reconstruire un quotidien comme il avait pu.

Albert pensa que son épouse n'avait pas montré grand chagrin à la disparition de leurs deux aînés. Il n'en était rien.

Quand ils étaient encore petits, elle avait deviné en une sombre prémonition qu'ils ne resteraient pas longtemps sur terre. Et faisant preuve d'un égoïsme calculateur qui l'avait toujours préservée du désespoir, elle s'était montrée une mère parfaite dans ses actes, réservée dans ses sentiments. Manière discrète d'amorcer un deuil qui surviendrait vingt-cinq ans plus tard. Elle avait profité de l'amour de ses enfants avec retenue, et leur mort ne l'avait pas surprise. La douleur, sans la brutalité de l'imprévu, était plus acceptable.

L'annonce qu'Albert Samuel Meïer venait de lui faire la blessa cruellement, et jamais elle ne se pardonna de ne pas l'avoir soupçonné.

– Reprends-tu du potage, Albert ? demanda-t-elle. Un léger tremblement brisa sa voix.

Elle sait parfaitement qu'il ne reprend jamais une deuxième fois d'un plat. Quel qu'il soit.

La modération, cette terrible modération qui ponctue tous ses gestes dès qu'il se réveille, le matin, dans le lit matrimonial. D'abord un œil, puis le second, un soupir, vite réprimé. Ses mains qui tendent le drap devant lui, et le lever, lent, comme le reste. Ses pieds qui cherchent les chaussons, cet infime raclement sur le sol, la première exaspération du jour.

Elle ferme les yeux avec force. Ne pas voir, ne pas entendre.

Les ablutions d'Albert Meïer durent quarante-deux minutes. Il sort de la salle d'eau rasé de près, sentant la lotion au camphre mêlé de bruyère qu'elle lui a toujours connue, préparée depuis des générations par la pharmacie de l'Esquive.

Il se penche vers elle, dépose un baiser sur son front. Elle frémit, puis il fait le tour du lit, met ses boutons de manchette, porte la montre à son oreille, la remonte et s'éloigne. Arrivé dans le couloir il se retourne, ouvre la bouche, et, un jour sur deux, prononce les mêmes mots :

– Bonne journée.

Les journées ne sont jamais bonnes pour Adélaïde Meïer. Mais elle ne s'est jamais posé la question de savoir si ses journées à lui étaient bonnes, intéressantes, amusantes. Elle n'en a cure.

Elle ne peut rien dire de son travail. Parfois, au début surtout, elle recevait. Des avocats, des magistrats, des notaires, leurs femmes, des relations.

Avec les événements et son peu de goût pour les mondanités, leur vie sociale s'est amenuisée, réduite aux dîners de shabbat. Un rite social, lui aussi.

Ce jour-là, elle attend une réponse. Elle veut à nouveau voir l'individu entrer dans la salle à manger pour observer le visage de son mari.

Albert Meïer, irrité, répond presque trop vite, et s'aperçoit alors qu'il vient de tomber dans le piège ourdi par Adélaïde.

– Mais non, tu sais bien que je ne reprends jamais deux fois d'un même plat.

Il rougit, s'agite en voyant cet air faussement placide,

cette poitrine lissée par le tissu de prix, qui brusquement s'anime.

Ils se défient.

– Eh bien, moi, j'en reprendrai. Si tu veux bien sonner…

Il ne peut que s'exécuter et c'est d'un ton autoritaire qu'il somme Désiré de rapporter la soupière, dont le liquide trouble refroidit dans un coin de la cuisine.

Il est content Désiré, il aura de quoi raconter à Germaine. Curieuse, intrigante – ce qu'il prend pour de l'intelligence –, Germaine aime par-dessus tout connaître les tenants et les aboutissants.

– Quand on sait par où le bon chrétien pèche, c'est une place au paradis d'assurée ! a-t-elle coutume de dire. S'il fallait compter sur le Bon Dieu ! Le Bon Dieu, c'est comme tout le monde, il ne prête qu'aux riches. Alors, en attendant, puisque tu m'as esquintée, ouvre l'œil et le bon. Les Meïer, c'est comme nous autres, mais en youpins, c'est tout. Ça pisse et ça chie tous les jours que l'Bon Dieu fait !

Il l'aura entendue, Désiré, la litanie. Ouais, il l'a esquintée, et c'est pas fini ! Ça, elle peut y compter. Si elle dépasse le trait, elle l'aura sa torgnole. C'est pas une femme qui va dicter la loi.

Il rapporte la soupière, regard morne, indifférent, un peu de graisse luisante au coin des lèvres. Il la pose devant Adélaïde et soulève le couvercle.

Le liquide est auréolé, quelques brins de vermicelle reposent au fond.

Elle a un haut-le-cœur.

Il passe lentement la langue sur ses lèvres.

La voix d'Adélaïde fuse, aiguë, mal contrôlée.

– Vous ne l'avez pas fait réchauffer ?

– Fallait demander !

La porte de la salle à manger claque.

Pour ne pas pleurer, Adélaïde fixe les vitres de la porte qui oscillent sous la violence du choc. Albert se lève, pose doucement sa serviette à côté de l'assiette.

– Je n'ai plus faim.

– La porte, il faut fermer la porte !

Elle se revoit, affolée, jetant les clefs à Désiré sur le palier de leur appartement. De la maison qui a vu tous ses enfants naître et ne les verra pas mourir. Mais sa pensée ne va pas plus loin.

Assise sur les gradins du stade, Adélaïde se rend compte qu'elle sent. Ce n'est rien, rien de grave. Certes une odeur, pas mauvaise, juste familière, le rappel d'un corps, le sien, maintenu depuis toujours dans l'absence absolue d'odeurs excepté celle de la lavande en été, de l'ambre en hiver. Alors Adélaïde Meïer regarde autour d'elle et pleure.

L'absurdité de la question qu'il s'apprête à poser scelle ses lèvres.

« Pourquoi pleurez-vous ? »

Albert Meïer a souvent vu pleurer sa femme, en silence. Par lâcheté, puis par indifférence, il s'est tu.

À leur mariage. Souvent les femmes pleurent à ce moment, l'émotion, la peur de l'inconnu, Adélaïde n'avait pas failli à la règle. À la mort de sa mère. Parfois le soir, fatiguée par les longues journées domestiques avec leurs enfants en bas âge. Pour des mots prononcés trop haut, entre époux. Et les dernières larmes, à la disparition de leurs fils. Peu, rapport au chagrin qu'il éprouvait.

Il s'en était voulu de ces pensées dénuées de bonté. Elle devait avoir autant de peine que lui. La douleur d'une mère n'a pas de commune mesure avec…

À son tour, il regarde autour de lui. Des centaines de personnes, parfois des visages familiers, connus, entraperçus, appréciés. Tous pâles, défaits, effrayés. Tous juifs, il regrette de ne pas les avoir aimés, de ne pas avoir été assez vigilant. Il regarde les siens et son cœur se serre.

D'une certaine manière, il s'y attendait. Il avait, de toutes ses forces, essayé de vivre sans déroger, une seule fois, à la ritournelle de ses habitudes. La routine, l'unique rempart qui protégeait de la peur, du désespoir. Frontière qu'il avait peu de fois, dans sa vie, franchie.

Paris, Montreuil, 1942

Lambert écrit laconiquement RAS sur la chemise « août 1942-cimetière de Montreuil ». Il la pose en haut de la pile. Par la lucarne, la lumière incendie la poussière.

– Ça fait des années que je n'ai pas pensé à mon frère, dit-il à voix haute.

– Pourquoi ? Il est mort ? demande David Berstein.

– Non, il n'est pas mort. Lambert est presque étonné. De sa question, de sa réponse. Il poursuit sans savoir très bien pourquoi.

– Je n'en sais rien. Je ne l'ai pas vu depuis si longtemps. Depuis…

Il se tait.

– Ça arrive souvent, les gens sont là, nombreux, autour de toi, et un jour tu te retrouves tout seul, c'est à ton tour de disparaître.

David éclate de rire.

Lambert a envie de lui demander pourquoi il rit. D'être vache, de lui dire que s'il était comme lui juif, il n'aurait pas très envie de rire. Il préfère partir. Il prend sa veste, son chapeau.

Dehors il fait encore chaud, les quais sont paisibles. La douceur de l'air, les branches qui s'agitent doucement lui donnent envie de marcher.

Une cloche. Plus loin, assourdie, une autre, et encore une, les sons se diluent dans l'air. Sept heures. Il a bien fait de rentrer à pied. Son regard caresse les façades, les arêtes des toits. Le gris des toits de Paris reflète un ciel limpide, une lumière dorée. Mensongère. Il se concentre et entend le pépiement indifférent des oiseaux. L'accompagnement sonore des égoïstes et des sots. Il n'a jamais aimé les oiseaux.

Cette pensée le ramène à Berstein, puis à son frère qu'il n'a pas revu, n'a pas cherché à revoir.

L'air bouscule la cime des arbres.

Il croise des gens. Auparavant ils flânaient, maintenant tous semblent pressés. Leurs pas soulèvent des nuages de poussière, leurs regards sont aux aguets, la peur.

Il consulte sa montre. Ce n'est pas encore le couvre-feu. S'il restait dehors, lui, policier, est-ce qu'il pourrait ? Il a des droits, des passe-droits, mais aux yeux de qui ?

Et lui aussi presse le pas, pris par ce tourbillon, il a des choses à faire, un but, les crimes de Montreuil. Mais quoi chercher ? Par où commencer ? Faut-il seulement commencer ? Le commissaire lui-même a baissé les bras avant d'ouvrir le dossier. Il a parlé de morts, de macchabées qui marchent dans les rues et qui s'ignorent. Il n'a pas compris.

Tout est paisible. Des enfants font flotter de frêles petits bateaux sous le regard de leur mère. Image d'Épinal.

Il se souvient. Lors de leur première communion ils

étaient venus ici même, leur père avait loué un bateau. Un pour deux. Échoué sous la fontaine, coincé. Il avait pleuré de rage. Son frère hurlait, son père riait. Il riait toujours avant de les frapper.

Il traverse les Tuileries et s'engouffre sous la Porte des Lions. Les drapeaux ondulent, annonciateurs d'une menace imminente. Il baisse les yeux, coupable.

Les rues se suivent, jusqu'à la Bourse. Son meublé se trouve là, une soupente au sixième étage. En dessous, des ateliers, des bureaux de numismatique, de courtage en pierres, en or, des joailliers, tous fermés maintenant. À l'exception de celui de M. d'Armentière, expert.

Sa plaque en cuivre brille sur la porte du deuxième, les autres se sont ternies au fil des mois. Faute de mains pour les astiquer. Il n'a pas fait attention, pas vraiment. À la Tour Pointue, on commence tôt et on ne sait jamais quand on finit. Et les dimanches, c'est une autre histoire ; les dimanches qui l'éloignent de chez lui dès que la lumière pénètre dans son appentis, comme il aime nommer les trois chambres de bonne réunies en un appartement de vieux garçon.

À vingt ans et quelque, Lambert se considère déjà comme un vieux garçon, sans autre avenir que la solitude, de menus plaisirs misérables et monnayés, et des satisfactions aussi banales qu'un repas convenable et du linge propre.

Ce soir il croise M. d'Armentière, un chiffon à la main.

– Bonsoir.

– S'il y a encore du bon dans ce monde, jeune homme, j'accepte volontiers de partager votre souhait.

Le ton pompeux, la diction lente, le regard distant sous de lourdes paupières tombantes et cette affectation de la pose, l'élégance du costume, contrastant avec la modestie du geste, amènent un sourire sur le visage d'ordinaire triste de Lambert.

D'Armentière retourne à sa plaque, qu'il astique lentement.

– Il n'y a plus que la jeunesse pour rire maintenant, et pas toute la jeunesse. Je me comprends.

– Excusez-moi, je ne voulais pas rire.

– Au contraire, mon jeune ami, riez, riez tout ce que vous pouvez !

– En tout cas, je ne riais pas de vous, monsieur…

– D'Armentière, pour vous servir.

– Lambert, j'habite au sixième.

– Ah, voilà donc l'unique !

– Pardon ?

– L'unique, seul, véritable, habitant de l'immeuble ! Le dernier du 2, rue de Monsigny.

– Mais vous-même ?

– Ah, non ! Moi, c'est pour le travail !

Il désigne la plaque et ses lèvres s'ourlent pour dire distinctement :

– G.O.T D'ARMENTIÈRES, expert. Étudiant, sans doute ?

– Non… Il hésite. Son hésitation l'irrite, il essaye de la chasser, mais aucun son ne franchit ses lèvres. Il inspire, conscient de la curiosité qu'il vient de provoquer chez son voisin.

– Flic, enfin, je veux dire, inspecteur.

D'Armentière a un bref mouvement de recul que Lambert perçoit. Ses mots se bousculent, il en bafouille.

– Ce n'est pas ce que vous croyez…

– Et qu'est-ce que je crois, jeune homme ? Le ton est dur, cassant.

– Je veux dire… Il peste contre lui-même.

– J'ai bien compris ce que vous voulez dire, monsieur

Lambert, et croyez bien que l'état de votre profession me laisse parfaitement indifférent.

Il claque le chiffon, une chiquenaude pour l'honneur, tourne les talons et assène d'une voix forte :

– Sur cette indifférence, monsieur, je vous rends bien le bonsoir. Si toutefois votre conscience vous le permet !

Lambert reste seul, comme souvent. Il a encore quatre étages à monter, et trois crimes à résoudre.

Varsovie, 1943

Après la scène, les nazis sont partis. Pavel n'a pas traîné. Il a ramassé son sac, replié les pieds de l'appareil, glissé la plaque dans la poche de sa veste et décampé.

La panique alors le gagne. Il court le long des rues, change brusquement de direction comme s'il était poursuivi, descend des escaliers qui le mènent dans un dédale de maisonnettes qui semblent pousser de l'intérieur de la terre. Il souffle enfin.

Il a vu des horreurs depuis le début de la guerre, avant même l'arrivée des Allemands. Personne ici n'aime les juifs. À cause d'eux, bien du malheur s'est abattu sur le monde. Il l'a toujours entendu dire, sa famille, ses amis, ses voisins. On ne les aime pas comme on n'aime pas la bière trop amère, ou le chou sept fois par semaine. Ne pas aimer les juifs qui ont tué le Christ fait partie de la vie. Les nazis, eux, ont apporté la mort, du coup, il ne reste plus rien.

Pavel tremble : son pied droit a la danse de Saint-Guy, sa main droite terrasse la gauche, sa mâchoire claque.

Il s'en souviendra toute sa vie. Et il en verra d'autres, pourtant, Pavel, mais rien n'égalera jamais ce baiser, ces rires, cette grenade jetée à l'aveuglette et le silence de cet homme jouissant pendant qu'il enfonce son couteau dans le cou d'une femme agonisante.

Il partira, quittera ce pays pour un autre qu'il croit exempt d'atrocités.

À cause de ce tremblement intérieur, rien ne restera jamais entre ses mains ni dans son cœur hanté par ces images. Ou si peu : une plaque photographique. Il en fera un seul tirage.

Les années passent, Pavel prendra racine dans la banlieue de Prague, au-delà du fleuve, là où les rails du tram se perdent au milieu des mauvaises herbes.

Son oncle lui a donné une dizaine de pièces d'or, des bijoux, peu, appartenant à Berthe qui avait trouvé refuge dans sa cave. Disparue elle aussi, en laissant sa valise où aucun nom, aucune lettre n'indique d'adresse. Une valise de nulle part, comme elle.

Il acquiert un petit local abandonné à l'arrière d'une maison laide, biscornue, dont les angles défient toute conception d'harmonie. Mais qui se soucie d'harmonie après cette guerre ?

Pavel fera le seul métier qu'il a toujours su faire : la récupération.

Il ramasse, dépoussière, entasse. Vieux meubles, vieux ustensiles, vieux livres, vieux papiers.

À chaque époque son usage.

La fin de la guerre fera prospérer son fonds. La reconstruction le verra florissant. Le rideau de fer le plongera dans une léthargie comateuse où la survie jour après jour occupe son esprit plus que le souvenir de cette image.

Il rencontre une femme, peu de temps après, qui

l'épouse, lui fait un fils, et le quitte pour un avenir meilleur.

Le fils, Emil, ne parle pas, ou peu. Il est gros, grand, taciturne. Il ne lui ressemble guère, mais il est là. Il charge les objets lourds, se procure toujours du bois pour le poêle, avale des litres et des litres de vodka, de la mauvaise, de l'alcool à brûler qui le consume jusqu'à le faire disparaître.

Pavel se retrouve seul à nouveau, rien n'a vraiment changé.

Les gens viennent toujours chercher une vieille casserole, une chaise à trois pieds, un livre écorné. Il se remet à récupérer, à vider. Caves, greniers, appartements.

Il commence à aimer la vodka, elle suspend le tremblement, arrête le temps. Les chats s'installent, la poussière s'accumule. Les gens parlent, parlent et jettent. Pavel, lui, se tait et récupère.

Parfois, une pensée le traverse, fugace, vite oubliée. Il essaye de se souvenir, n'y parvient pas.

Pavel arpente le quartier, hier les rails se perdaient, à présent de vilaines maisons ont repoussé les terrains vagues. Des familles s'y entassent. Deux ou trois maisons comme la sienne s'ouvrent, il ne comprend plus rien. Il s'en fout.

Les gens qui entrent chez lui cherchent des papiers, des livres, des affiches, des photos.

Il leur en donne, il en a des sacs entiers. Le gaz de ville a remplacé le poêle. Il déverse les sacs sur le sol des deux pièces, jonché de papiers, y mêle le contenu de son portefeuille où le tirage, unique, ne l'a jamais quitté. Il se couche dans son lit, un chat jaune y a pris place.

Le chat jaune et le vieux Pavel. Les deux s'ignorent

et se surveillent face à la porte toujours ouverte où, parfois, des clients viennent se perdre.

C'est une fin d'après-midi, le soleil est encore chaud, le fleuve étincelle et sent mauvais, le bruit des voitures lui parvient, assourdi. On pourrait se croire en été, mais il n'en est rien, l'hiver est encore là, tapi, laissant une brève place, quelques heures, au printemps. Il tremble plus que d'habitude, la bouteille est vide, le chat jaune saute, nerveux, d'un monticule à un meuble, d'un meuble au sol où il déplace d'infimes particules de poussière qui brillent dans la lueur du couchant.

Le carillon se met en branle, le cœur de Pavel s'accélère. Soulagé, il comprend qu'il n'aura aucun effort à faire, ce sont des étrangers.

Aucun circuit de l'État n'incluait dans son programme touristique ce quartier à l'abandon. Et soudain, cela aussi changea, les maisons avaient eu leur cortège d'admirateurs. Les politiques, les fonctionnaires, ébahis, avaient dû pousser les grilles, arracher les mauvaises herbes, nettoyer les vitres de ces bâtiments qui apportaient à présent une telle manne de devises.

Pavel devint invisible et personne ne songea à chercher un vieillard niché à l'arrière d'une maison cubiste.

Deux étrangers, un homme et une femme, paisibles, dans leur monde, entrent. Lui, libre, furète, sourit, avenant.

Elle, pâle, les traits tirés, aux aguets, des yeux tristes qui errent sur la poussière, sur les papiers entassés. Elle n'ose tendre une main et toucher ce qui pourrait lui faire envie.

Pavel se redresse et observe son manège. Innocent et si dangereux pour lui. Les tremblements s'accélèrent.

Elle a vu. Ses mains sont noueuses, elle agrippe la manche de son compagnon. Le chat jaune abandonne le lit et va se frotter contre les jambes de l'homme, qui se baisse et saisit un papier à l'endroit où elle a pointé son doigt. Puis il se tourne vers elle, mais elle a déjà quitté les lieux. Le soleil l'éblouit, il cligne des yeux.

Pavel murmure un chiffre, toujours cette peur de rater une vente. Ridicule chez un individu qui n'a jamais rien voulu entreprendre. L'étranger pose les pièces sur la table qui fait office de comptoir, il a à la main un papier cartonné, jauni, de petite dimension, 15 × 15 centimètres environ.

Doucement, les tremblements de Pavel se sont arrêtés.

L'étranger a rejoint la femme au coin de la rue, elle prend la photo et un frisson la saisit. Un tremblement, dans son cœur, vient de commencer.

Paris, rue Montmartre, 1941

– Regretter, maintenant que tu l'as trempé ton biscuit, c'est un truc de mectons ! avait-elle glapi, hors d'elle. T'es qu'un con comme les autres !

Il avait essayé de la faire taire. Tout le monde regardait.

Chartier était bondé. Il avait voulu l'emmener dans un lieu plus discret, mais elle avait insisté avec force cajoleries, et il n'avait pas su résister, devant la promesse explicite de ses regards, la moue de ses lèvres, les frottements de son pied contre son pantalon.

Albert Meïer découvrait, à cinquante ans passés, un nouvel état, celui d'un homme désiré.

Il n'avait rien à reprocher à Adélaïde, Dieu du ciel, non. Elle avait toujours répondu avec docilité et passivité à ses besoins naturels.

De son côté, avec respect, il avait honoré la couche

autant de fois qu'il avait été nécessaire pour assurer une vraie descendance. Avec trois garçons, on pouvait penser qu'il avait accompli aux yeux du Seigneur, du rabbin et de la famille, son double devoir d'époux et de père.

Il ne s'agissait pas de cela avec Germaine.

Les deux aînés décédés, il n'avait plus le cœur à l'ouvrage, et le corps blanc, mou, propre, de son épouse, le révulsait.

Elle s'en était accommodée avec l'indifférence qu'elle lui opposait lors de leurs rares ébats. La vie avait continué avec, entre eux, ce vide charnel supplémentaire.

– Emmène-moi chez Chartier, tu l'as promis ! Un grand restaurant, dis, j'veux aller dans un restaurant avec du grand monde !

Il ne l'avait pas détrompée sur la qualité du lieu. En franchissant la voûte du porche sur ses talons rouges, la taille serrée dans une veste pied-de-poule qu'il avait payée sans sourciller, elle s'était retrouvée le point de mire de tous les regards.

Germaine n'était pas belle, mais elle avait, sans aucun doute, du piquant.

Mon Dieu, pensa-t-il, observant les coups d'œil salaces, les sifflements admiratifs, si un jour on m'avait dit que je me retrouverais dans cette cantine infâme au bras d'une…

Le mot ne réussit pas à franchir ses lèvres, mais il ne se faisait aucune illusion sur elle ni sur son propre compte.

– Je vous en prie, écoutez-moi…

– C'est toi qui vas m'écouter et plus vite que ça ! Inutile de me les jouer grand Seigneur. Ça ne marche pas ! Une fois le pantalon aux chevilles, vous êtes tous les mêmes. Et vient pas me seriner avec des questions à la mords-moi le nœud, hein ? Il est de toi, le mouflet. Désiré, c'est y pas possible. Tu peux vérifier, ça fait des mois qu'il est à la cambrousse, sa vieille n'en finit pas de clamser, alors ?

Il baissa la tête. Germaine triomphait, elle le savait. Elle haussa les épaules, et affirma :

– Et je vais le garder le lardon, tu m'entends ?

– Vous ne pouvez pas le garder, articula-t-il le visage en feu.

– Parce que tu vas peut-être m'en empêcher ? J'ai besoin d'un bâton de vieillesse, moi ! Je suis pas une bourgeoise !

– Soyez raisonnable, je vous en prie.

Elle se détourna, boudeuse.

– Je te dis que je le garde, un point, c'est tout.

Le silence se fit.

Autour d'eux, les conversations s'étaient arrêtées. Les gens étaient ravis de cette tragi-comédie qui se jouait sous leurs yeux. Un drame banal et singulier qui leur faisait un instant oublier la guerre, l'Occupation, le rationnement, les Schleus.

– Et toi, tu raques !

Il ne répondit pas. Elle lui colla une gifle et, se levant au-dessus de la table, brandit un poing ridicule, menaçant, sous son nez.

– Il va raquer le juif de mes deux, sans ça…

Une femme applaudit à une table voisine, d'autres beuglèrent.

C'était une toute petite gifle à côté de celle qu'elle s'était prise quand elle lui avait annoncé, à Désiré, son état intéressant. Germaine n'avait pas essayé de mentir, juste omis la provenance du paquet-cadeau.

– Puisque c'est comme ça, avait-il dit, après l'avoir

battue comme plâtre, puisque t'es suffisamment conne pour t'être fait refiler un pantin dans le caisson, il doit raquer, t'entends ? Et il va raquer sévère, c'est une rente pour mes vieux jours, ce môme. Une rente !

Albert Samuel Meïer paya. L'accouchement, les meubles et tout ce que la peur du scandale lui imposa. Mais avant, il sortit Germaine de la rue. La mère de son enfant ne pouvait pas continuer à vendre ses charmes, à se faire tripoter pour quelques francs, à boire du mauvais mousseux dans un bouge.

Elle entra à son service, ou plutôt à celui de sa femme sous un prétexte fallacieux. Pour rendre service à un ami, une situation délicate, il était tenu par le secret. Ces mots glissèrent sur Adélaïde Meïer, du moins le crut-il, mais ils n'empêchèrent pas des paroles dures et désobligeantes à l'égard de la nouvelle gourde que son mari avait eu la lubie de lui imposer.

Désiré fut profondément déçu.

La rente juteuse qu'il avait envisagée prenait une drôle d'allure. Non seulement Germaine gagnait moins avec ce travail d'honnête souillon, mais elle revenait crevée, sans appétit pour la gaudriole. Les Schleus avaient bien raison au sujet des youpins. Pour tout le reste, il mettait volontiers la main sur sa poitrine, il était apolitique et bon français avant tout.

Cette fois, il n'avait pas voulu l'esquinter, mais le coup était quand même parti. Il était costaud. Petit, déjà, il ne mesurait pas sa force. On n'allait pas en parler pendant cent sept ans ! Elle avait bougé et s'était cassé la hanche, c'était tout de même pas sa faute ! Alors il avait eu l'idée de la remplacer chez les youpins, pour voir de plus près s'il y avait de quoi. Fallait pas lui en raconter.

Casquette à la main, regard au sol, il avait pu entrer dans le sanctuaire de la place de la Madeleine. Dans l'appartement de la famille Meïer.

Plus de trois cents mètres carrés, au jugé. Des couloirs, une belle séparation entre le service et les parties nobles, de la façade, du parquet poncé, ciré, brillant, des sanitaires avec baignoire pieds de cygne, des chambres en enfilade, de chaque côté du couloir, fermées à clef, des clefs en trousseau attachées par un ruban de soie à la taille de la juive, de la patronne, car Germaine n'avait jamais eu les clefs, malgré toutes ses simagrées.

– Ils me mangent dans la main, je te dis. La reine, c'est moi. Bientôt il va divorcer de sa femme, une vieille sèche et plate comme une limande, et on va voir ce qu'on va voir !

Comme elle l'avait senti soupçonneux, elle l'avait laissé faire ses petites affaires, à sa façon, sans se plaindre, même si c'était pas son truc toutes ces cochonneries. Ce qu'elle aimait, c'était l'amour, l'amour avec un grand A : les attentions, les fleurs, la grande classe, qu'elle avait cru trouver chez Albert Samuel Meïer.

Celui-ci n'avait pas déployé le tapis rouge pour la séduire, loin de là, mais une certaine assiduité et un regard battu, triste, l'avaient émue. Elle s'était fait avoir, encore une fois.

Germaine pleura amèrement.

La gosse se mit à couiner. Elle fila une bourrade au moïse. Ça la calmera. Clouée au lit, elle ne supportait pas d'entendre pleurer le boudin, pendant que lui…

C'était pas juste de se retrouver ainsi, dans ce cagibi infâme, avec cette gosse braillarde, ce type à la main dure, ce bouffeur de blettes et un avenir de sols à laver dans des maisons sombres et froides. À moins de retourner dans les bars.

Les bars où les jours passaient dans les mains des hommes. D'homme à homme. Tandis que les femmes laissaient leur peau, leur ventre, leurs cuisses à la merci de vieux libidineux, avides, au portefeuille toujours serré.

Adélaïde Meïer, elle, la sonnait avec une cuillère en argent contre le cristal d'un verre. Germaine en était venue à haïr ce tintement angélique.

Si tout allait bien, Adélaïde Meïer n'aurait plus beaucoup l'occasion de la sonner. Elle eut envie de chanter.

Espagne, Prats del Mollo, 1938

Il est passé très vite, se mêlant aux autres. La vie du camp où on les a parqués est difficile, mais il s'en extrait, se calfeutre dans la couverture qu'on lui a donnée. La vie s'organise, il ne se mêle à personne, va de groupe en groupe à la pêche aux renseignements. Zacharie fuit femmes et enfants, source d'ennuis, tout comme les vieux, et observe les différentes factions qui se recréent dans ce vase clos face à la mer.

Les premiers jours, le chaos règne, ceux du dehors ont peur, ceux du dedans crèvent de peur.

Et tandis que les uns se cramponnent en vain à une libération immédiate, les autres ourdissent déjà des plans d'évasion dont la plupart échoueront, car la mer est là qui gronde, sourde, grise, en cette fin d'hiver.

La Croix-Rouge distribue des colis, des médicaments, des vêtements.

Zacharie est tenté. Il en a assez de la saleté, du

froid, de la vermine, des pleurs et des gémissements, des déclarations d'intention sur l'honneur.

Il n'y a pas plus bête que des hommes sans occupation, oubliés du monde après avoir été les principaux acteurs d'un drame absurde qui les a jetés les uns contre les autres avec toute la violence et la haine dont ils sont capables. Zacharie le sait, il en a toujours tiré parti.

Il s'approche peu à peu de l'entrée du camp, entame la conversation avec les gardes. Des gendarmes, harassés par cette responsabilité qui leur échoit, inquiets de la tournure des événements.

– Les politiques… on ne sait jamais avec ceux de là-haut, à Paris.

– L'armée, la gendarmerie, c'est sérieux, répond Zacharie dans un français teinté d'accent. Étonnés d'entendre autre chose qu'un baragouinage de métèque, les gendarmes se montrent conciliants, intéressés, flattés par cet homme, étranger il est vrai, mais qui ne proteste pas, ne demande rien, semble les comprendre et même, de temps en temps, leur offre une vraie cigarette turque qui les change agréablement de la ration quotidienne de tabac à rouler, où il y a plus de paille que de tabac, et dont le papier, raide, sec, fait cracher les poumons.

Le froid, toujours ce froid qui n'en finit pas.

– C'est une pitié toutes ces femmes, ces gosses. Sûr qu'elles sont bien braves, bien gentilles, mais va savoir…

– On ne peut pas tout comprendre, ni laisser faire…, lâche-t-il.

Les langues se délient, les tours de garde sont longs. Zacharie perd peu à peu son accent. Avec le dernier colis de la Croix-Rouge et de l'association d'entraide de la CNT, il a eu un rasoir et une pastille de savon. Il prend soin de se raser tous les jours, et se laisse pousser une moustache à la française. Il se lave à l'eau de mer, glacée, cruelle avec les plaies, les coupures, qu'elle creuse, sonde, torture des nuits et des jours.

Il le fait très tôt, quand la lueur du jour pointe, pour ne pas voir les corps des autres, blancs, tremblants, mal nourris, poussant des cris, l'eau aux mollets, jetant des regards inquiets vers leur misérable tas de loques qui parfois disparaissent, comme si ces oripeaux de la misère pouvaient représenter un butin pour de plus misérables qu'eux.

– Quand on laisse faire, assène-t-il, c'est l'hallali.

Le message passe. Le gendarme, Pierre, Jeannot, Louis, comprend, respire un bon coup, saute d'un pied sur l'autre. La cape devient moins lourde, les crampes moins douloureuses. Les militaires s'appuient sur leur baïonnette, car ils sont armés, comme si cette bande de va-nu-pieds pouvait s'attaquer à la gendarmerie française.

La culpabilité. Des histoires de politique à la con, oui.

Ça sert à quoi de brailler à la solidarité des peuples, à la fraternité, si c'est pour les parquer pire que des bestiaux ? La chienlit, oui ! Ils n'ont pas vu combien qu'ils sont, les Espagnols ! Sans parler de l'arsenal que les douaniers – ils se la coulent douce maintenant que les frontières sont bouclées – ont récupéré partout, au Perthuis, au…

– Pas facile « dire et faire », répète Zacharie. Ce n'est jamais ceux qui disent qui font. Il adopte un phrasé comme le leur. Celui des Sylvain, des Robert et des Marcel. Et il leur offre des cigarettes.

Où se les procure-t-il ? Car si un trafic s'est organisé le long des barbelés avec la population locale – médailles de la Vierge, de l'Enfant Jésus, de la communion, alliances, bagues, montres arrêtées, couverts en argent terni contre pain, laine, fromage, vin, lait pour les petits, pénicilline pour la grand-mère et Rouge Baiser sentant le rance, car on n'en est pas moins jeune, pas moins femme des deux côtés de la barrière – personne n'a jamais vu cet homme étrange, silencieux, taciturne, se commettre dans un échange, une tractation contre nature.

En cela il gagne l'admiration des irréductibles, des fiers combattants d'une morale à chaque instant bafouée par la faim, le désespoir, la dysenterie qui infecte l'air, abolit la pudeur, tord les boyaux de milliers de prisonniers.

Tous les soirs, Zacharie sort les papiers de ses bottes. Il hésite. Lesquels prendre ? Lesquels choisir ? Il attend une occasion.

Les gendarmes ont abandonné les appels. Ils deviennent permissifs, d'autres chats à fouetter. Dehors, ça s'agite, la guerre est dans l'air autant que la merde est dans le camp.

C'est le matin, le soleil brille, il ne fait pas encore chaud. Des ouvriers arrivent, chargés de madriers, de pelles, de clous. L'armée les accompagne. Ils délogent tous ceux qui sont près de l'entrée, tendent des cordeaux sur le sable, délimitent des volumes, des espaces, pour des baraquements. Il y en aura quinze, capacité soixante-cinq lits, des lits superposés. Ça fait mille deux cent cinquante places. Ils sont cinq, dix, cent mille, qui sait. L'Espagne entière semble s'être déversée sur ces kilomètres de plage française.

C'est un début, dit-on, après il y aura des sanitaires, une piscine. On suppute fiévreusement, on discute, on crie. Un Espagnol, ça crie toujours beaucoup. Curieuse manière de défier un destin qui n'a cure de ces voix glapissantes, de ces poings brandis contre le ciel. Le grand Muet est là-haut, regarde peut-être et se tait, comme toujours.

Les volontaires sont foule pour aider ces ouvriers mal payés, réquisitionnés, mécontents puis ébahis et rigolards d'avoir une main-d'œuvre enthousiaste, appliquée et si qualifiée. Ce sont des ingénieurs, des architectes, des contremaîtres, des électriciens, des maçons, des charpentiers, qui se révèlent sous les hardes malodorantes, sous les barbes noires. Alors on s'amadoue, on apporte une vieille chemise, des savates, des chaussettes, une boîte de lait condensé, des pommes ou des mûres que les gosses mangent, attendent avec un sourire ; car ce sont les petits et les humbles les seuls capables de grandes choses.

Zacharie se rend utile, à sa façon, il sait qui servir, qui épauler. Ni maçon ni architecte, il met son don inégalable du calcul au service d'une direction de camp débordée et inefficace.

Il dresse des listes, des inventaires, des classifications. Par sexe, âge, faction politique. Il ordonne, ausculte. La gendarmerie trouve en lui un allié indispensable. Quand les premiers hommes et les premières femmes prennent possession de leur châlit avec couverture, change et savon, et qu'une fontaine de fortune, réservoir d'eau potable improvisé, ouvre son robinet devant la file immense de femmes, Zacharie traverse tranquillement les portes du camp et montre à Lucien, Ernest, Adolphe, des gendarmes, des papiers parfaitement en règle au nom d'Édouard Gaillard, comptable, né à Paris dans le XXe, en 1919, le 14 avril précisément.

Les gendarmes, des nouveaux, vérifient pour la forme et se répandent en excuses.

– Faut comprendre, lui dit un lieutenant jeune et rose, on pouvait pas s'imaginer… Il y en a tant.

Édouard Gaillard se retourne lui aussi, devant ce geste large, désabusé, du lieutenant. Ils sont là, innombrables, sombres, bruyants.

– Personne pouvait s'y attendre, dit-il, magnanime. L'important, c'est que chaque chose soit à sa place en lieu et temps voulus.

Deux heures plus tard, Édouard Gaillard, vêtu de neuf, prend un train. Direction Paris, troisième classe.

Après avoir passé autant de temps le cul mouillé sur le sable, les bancs en bois lui paraissent aussi moelleux que des coussins de plumes.

6

Paris, Angers, 1987

Lambert prit le train pour Angers en emportant le dossier de la P.J., des feuillets jaunis, cornés, écrits à la main. Par lui, sans doute en partie. Il les examina avec attention, mais ne réussit pas à se reconnaître. L'affaire de Montreuil avait été balayée par les événements, classée sans suite ni coupable, après ces premiers jours où aucune véritable enquête n'avait eu lieu. Trop de morts, avait dit le commissaire, sur un ton de reproche. Un reproche qui s'adressait à lui, Lambert, le juif, et à David Berstein qui, dès le premier jour, avait porté l'étoile jaune. Mort, comme les autres.

Son regard glissa. La pluie, doucement, effleurait la vitre en de minuscules traits, un air froid filtrait par la grille du chauffage.

Il frissonna et essaya de se pelotonner dans sa veste. Il eut la tentation de prendre son imper mais abandonna l'idée, dehors, il attraperait froid. Il fut irrité par ce sordide calcul de vieillard. Il était désagréablement surpris par la vieillesse.

Auparavant… à quoi bon évoquer un temps qui ne reviendrait plus. Sa vie engloutie par la destruction et cette avalanche d'angoisse qui, désormais, était son quotidien. Culpabilité, avait dit le psychiatre.

La panacée universelle pour tout juif ayant… Il s'arrêta, se redressa, attrapa son imperméable qu'il jeta sur ses épaules, ferma les yeux et sombra dans le sommeil jusqu'à la gare d'Angers où l'arrêt, trois minutes, lui laissa à peine le temps de saisir son sac et, encore abruti de sommeil, le cou endolori par un mauvais torticolis, de descendre sur le quai. Il avait dit juif.

C'est bientôt le soir. Une vague lumière du jour persiste, loin à l'horizon. Il s'est arrêté de pleuvoir, la nuit guette, derrière les toits en ardoise, sous les nuages menaçants, en suspens dans le ciel.

Il est fatigué, il a faim. Il imagine un repas chaud dans une salle à manger cossue où un feu de cheminée flambe, un mobilier vieillot, une nappe raidie par l'amidon qui amortit le choc de sa cuillère en argent quand il la pose à côté du potage brûlant.

Il commande ce qui lui paraît le mieux sur la carte plastifiée du snack face à la gare. Filet de perche à l'armoricaine. Un carré de poisson blanc bouilli sous une sauce rose.

Il laisse refroidir, déchiquette l'amas rose du bout de la fourchette et engouffre les pommes de terre gorgées d'eau. Fade et écœurant.

Il voudrait dormir. Le garçon lui indique un hôtel, le Henri-IV, en centre-ville. Il remercie, avale un café et, le cœur cognant dans la poitrine, la caféine le soir ne lui vaut rien, s'attend au pire sur le pas de la porte où il s'arrête, car il a recommencé à pleuvoir.

Maintenant il fait nuit, il n'est pas neuf heures. Il se repère facilement grâce à l'église. Le Henri-IV est entouré de hauts murs dans une ruelle étroite, pavée. La cour est toute en longueur. Par terre des gravillons. Il est trempé.

Le vestibule est recouvert de moquette du sol au plafond, avec de grandes fleurs artificielles, des portes vitrées, des sons étouffés, un poste de télévision en sourdine.

On lui donne la 203. Deuxième étage par l'ascenseur. Il préfère l'escalier, minuscule, aux marches irrégulières, avec ses demi-étages où disparaissent des couloirs à la minuterie défectueuse.

La 203 est une chambre qui sent le renfermé. Un poste est fixé au mur, en hauteur, comme à l'hôpital. La courtepointe est marron foncé. Il pose son sac, défait ses lacets et, certain qu'il ne trouvera pas le sommeil, se laisse tomber sur le tissu rêche.

Il se réveille le lendemain, transi. La lumière filtre à travers les volets. Avec étonnement, le crâne douloureux, il s'aperçoit qu'il est dix heures du matin.

Il a la tentation de foncer, de passer un peu d'eau froide sur son visage, de lacer ses chaussures à la va-vite sur ses pieds gonflés, mais il s'arrête. Personne ne l'attend. Il n'a plus rien à faire hormis ce qu'il s'est imposé de faire. Un sentiment étrange de liberté l'envahit. Il ôte son pantalon, sa chemise, entre dans la salle de bains et prend une longue douche.

Après un café-tartine au zinc de la gare, toujours ce goût des habitudes, d'ancrer sa solitude à un lieu, à une odeur familière, il sort le dossier qu'il a soustrait à la P.J.

Georgette Malivoine. Rien ne lui vient à l'esprit. Il l'a vue quelques instants, morte. Un corps semblable aux deux autres, mêlés à tous ceux que l'époque et sa profession l'ont obligé à fréquenter.

Ce qui l'a toujours fait frémir, c'est cette froideur immaculée qui se dégage d'un cadavre.

Le café lui semble chaud, au coin du bar, le garçon le regarde, essuyant un verre depuis longtemps sec.

Il lui parlera plus tard, il faut bien parler à un moment ou à un autre dans une enquête.

Avant de croquer la tartine, il ressent un coup de vieux, un coup de cafard, l'abattement de celui qui sait qu'il ne découvrira rien de plus. Dès maintenant il peut retourner à Paris.

Il essaye de se souvenir. Le cimetière, la collation, ces gens, le mur de silence infranchissable que les années ont consolidé. L'absence de motifs. Qu'est-ce que cela change ? Y a-t-il un seul motif valable pour tuer ?

Le soleil brille au-dessus de la gare. Le ciel est translucide, vide. Rien, il n'y a jamais rien au-dessus des toits des gares. Il referme le dossier sans l'avoir lu.

Brusquement, il interpelle le garçon qui n'attendait que ça.

– Malivoine, ça vous dit quelque chose ?

Tout le monde attend une question semblable. Celle-là ou une autre, il suffit qu'elle soit posée, un jour, par quelqu'un.

– Police ?

Lambert ne répond pas, son silence équivaut à une réponse. Le garçon s'approche, toujours le verre au bout du chiffon.

– Comme ça, non. Malivoine, vous avez dit ? Faudrait voir.

– Georgette Malivoine, précise-t-il.

L'homme est appâté, il a en main l'élément qui le fera tenir une journée de plus au milieu de la machine à expresso, de la machine à pression, du bruit des tasses, des cuillères sur les soucoupes, de l'égouttoir à café, des sifflements de la vapeur, de l'odeur de tabac froid, des haleines chargées, du fond sonore et continu, monotone, des trains qui s'arrêtent, ne s'arrêtent pas, et de ces dizaines de visages entr'aperçus, parfois reconnus, ceux des voyageurs, traînant des valises à roulettes, sur les pavés, le macadam. Un mouvement perpétuel, qui ne réussit ni à avancer ni à reculer, une bribe de vie dont l'importance se résume à un instant présent et aussitôt effacé.

– Faudrait demander au père Quentin. Un vieux. Lui connaît tout le monde. Enfin, je me comprends, parce que depuis le temps, ça va, ça vient. Les Malivoine, doit y en avoir, des noms de chez nous, il n'y en a plus beaucoup, ça se remarque. Disparue ?

Lambert le regarde.

– D'une certaine manière. Morte.

L'homme s'anime.

– Il vient tous les soirs, vers dix-sept heures, boire son coup de blanc. Morte, ici, à Angers ?

– Non, à Montreuil. 1942.

Le garçon siffle. Il ne comprend plus. Lambert raconte. Ça tient en peu de mots. En parlant, il matérialise ce qu'il sait et ce qu'il ignore. Presque tout. Ce manque le libère. Pour la deuxième fois en si peu de temps, il ressent ce curieux sentiment proche de la délivrance. Tout le reste est devenu inutile. Il paye, promet de revenir, laisse un gros pourboire.

En attendant il déambule dans les rues, lit les noms, les poteaux indicateurs. Son regard apaisé balaie les vieilles pierres où la douceur angevine d'un temps reculé lui apparaît, évidente.

À la mairie, à l'état civil, une jeune demoiselle qui aurait mérité d'être très vieille lui délivre efficacement les quatre noms qu'il cherche. Quatre Malivoine, peut-être de la même famille.

– Mais bon, on ne peut rien avancer, forcément, n'est-ce pas ?

Spandau, décembre 1987, Paris, 1984

L'absurdité des ordres militaires a des avantages, on peut toujours prévoir de quoi sera fait le lendemain. Et le surlendemain.

Trois jours que le soldat Lisestein est dans la guérite. Deux fois, à onze heures du matin et à quinze heures, la porte s'ouvre. Un soldat passe la tête, inspecte le jardin, et entre.

Cinq minutes plus tard, la porte est déverrouillée à nouveau. Le prisonnier apparaît, la main gauche serrée sur le pain qu'il garde pour les oiseaux. Avec le froid, la neige, il n'y a plus d'oiseaux à Spandau.

– Que veux-tu dire ?

– C'est très simple. Tout est écrit, là. Tout est prouvé.

Daniel jette un regard sceptique au livre usé, aux pages déchirées et à la couverture ringarde, digne d'un mauvais feuilleton des années cinquante.

– Rudolf Hess n'est pas Rudolf Hess.

– Ce serait qui, alors ? Il sourit. Le comte de Monte-Cristo ?

– Tu peux rigoler, mais ça se tient. Les Anglais et les Américains l'ont remplacé.

– Ah, bon ?

Daniel ne le croyait pas non plus. Samuel était furieux. Mais cette fois, il n'allait pas crier. Les cris discréditaient ses assertions. Il avait pu le constater à de nombreuses occasions avec ses parents.

– Écoute, je vais t'expliquer, il y a des preuves.

1942, l'Allemagne est victorieuse sur tous les fronts, la France, la Belgique, la Pologne, sont envahies…

– Merci, l'histoire, je connais…

Il se retient de lui dire qu'être obtus à ce point est un gâchis, mais il continue, il va l'énoncer jusqu'au bout sa théorie. Il pérore.

– On ne parle pas encore de solution finale, des camps…

Nerveux, il se tait.

Daniel l'a entendue bien des fois la théorie de Samuel. L'écouter une énième fois lui est soudain insupportable. Et avant qu'il continue son délire, il le coupe avec morgue en le singeant.

– Comment peut-on croire un instant que Rudolf Hess, un des maîtres à penser du régime, aille de son propre chef se livrer chez les Anglais pour signer tout seul un traité de paix ?

Samuel se lève.

– Eh bien ?

– Quoi ?

Il a envie de le gifler.

– Tu ne comprends pas que c'est la vérité ?

Les yeux de Samuel se remplissent de larmes, ses lèvres tremblent, un mince filet coule de son nez. Sa poitrine se contracte, l'air vient à lui manquer.

Daniel et Samuel ont tous les deux dix-sept ans.

Leurs parents se fréquentent, ils se connaissent depuis leur naissance, vont à la même école, font leurs devoirs ensemble.

Daniel constate avec inquiétude que ce qui avait commencé comme un jeu est devenu une obsession. Il ne répond pas, et laisse Samuel reprendre son souffle. Celui-ci respire avec difficulté, un sifflement aigu sort de ses bronches, ses narines se pincent.

– Tu veux que j'aille chercher ton aérosol ?

Il fait non de la tête, se tourne vers la fenêtre. Des feuillages rares, encore verts. C'est peut-être la raison pour laquelle ces arbres s'appellent « immortels ». En face, une autre maison. Des rideaux, des lumières jaunes créent l'illusion d'une chaleur au foyer qu'il n'a jamais connue.

Daniel voit le calme revenir à l'affaissement des épaules, à ce mouvement, infime, du cou vers la gauche. Il choisit de ne pas brusquer la situation, de ne pas se hasarder dans une question ou contredire sa théorie fumeuse.

– La vérité, dit-il posément, c'est que les Anglais ont capturé Rudolf Hess par hasard. Ou par chance, au cours d'une mission de reconnaissance. Les Anglais ont toujours cru que Londres serait visé en premier. Des bombardements, des raids, toute la gomme, un écran de fumée pour détourner l'attention. L'Écosse, voilà où les Allemands allaient frapper. Tenter leur opération « Oversea ».

L'histoire prend forme. Un visage se profile à la fenêtre, en face. Le rideau bouge lentement sous la poussée d'une main invisible. Aucun bruit ne parvient de la rue.

Passer à autre chose, vite. Daniel songe à l'enfance avec Samuel, si joyeuse, si lointaine. Rien, comme si n'avaient existé entre eux que tristesse et gravité.

– C'est bien après qu'ils ont « fabriqué » Rudolf Hess. On s'en fout de Rudolf Hess. L'ont-ils vraiment fait prisonnier ? Peut-être, sans doute pas. Quelles chances avait, à cette époque de l'année, un avion en perdition de se poser dans les Highlands ?

Il fait nuit à présent. Les réverbères claquent en

s'allumant. Samuel ouvre la fenêtre, l'air pénètre, si froid.

Daniel frissonne, il se blottit dans le plaid. Il a envie de lui dire d'arrêter ses conneries et de fermer la fenêtre. Il le voit trembler, il prend son caban et lui recouvre les épaules.

– En vérité, Rudolf Hess est mort, il s'est écrasé avec le pilote du Messerschmitt.

Il écorche les noms allemands jusqu'à les rendre imprononçables. Sa voix devient assurée.

– Que font alors les Anglais ? Ils inventent de toutes pièces cette histoire de traité de paix pour discréditer le Reich qui accumule les victoires, pour se donner du temps.

Il se retourne, un peu de mépris perce dans sa voix.

– Je t'épargne l'état d'avancement des recherches sur l'arme secrète dans les deux camps, et l'engagement américain, le front de l'Est… le Pacifique. Les Alliés ont besoin d'une victoire, d'un conte de fées tant soit peu crédible pour galvaniser la population et les troupes, pour tenir. Il n'y a qu'à regarder les journaux de l'époque, tout le tintouin qu'ils ont fait autour du prétendu traité de paix et de la capture de Rudolf Hess.

– Tu les as vus, toi, les journaux de l'époque ?

Non. Mais il va les voir, il va demander à son père des entrées au *Figaro*, à *L'Aurore*, un accès privilégié à des archives, à des journaux anglais. Il louvoie.

– Ils sont amplement cités, là. Il brandit le livre.

– Ah, oui, je me disais aussi…

– Et ça prend. C'est toujours les théories les plus absurdes qui marchent avec les gens.

Ça, tu peux le dire, pense Daniel.

– Ils sont obligés de fabriquer un autre Rudolf Hess.

L'enjeu, au fil du temps, est devenu trop important. Tu comprends ?

– Donc, le Rudolf Hess qu'ils ont jugé à Nuremberg et mis en taule depuis des lustres, n'est pas Rudolf Hess mais un pauvre type, à qui on a dit un beau matin : « Monsieur Taylor, bien le bonjour, vous n'êtes plus monsieur Taylor, mais Rudolf Hess, un grand criminel de guerre nazi. Vous serez jugé avec d'autres monstres pour crimes contre l'humanité, barbarie et j'en passe, et vous croupirez tout le restant de vos jours en taule ou serez fusillé par un peloton d'exécution… » Et c'est ça, la vérité, Samuel ? Tu déconnes à pleins tubes, mon vieux ! Nous n'avons plus treize ans et tous les feuilletons ne sont pas forcément vrais !

Samuel Lisestein ne répondit pas.

Il lui cassa le nez à coups de poing, lui brisa trois côtes. Si son père ne l'avait pas arrêté, il aurait sans doute continué à frapper son seul ami, Daniel, jusqu'à écraser le sourire plein de moquerie qu'il avait sur le visage. Avec plaisir.

Quand il lève la tête, il l'aperçoit déjà au bout du chemin, là où il y a un banc, où il s'assoira et se plongera dans la contemplation du sol.

Il a du mal à revenir au présent.

Tout paraissait limpide. Mais depuis qu'il est arrivé, il n'a pas avancé d'un pouce. La valise, pleine de documents, de cahiers, de schémas, de photocopies d'articles, est restée fermée.

Sombre avenir que ces douze mois qui lui restent à passer entre les murs de la forteresse de Spandau.

Le vieillard se lève alors et regarde dans sa direction. Il recule comme si, à cette distance, il pouvait le voir. Son cœur s'accélère et il ne s'en méprise que d'avantage. Il essaye de se ressaisir, encore deux jours et il aura une permission, puis il changera de tour de garde et sera affecté aux cellules.

Il songe à ces moments comme il en existe peu dans une vie, ces instants d'absolu proches de la transe mystique, à l'ultime confrontation, celle qui révélera la quintessence de la vérité et changera l'axe primordial de son destin.

L'affronter donnera un sens à sa vie, à toutes ces années qu'il a traversées sans avoir vécu. Il brisera ce miroir qui l'emprisonne.

Le vieillard est rentré maintenant. Une corneille se pose sur le banc vide. Il y voit un signe, du dérisoire. Il en est profondément bouleversé. Il essaye de la chasser, fait de grands moulinets avec son fusil. En vain.

L'oiseau tape du bec avec force et ténacité sur le sol, au pied du banc, et mange le pain dur abandonné.

Place de la Madeleine, 1987

Tous ses papiers avaient une adresse à Issoudun, cela aussi ressemblait à une mauvaise blague, et une fois arrivé en ville, Louis d'Armentière prit une chambre à l'hôtel.

Il regarda longtemps le trousseau de clefs qu'il avait déposé sur la table de nuit, à côté de la carte plastifiée des instructions pour la télévision câblée et le prix des bouteilles dans le minibar.

Avec leur porte-clefs en métal rouillé en forme de bouteille, elles étaient là, abandonnées, inoffensives, indifférentes aux vertigineuses attentes qu'il avait mises en elles.

Quand son père, qui n'était pas son père, mais il

n'avait guère eu le loisir de lui demander beaucoup de précisions sur le sujet, s'en alla, belle manière de nommer un suicide, il se rappela les informations qu'il lui avait glissées, avec légèreté et délicatesse, en portant une coupe à ses lèvres.

– Je ne suis pas ton père, pas dans le sens biologique, s'entend. Si j'avais été ton père… j'aurais été un bon père.

D'Armentière continue :

– Et à défaut de ne pas avoir été ton vrai père, je te laisse mon argent. Tu ne dis rien ?

– Je t'écoute.

Ils se regardent. L'un attend la question, l'autre ne sait comment la formuler. Le vieillard pose deux enveloppes devant son fils.

– Tout ce que tu dois savoir est là. Avec la liste de mes biens. Des tiens, maintenant, ou dans peu de temps, il faut savoir attendre. Tu vois, je me rachète, comme dans les feuilletons. Tu ne connais pas ça, toi, les feuilletons. J'aimais beaucoup les feuilletons. Ces voix frémissantes, ces bruitages qui recréent une réalité qui n'existe que dans ton imagination. Du grand art ! La vraie vie !

Il se tait.

Longtemps. Et l'homme assis en face du vieillard croit qu'il s'est endormi. Sans doute de ce sommeil brutal de la vieillesse, préambule d'un autre, définitif. Mais il relève la tête et poursuit :

– Tu auras surtout des liquidités. C'est bien ainsi, pratique, sans traces ni sentimentalisme. Cela te ressemble. Tu es un homme sans ombre, sans histoire, pas comme ton père. Comme ton vrai père.

– Qui était mon père ?

– Enfin ! La voilà donc la grande question : « Qui

était mon père ? » Pourquoi veux-tu le savoir ? Qu'est-ce que ça change, maintenant ? Tu n'as pas reçu une éducation comme il faut ? Mangé à ta faim ? Dormi dans de beaux draps ? Tu as tout eu, conclut-il avec lassitude.

Louis d'Armentière ouvre une enveloppe où se trouvent les coordonnées d'un notaire, une femme, avenue Laumière, à Paris, dans le XIXe. Puis il prend l'autre enveloppe, plus épaisse.

– Tu l'ouvriras plus tard. Je n'ai pas terminé.

Louis d'Armentière la repose docilement et demande à nouveau :

– Qui était mon père ?

D'Armentière se fâche. Mais chez un vieillard la colère ressemble souvent à une crise d'apoplexie ou à une quinte de toux. Il faut attendre que ça passe.

– « Mon père », « mon père », tu n'as donc plus que ce mot à la bouche ! Il ne t'a pas manqué tant que ça ton père pendant ces années ! Qu'en aurais-tu fait d'un assassin, d'un collabo, d'un monstre ?

– Vous mentez !

– Maintenant… tu passes enfin au vouvoiement ! Ce n'est pas faute de t'avoir supplié ! « Vous », quatre lettres que tu as refusé obstinément de prononcer et qui marquent toute la différence. C'eût été si simple si tu m'avais accordé ce plaisir.

Il boit en fermant les yeux.

– Tu mens.

– Oui, bien sûr, je mens. Ce n'est pas la première fois, j'ai toujours menti. Toute mon existence n'a été qu'un mensonge.

Ils s'affrontent.

– Sers-moi un autre verre.

Le fils s'accomplit.

– Merci.

Le vieil homme parle très lentement :

– Ton père n'était pas un monstre, plutôt une curiosité de la nature. Il a tué ; mais qui n'a pas tué, à cette époque ? Il a collaboré, mais encore, là, tout est une question d'opinion, de point de vue et d'opportunité. Il m'a permis de gagner beaucoup d'argent, cet argent te revient. Ce n'est que justice.

Il sourit amèrement.

– La justice gagne toujours, malgré tout ce qu'on dit.

– Vous avez connu mon père ?

– Connu ? Dieu m'en préserve ! Trop de choses ont eu lieu, place de la Madeleine, au 7, qui n'auraient pas dû avoir lieu. Mais à quoi bon vouloir refaire le passé ? Il est bien trop tard ! Va-t'en, prends les enveloppes, je suis fatigué, quand viendra l'heure tu seras avisé.

Louis d'Armentière avait obéi. Il avait toujours obéi à son père.

Un d'Armentière, dernier de la lignée, natif d'Issoudun comme toute la famille qui, à une époque, possédait, outre la maison de ville sur la place aujourd'hui appelée place de la République, une vaste propriété, La Braconnerie, et des terres, des fermages, des moulins qui rapportèrent, pendant des générations, de quoi vivre largement à une branche de parasites, n'ayant pas d'autre aptitude que celle de profiter du labeur d'autrui.

Un d'Armentière qui commit l'acte final, le jour précis de son bon vouloir.

Louis d'Armentière fut prévenu par la gendarmerie, avec beaucoup d'égards, trois semaines plus tard.

Son médecin lui avait communiqué le résultat de ses analyses. Ses migraines étaient d'une violence telle qu'elles l'empêchaient de dormir.

– Les progrès de la science sont, de nos jours, spectaculaires ! Ce qui semblait impossible hier est devenu banal aujourd'hui.

Le médecin, un homme de près de soixante ans, était visiblement mal à l'aise pour annoncer à Louis d'Armentière, qui aurait dû avoir la vie devant lui, la gravité de son état.

– Combien de temps ?

– D'après les statistiques…

– Combien ?

Le médecin baissa la tête et fit semblant de consulter son dossier qu'il connaissait par cœur.

– Dix-huit, vingt-trois mois. Dans l'état actuel des choses, nous pouvons espérer, en prenant l'hypothèse basse…

Louis d'Armentière se sentit soulagé, il lui restait encore du temps. Et avec « la mort tragique », « un tragique accident, votre père nettoyait son fusil de chasse », avait dit le gendarme, tout devrait rentrer dans l'ordre.

Avant de rassembler quelques affaires et de prendre le train pour Paris, il ouvrit la deuxième enveloppe.

Une photo glissa, papier jauni, coin droit arraché, en noir et blanc, si légère, au grammage bien plus fin que celui des tirages actuels. Un tirage ancien.

Il la regarde et la lâche brusquement comme sous la brûlure d'une décharge électrique. Il y a quelque chose de monstrueux sur la photo. Trois hommes : deux soldats, allemands, se tiennent par le cou, un autre les regarde.

C'est le troisième homme, en chemise, les yeux cerclés de petites lunettes rondes, qui fait basculer la scène.

Le visage de son frère, en plus vieux, s'il avait pu le voir vieillir. Il n'a pas pensé à son frère depuis des années. Quel âge peut-il avoir maintenant ? Quarante-six, cinquante ans ? Plus âgé, il ne voulait pas s'encombrer d'un morveux comme lui. Il l'avait tout de suite compris. Son frère aimait se battre, les jours où il pouvait cogner il était de bonne humeur, lui faisait des cadeaux. Il détestait ses cadeaux, il détestait son frère. Ce sentiment revint avec acuité.

Il regarde de nouveau la photo, non, il s'est trompé, la ressemblance n'a été qu'éphémère.

Seul, il suivit le corbillard. Une vieille habituée des enterrements, unique distraction ou manière de se familiariser avec la mort, avait essayé de s'accrocher à lui avec des paroles convenues. Il l'avait interrompue d'un froid « je ne parle pas français », sans prendre la peine de parfaire un accent. Puis il s'était posté dans un coin, après avoir fait un signe de tête aux hommes chargés d'ouvrir le caveau de famille.

Ils avaient soulevé la dalle avec peine, en un affreux grincement.

Il avait pris une motte de terre selon l'usage et l'avait jetée, en regardant dans le trou avec curiosité. Ainsi, ce serait là.

La photo ne comporte aucune indication. Il la laisse de côté.

Des lettres, des coupures de presse et la liste annoncée des biens qui lui reviennent.

Une carte de visite au milieu des papiers, jaunie, minuscule. Albert Samuel Meïer, avocat, barreau de Paris.

Au dos, d'une belle écriture pointue, penchée, une phrase : « Odile, c'est une fille. »

Les coupures de presse des différents journaux ont

toutes trait à des crimes. Des faits divers sanglants, d'une banalité intemporelle.

Il laisse les lettres pour plus tard et se concentre sur ce qu'a dit son père au sujet de l'appartement, place de la Madeleine.

Il ne ferme pas la maison d'Issoudun, il y reviendra. Quand il range le fusil que la gendarmerie a restitué sous un plastique scellé, il a la tentation de s'en servir aussitôt. À quoi bon continuer ? Ce serait une belle manière de poursuivre la tradition familiale.

Il se couche dans le lit de son père et garde les yeux bien ouverts.

Allemagne, Spandau, 1987

Il n'en peut plus de cette surveillance de tous les instants, de ces paroles pleines de récriminations, de son visage hâve, mou, tordu autour du trou sur lequel les replis de la chair, vieillie comme le reste, forment des lèvres.

Il a envie de la tuer. Non. De l'écraser avec son talon comme il écrase les blattes dans les couloirs de la forteresse.

Le septième prisonnier a été transféré depuis longtemps dans le quartier qui abrite l'infirmerie, une cellule qui ressemble plus à une chambre d'hôpital pour un vieillard sans âge, dont le nom est devenu inconnu pour les nouvelles générations.

Il y a bien un jour dans l'année où le grabuge redonne de l'allant à la troupe. Des nazillons, skinheads ivres de bière et de haine, accompagnés de vieux nostalgiques du régime, éclairés par des torches, viennent hurler leurs imprécations avec des mégaphones, des disques de chants guerriers sous les murs de Spandau.

La première fois, les militaires avaient pris la chose au sérieux, les consignes étaient venues d'en haut. Beaucoup d'agitation, d'ordres aboyés, de pas de course.

Maintenant, c'est différent. À l'approche de la date, ils l'ont marquée sur le calendrier du mess, ils remplissent pendant une semaine des jerricanes d'urine, et le mot est donné aux cuistots de garder tous les abats, toutes les immondices.

Le jour venu, ils emmènent les nouveaux pour leur donner du cœur au ventre et lutter contre l'érosion inéluctable de l'ennui à l'intérieur de ces murs si hauts, si froids.

Anglais, Américains, Russes, en font des tonnes. Ils laissent les assiégeants s'installer, allumer leurs bougies, poser leurs panneaux mal ficelés, leurs photos, s'égosiller avec leurs chants, leurs beuglements, décapsuler les bouteilles, prendre leurs aises, croire que leur pantomime du souvenir a une chance de raviver la haine de l'horreur passée.

La tension monte chez les embusqués. On retient les impatients, les pressés d'en finir avec ce simulacre au goût amer.

Puis, c'est le signal. Une fusée éclairante, une seule, qui s'élève dans le ciel noir, illumine dans sa descente les visages frustes.

C'est précisément ce moment que les soldats choisissent pour déverser en hurlant les jerricanes de pisse, les seaux de déchets. Et, au milieu des exclamations, des insultes, des cris, les lances d'incendie sont actionnées, pour les arroser d'eau froide.

Le tout se passe en moins d'un quart d'heure.

Un quart d'heure pour punir les coupables, effacer un passé qui n'aurait pas dû avoir lieu.

Une fois entendues les sirènes de la police allemande, le claquement des portières des camions qui emmèneront les forcenés, trempés, souillés, au poste, pour une nuit, une seule, on fraternise. On se regarde, on se donne l'accolade, on se congratule d'avoir, plus de soixante ans plus tard, à nouveau livré une bataille juste contre la peste brune.

Et c'est dans cet enthousiasme enfantin qu'ils se retrouvent tous, soldats, officiers, au mess, autour d'un rhum de mauvaise qualité, d'un schnaps au goût d'eau de Cologne. On rit, on se tape sur l'épaule, on se pousse du coude, on essaye quelques mots dans la langue de l'autre. Et ces hochements de tête, ces échanges de gauloises contre Marlboro, de Balto contre Craven, les yeux qui clignent, la fumée de cigarette, l'odeur forte, tenace, de l'huile à frire, jettent l'un contre l'autre le capitaine Rivet et le soldat Lisestein qu'une même longue table en bois sépare.

Rivet est intimidé par le regard absent du soldat, par cette bouche qui ne se laisse pas aller à un sourire, contrairement à ses compagnons dont les vociférations, les rires, emplissent la salle.

Ce sentiment le paralyse et lui, d'ordinaire si à l'aise, baisse les yeux sur ses cuisses qui, prises d'une danse de Saint-Guy, s'agitent, incontrôlables.

Samuel est abasourdi d'avoir tant ri, d'avoir pris du plaisir à inonder d'urine de pauvres types pitoyables. D'avoir balancé du mou, des tripes, des peaux, des pelures, des carcasses de poulet. D'avoir attendu, avec l'adrénaline qui grimpe dans le sang, les chuchotements, les coups d'œil, le froid qui pénètre sous les cols, les manches des manteaux, le froid partagé, les larmes aux yeux, et cette éminence, enivrante, de l'acte vengeur, de la punition.

Il lève les yeux, revenant à la réalité, au bruit, aux odeurs, à la fumée, et tout se bloque.

L'air empuanti, dense, ne sort plus de ses poumons. Plus rien. L'étau est violent, terrible, efficace. Son cou se raidit, sa mâchoire, sa poitrine, se serrent. Une douleur puissante le broie. Son front se couvre de sueur. Tous les sons disparaissent, sa vue se brouille. Il n'entend plus que ce sifflement aigu, continu, que sa poitrine exhale. Rien d'autre que l'étouffement.

Ses mains se crispent sur celles, abandonnées, épaisses, poilues, du capitaine Rivet qui le regarde avec des yeux morts.

Il se sent basculer. La panique l'emporte. Une sueur chaude coule le long de son dos, de ses fesses, de ses jambes. Son corps se liquéfie de terreur. Ce n'est pas possible, pas si près du but. Il se dresse, ouvre la bouche, il ne peut hurler.

– Putain, il est en train de s'étouffer Lisestein ! Il a dû avaler de travers !

Rivet réagit. Le soldat Lisestein étouffe, il se meurt.

Il se lève, en un saut il est à ses côtés, le saisit dans ses bras, le soulève. Il est si léger, on ne dirait pas à le voir et, bousculant tout le monde, hurlant des ordres, le traîne dehors.

La porte se referme derrière eux. La nuit, noire, ouatée, silencieuse. Toutes les dix secondes dans l'enceinte de la forteresse de Spandau, un faisceau lumineux balaye les murs, les sols, les coins, les baraquements. Une lune artificielle, glacée et vigilante.

Rivet se sent seul, Samuel Lisestein étouffe.

Il commence alors à lui asséner de formidables coups dans le dos. Lisestein se met à tousser. Rivet augmente l'intensité et la cadence. Il frappe fort, vite, sans retenue, la vie du soldat est entre ses mains, et cette responsabilité l'aveugle.

La douleur, la surprise est telle, si brutale et soudaine, que Samuel hoquette faute de hurler. Le rire le gagne. S'il ne meurt pas asphyxié, cette brute le massacrera.

La sauvagerie des coups, le comique de la situation, les hommes à la fenêtre, soldats, sous-officiers, anglais, russes, américains, français, qui assistent au tabassage en règle d'un appelé par son supérieur, débloquent ses bronches. Il pleure, crache. L'air pénètre enfin, l'expiration se fait, la pression dans la poitrine se relâche. Il s'effondre et s'évanouit sous les coups.

Rivet continue de frapper, mais les coups ne portent plus. On ne frappe pas un homme à terre. Le soldat Lisestein vient de mourir sous ses yeux, étouffé, il a échoué.

Rivet a vaguement honte. Contusions multiples, deux côtes fracturées, dit le médecin avec son accent insupportable.

La supériorité anglaise. Il regrette l'autre, le vieux, mauvais médecin au dire des uns, une vilaine histoire, paraît-il, l'a empêché de retourner chez lui. Il avait pourtant largement fait son temps à Spandau, le pardon n'est pas venu et l'alcool l'a tué. Aussi sûrement que la balle qui est restée dans le barillet, ou la corde qui ne s'est pas tendue et qu'il méritait.

Celui-ci n'a pas parlé d'étouffement ni de crise d'asthme. Il a regardé en silence, avec dégoût, les mains de Rivet, plein de mépris pour l'officier qui a frappé son subordonné dans le dos.

Rivet est parti, furieux et rassuré. Le soldat Lisestein n'est pas mort.

Son soulagement est tel que, pour la première fois

depuis des mois, il supporte, stoïque, les jérémiades de Ginette qui, mise en confiance, se surpasse.

Sans retenue, agitée, proche de l'hystérie, Ginette déverse des phrases, des mots qui s'envolent comme des volutes de fumée sous la suspension trop basse du salon et pénètrent, dépourvus de sens, dans le cerveau annihilé de son mari.

Gagnée par une angoisse que rien ne parvient à combler, Ginette Rivet, incapable de mettre fin à ce fleuve de mots indompté, pousse maintenant des petits cris.

Rivet la regarde, elle est laide, pue la mauvaise transpiration des femmes. Ginette Rivet, son épouse pour le meilleur et pour le pire, ressemble à une démente.

Il se lève et, de toutes ses forces, lui assène un aller-retour dans les mandibules. Puis il lui tourne le dos et sort. Il prend le chemin de l'infirmerie à l'autre bout de la forteresse.

Dans le couloir attenant à la chambre du soldat Lisestein, il saisit une chaise qu'il place face au lit où, le reste de la nuit, il veille son sommeil.

Quand Samuel Lisestein ouvre les yeux, la lumière du jour pénètre déjà depuis trois heures dans la chambre qu'il occupe. Les bruits, familiers, voix masculines, langues étrangères, surtout l'anglais, roulement des chariots, pots d'échappement encrassés, gravillons foulés par les bottes, le rassurent.

Son capitaine est là, au pied du lit, avec ce geste brusque dans le corps, cette attitude empruntée et autoritaire, révélatrice du manque d'assurance et de la violence propre aux hommes dotés d'une intelligence médiocre.

Voilà que Samuel Lisestein lui sourit.

Un faible sourire, tout son corps lui fait mal. Il se souvient, et ces coups, ces mains si pleines d'une légitime brutalité rendent sympathique cet homme qu'il jugeait obtus et limité.

– Merci, articule-t-il.

Rivet recule, masque sa surprise. Il avait pris la décision de lui présenter des excuses. Ni son métier ni ses penchants ne l'avaient prédisposé à cela. Il se tait, rougit, ne sachant quoi dire.

– Sans vous, je serais probablement mort à l'heure qu'il est.

Samuel Lisestein ment. Ce n'est pas sa première crise, ni la dernière.

Quelles qu'en soient la gravité, la durée, l'intensité, la peur qui paralyse alors son cerveau, il sait qu'il ne mourra pas de cette façon. Une forme de lucidité l'avertit que la crise passera. Chaque fois il en va ainsi. Et chaque fois, cette prescience qui faiblit de plus en plus, l'avertit qu'à force de jouer avec le diable, on finit un jour ou l'autre par perdre.

– J'ai cru que vous étiez mort.

– Moi aussi. Cette fois, nous nous sommes trompés.

Paris, 1921

Adélaïde Ziegler était l'aînée. Son frère, Philippe, de dix-huit mois son cadet, souffrait d'un strabisme divergent et d'un très long nez, mais il était, indubitablement, le roi de la maison.

Sa mère, devenue veuve très jeune, lui passait tous ses caprices car il était mâle. Chez les Ziegler, de beaux grands hommes de père en fils, cet unique attribut avait l'aura d'une couronne.

Malgré la préférence marquée de sa mère, Adélaïde reçut une éducation parfaite : lecture, calcul, arts domestiques, manuels, couture et musique où elle excella dès son plus jeune âge.

Son mariage fut arrangé le jour où elle devint femme.

Les Ziegler avaient toujours entretenu de bonnes relations avec les Meïer, à cause des affaires et d'une certaine parentèle en remontant assez loin dans l'arbre généalogique des deux familles.

Adélaïde remporta tous les prix du Conservatoire de piano dès ses quatorze ans. Son professeur, un vieil homme frêle et chichiteux, toujours la goutte au nez, emmitouflé été comme hiver dans une fourrure d'astrakan, s'enthousiasma et rêva pour sa brillante élève d'un horizon plus vaste, plus lointain que le nord du IXe arrondissement où il exerçait.

– Votre fille a du talent, un talent… Il éleva le bras dans les airs et ses doigts arthritiques formèrent les volutes invisibles d'un futur éblouissant.

Mme Ziegler leva les yeux et ne vit rien d'autre que le geste dérisoire d'un rêveur sans fortune ni avenir.

Un beau mariage pour sa fille, le monde pour son fils. Voilà son futur, elle s'y tiendrait.

Poliment, elle haussa les épaules et consentit à l'inscrire une année encore au cours du vieux fou. Prétextant des papiers à signer, elle se rendit, avec Adélaïde vêtue de ses meilleurs atours, chez A.A.A., avoués, et amis de la famille.

Albert Alphonse Alain Meïer fatiguait. Il avait envie de passer la main tout en gardant un œil sur le buffet, héritage de son père, pour se consacrer à la passion qui le dévorait chaque jour davantage depuis la mort de sa femme : le music-hall où une jeune négresse incendiait ses sens et son imagination.

Mais il y avait son fils, Albert Samuel, son fils distrait au travail, indifférent à la vie, si terriblement triste.

Voyant la toute jeune fille que la veuve Ziegler lui présentait, il sentit que son problème était en passe de se résoudre.

Bien élevée, jolie, sans attraits particuliers, le regard placide, Adélaïde Ziegler ferait en peu d'années une excellente épouse.

On jeta quelques phrases sur le papier afin de garantir les intérêts réciproques des parties et A.A.A. consentit, sous forme d'avance, une petite somme mensuelle pour parfaire l'éducation de l'adolescente.

Argent qui fut employé en totalité pour couvrir les frasques de son frère, Philippe.

Philippe-Victor Ziegler fut un bébé braillard, un enfant capricieux et pleurnichard, un adolescent tyrannique. Malingre, le teint bistre, il avait toujours une jérémiade aux bords des lèvres.

Ses sept premières années, il les passa accroché aux jupes de sa mère. Quand il les lâcha enfin, il s'essaya au monde et trouva face à lui sa sœur, de deux ans son aînée, insensible à ses pleurs perpétuels, indifférente à ses violents accès de rage. Il entreprit alors de gâcher son existence.

Sous prétexte d'une tendresse débordante, il salissait ses robes, ses tabliers, brisait le cuir de ses chaussures avec ses bottines pleines de boue, tout en lui faisant promettre de ne rien dire à leur mère, très à cheval sur la propreté et le maintien.

Adélaïde écoutait, posait sur lui son regard tranquille, continuait ses jeux et, dès que Mme Ziegler entrait dans la pièce, le dénonçait, car toute faute mérite une juste sanction.

Philippe-Victor redoublait ses pleurs, ses regrets, et n'était jamais puni par une mère touchée par la détresse de son enfant. Elle réprimandait alors son aînée, choquée par sa froideur :

– Est-ce cela que le Seigneur enseigne ?

Il s'en prit aux poupées, aux livres, aux effets, peu nombreux, d'Adélaïde qui, privée de jeux, se concentra encore plus sur elle-même et sur son piano, l'abandonnant définitivement à la solitude de sa jeune hargne.

L'école fut une épreuve. Quatre bonnes se succédèrent avant qu'il consente à prendre place dans les bancs de la salle de classe où son attitude hostile lui ferma la porte de tous ses camarades. Les résultats furent à la hauteur de ses efforts.

Mme Ziegler n'hésitait pas à le garder pendant de longues périodes hors de l'école, prétextant fièvres, humeurs, contusions, entorses et autres maux afin de pouvoir faire oublier sa mauvaise conduite et fournir une explication valable à ses notes catastrophiques qui le conduisaient à un redoublement certain, et l'éloignaient davantage de sa sœur, toujours dans les premières de la classe.

Le stratagème fonctionna jusqu'au certificat. Mme Ziegler régala professeurs et directeurs de somptueux strudels pour Rosh ha-Shana, des halots pour shabbat, des pains d'épice et des meringues pour les fêtes d'Hanoukka.

Mais rien n'avait d'effet sur Philippe-Victor Ziegler, ni cajoleries ni intimidations. Ce fut à cette époque que la transaction Meïer prit tournure. Avec le versement mensuel, une manne tombée du ciel pour une veuve sans recours avec deux enfants à charge et une famille au loin qui lui avait tourné le dos, Mme Ziegler crut avoir trouvé la solution à ses problèmes.

Par deux fois son fils rata son certificat et refusa de retourner en classe. Elle dut s'y résoudre, devant ses menaces qu'elle commençait à prendre au sérieux en raison de la puissance de ses colères et de la violence de ses mots.

Adélaïde, elle, ne le craignait pas, elle le méprisait. Mais l'orgueil du nom qu'ils portaient tous deux et une certaine retenue vis-à-vis d'un membre de sa famille lui interdisaient de manifester l'unique sentiment qui la liait à son frère.

La bar-mitsva de Philippe-Victor Ziegler ne fut en rien une fête somptueuse. Mme Ziegler avait pourtant déployé tous les moyens dont elle disposait.

À la synagogue, revêtu des phylactères, impressionné par une si belle assemblée, il se montra incapable de lire la Torah. Ses mots, prononcés d'une voix fluette mal assurée, quasiment incompréhensibles du fait de sa méconnaissance des textes sacrés et de la langue de ses ancêtres, semblèrent à Mme Ziegler les paroles même du Messie. Fermant les yeux, elle se laissa aller à une extase silencieuse, qu'elle commenta amplement à toutes ces dames, qu'à force de câlineries elle avait réussi à entraîner chez elle.

Son salon, divisé par une tenture vert émeraude, devint vite étouffant malgré le nombre réduit de convives.

– Et notre famille ? Ne devait-elle pas venir ? avait demandé Adélaïde en préparant la pâte à l'anis.

Mme Ziegler, très nerveuse, n'avait pas répondu et, prétextant autre chose à faire, était sortie de la pièce.

La famille ne vint pas, les Meïer furent les invités d'honneur de la fête.

M. Meïer loucha un moment sur la jeune personne et se félicita de son choix. Il était temps de chercher une marieuse.

Philippe-Victor, soulagé à l'issue de la cérémonie, parada un moment dans ses beaux habits. Il ne connaissait pas grand monde et trouva les présents minables. Dépité, il se servit abondamment à manger et s'installa dans un coin avec un verre de vin à la cannelle.

Il buvait pour la première fois.

– Je connais un endroit où l'on te donnera des sous pour tout ça…

La voix étouffée, dans son dos, avait un accent de défi. Il se retourna.

Un gros garçon engoncé dans un costume sombre le dévisageait. Sa bouche mastiquait avec application un morceau de gâteau.

– Et t'es qui, toi ?

Dès la première seconde, Philippe-Victor Ziegler prit l'ascendant sur Jean Benguigui, son aîné, en le traitant avec dédain.

Il vendit ses cadeaux pour trois fois rien, mais les pièces obtenues lui procurèrent une joie sauvage. Il décida, puisque la vie, les siens, ne lui offraient pas ce qu'il méritait, d'améliorer son quotidien par d'autres moyens. Sa sœur fut, tout naturellement, la première cible. Il brada ses livres de musique, ses partitions, déroba son pendentif en or et ne s'en cacha pas, la mettant au défi de tout dire à leur mère.

Adélaïde Ziegler le regarda de haut en bas, lentement. Sa bouche se tordit.

– Si c'est tout ce dont tu es capable, Philippe-Victor Ziegler, tu ne tromperas pas ceux qui disent que tu es et resteras un petit enculeur de mouches.

Il eut un accès de rage terrible, mais ne put laver l'affront qu'il venait de subir. Sa mère, alertée par ses cris, était accourue. Mme Ziegler comprit qu'entre son fils et sa fille les relations ne seraient jamais aimantes. Elle décida d'accélérer les fiançailles et de trouver un apprentissage à son fils.

Si le premier projet prit tournure sans grande difficulté, le deuxième se révéla plus difficile. Le monde était bien cruel pour les innocents.

Philippe-Victor ne trouvait, décidément, ni métier ni maître à sa mesure.

– C'était pourtant une maison réputée, mon chéri, se lamenta-t-elle.

– Des voleurs, maman, vous ne pouvez imaginer combien j'étais exploité et ce qu'ils m'obligeaient à faire !

Il baissa la tête et son visage se contracta affreusement, signe avant-coureur d'une crise de larmes. Sa mère se précipita.

– Mon cœur, mon trésor…

Il éprouvait une répulsion grandissante à être embrassé par cette femme, vieille, malodorante, dont les joues, les lèvres, piquaient. Mais il fallait encore en passer par là.

Il vendit un à un les tomes de Jules Verne, livres très en vogue, dont il tira un bon prix, puis les coupes en vermeil, accusant la bonne qui fut renvoyée sur-le-champ, de l'argenterie, pièces mineures dont on se servait peu, un ou deux bijoux. Sa mère n'avait rien de valeur hormis un centre de table, en argent massif, qu'elle astiquait chaque semaine.

L'humeur de Philippe-Victor s'améliora avec son embauche chez un traiteur rue des Rosiers en tant qu'aide-cuisinier. Sa mère soupira d'aise. Enfin il trouvait sa voie.

On célébra les fiançailles d'Adélaïde Ziegler dans un grand restaurant. Il y eut une cinquantaine de convives et Philippe-Victor en conçut une grande jalousie en comparant ces agapes au luxe indécent avec sa barmitsva dans le salon familial, séparé en deux par la vieille tenture râpée.

Les fiancés n'échangèrent guère plus de trois mots, mais tous s'accordèrent à dire qu'ils formaient un couple bien assorti.

Avant la fin du repas, Philippe-Victor, ivre, essaya de se battre avec un invité, un jeune homme vif et bien mis, André Dustan, en l'accusant de vol.

Par égard pour son hôte, son meilleur ami, André Dustan ne répondit pas aux injures et aida à ceinturer le forcené et à chercher une voiture pour faire reconduire le triste énergumène.

On calma la mère, on admira le sang-froid de la jeune fiancée dont pas un cil n'avait bougé, et on paya le chauffeur pour ramener Philippe-Victor Ziegler chez lui.

Avant de le pousser dans le véhicule, André Dustan lui envoya un coup de poing dans le plexus et recula. Il ne voulait pas être aspergé par Philippe-Victor Ziegler qui, plié en deux, vomissait.

– Cela vous aidera à dessoûler, lâcha-t-il en songeant que son ami, Alphonse Meïer, avait bien de la chance.

Adélaïde Ziegler, sous la lumière factice des lustres, resplendissait.

Paris, 1942

Lambert essaie en vain d'oublier les mots de son voisin, d'Armentière, mais les nouvelles lois le ramènent à ces phrases qui le rendent coupable.

Pendant son temps libre, il tente d'avancer sur l'affaire de Montreuil. Il se plonge dans les dossiers, retourne sur les lieux où ont été retrouvés les corps des jeunes filles. Rien ne subsiste, pas même ces fruits qui ont donné leur nom aux murs à pêches, mangés avant d'avoir mûri.

Comment arrêter un assassin ? À l'école de police personne ne semblait s'en préoccuper.

– Il faut avancer par recoupements, lui dit David Berstein.

– Par recoupements ?

– Mais oui, tout ce qui te fait penser à… d'une même famille, si tu veux. Tu vois ?

– Non.

– Ce n'est pas grave, j'ai tout mon temps.

Lambert lève la tête.

– Ce qui a été donné se termine. Il sourit. Tes trois mortes, quels sont leurs points communs ?

– Des filles, jeunes, pauvres…

– Non, non, non. Ce n'est pas comme ça qu'il faut chercher.

– Pourquoi ?

– Parce que ce sont des évidences. Regarde autour de toi. Si je te dis, Allemands, assassins, guerre ?

– Nazis.

– C'est une évidence, ça n'avance à rien. Il faut chercher ce qui est derrière, ce qui ne se voit pas, le moteur…

– Le mobile ?

– Pas toujours. Quel mobile veux-tu trouver, là ? Appât du gain ? Elles étaient pauvres. Vengeance ? On ne se venge pas sur trois personnes à la fois, qui ne sont pas de la même famille. Crime passionnel ? Pourquoi pas… mais pas trois crimes passionnels. Non. C'est autre chose. Il faut chercher le moteur de toute action, Lambert. Un moteur souterrain, plus fort que la morale, que la religion ou que les grandes conneries, de celles qui poussent les hommes à être ce qu'ils sont. Des monstres ou des saints.

Un bruit de voix dans le couloir, une altercation.

David Berstein regarde sa veste suspendue au mur. Il sourit à Lambert.

– Elles ont toutes les trois été tuées ensemble. Tu ne trouves pas ça étrange ?

C'est un très long couloir, ils entendent des portes s'ouvrir, puis se refermer. Il fait un geste vers sa veste et s'arrête.

– Il sera toujours temps, soupire-t-il. Voyons, Lambert, comment ont-elles été tuées ?

Il voit dans les yeux de David Berstein des larmes, sa pomme d'Adam qui se soulève, comme s'il déglutissait. Tous les deux entendent des mots en allemand et la voix du commissaire qui hurle, essaye de couvrir les autres, s'époumone, éclats entrecoupés de toux.

Lambert se lève. La porte s'ouvre.

– Ce n'est pas possible ! Messieurs vous en répondrez devant vos supérieurs ! Ça, je peux vous l'assurer ! C'est intolérable !

Les Allemands entrent. David Berstein ne s'arrête pas.

– Avec un couteau, Lambert, elles ont été toutes les trois égorgées avec un couteau. On tue au couteau par plaisir. Lambert, n'oublie pas ça, juste pour le plaisir.

– Qui d'entre vous est David Berstein ?

Les Allemands se sont adressés directement à lui. Le commissaire essaye de s'interposer.

– Écoutez, Berstein, il s'agit d'une erreur. Je vous en donne ma parole. Je vais arranger ça. Si vous croyez que je vais vous laisser emmener mes gens…

– Suffit ! dit l'un des Allemands. Suffit. Il s'agit d'un juif ! C'est la loi ! Votre loi.

Lambert fait un geste. David Berstein l'arrête, pose doucement sa main sur son avant-bras. Dans son esprit, la pièce soudain se vide. Les vociférations s'éteignent. Il entend les mots de Berstein.

– Ils tuent par plaisir. Seulement par plaisir. Il faut chercher, Lambert, un homme, des hommes qui tuent par plaisir.

– Ma veste, dit-il.

Le carillon de la Sainte-Chapelle sonne neuf heures, distinctement.

Cela fait plus d'une heure que David Berstein aurait dû partir. La journée avait été épuisante. La collaboration, totale. Interrogatoires, paperasses, lettres, des milliers de lettres, toujours les mêmes, sales. Et le quotidien. Petits vols, petits délits, marché noir. À croire que le grand banditisme s'était dissous, laissant place à ce dont ils ne voulaient pas s'occuper.

Cela fait plus d'une heure que Berstein aurait dû rentrer chez lui. Rejoindre sa famille, dîner avec sa femme, ses enfants, ses vieux parents peut-être.

Lambert le regarde se lever et se rend compte qu'il ne sait rien de David Berstein. Ni où il habite, ni comment s'appelle sa femme, ce qu'il fait les dimanches. Il n'a plus le temps de le lui demander.

Le commissaire s'agite, essaye d'entrer dans le bureau, de faire barrière avec son gros corps. Les Allemands l'en empêchent.

– Si vous croyez pouvoir agir à votre guise, vous faites une grossière erreur !

David Berstein ne sourit pas, il passe une main sur le revers de sa veste, une caresse, l'étoile y est cousue. Il saisit son arme de service, vite. Lambert se lève, les chaises basculent, des cris en français, en allemand, bordel, Berstein, bordel, crénom… Dans le couloir les hommes se sont massés derrière les nazis, un attroupement, manches de chemise, bretelles, holsters vides.

Son hésitation n'est qu'une question de secondes. Il tire deux fois, sans bouger ni esquisser un mouvement de recul. Il ne tentera pas de fuir, juste une sortie. Il a toujours été un excellent tireur.

En deux coups il explose la tête du gradé. L'impact est assourdissant. Lambert hurle. Le commissaire hurle. David Berstein retourne son arme contre lui.

Il lui semble, mais il ne pourrait pas le jurer, qu'il a dit « juste pour le plaisir » avant de tirer.

Ces mots réveillent un drôle de souvenir, mais comme dans ses cauchemars, Lambert ne parvient pas à mettre un nom, un visage sur cette impression de déjà-vu.

– Nous aimons beaucoup la police française, monsieur Lambert. Beaucoup, particulièrement des hommes français comme vous, monsieur Lambert.

Le Sturmbannführer Däffner articule lentement.

– Nous savons de source sûre que vous n'avez rien à voir avec ce… terroriste. D'une certaine manière, il a avoué et a été puni, vous l'avez constaté vous-même. Mais nous autres, les Allemands, nous avons le souci de l'ordre, de la justice.

Les mots sortent de sa bouche en un français impeccable, teinté d'accent germanique et cette lenteur, peut-être voulue dans la diction, renvoie inévitablement à la culture qui s'étale dans la bibliothèque, s'entasse sur le bureau du Sturmbannführer Däffner.

Däffner se lève. L'effluve d'un parfum cher, Caron peut-être, du vétiver sans doute, lui parvient, comme ses mots, entêtants, douceâtres. Les lamelles du parquet craquent, les rideaux oscillent, des fenêtres doivent être ouvertes.

Lambert prend conscience de son odeur, une odeur tenace, rance, répugnante, où se mêlent sueur, saleté, peur, urine.

Il s'est pissé dessus.

La tache, encore visible, sèche sur son pantalon. Quand l'urine avait coulé le long de sa jambe trempant sa chaussette, l'envie de rire l'avait saisi. Réconforté. Il était vivant, merde, il était vivant !

– Une cigarette, peut-être ?

Il refuse, sans ouvrir la bouche.

– Alors, un verre d'eau ?

La carafe est en cristal, le verre, assorti. L'eau coule avec un joli bruit. Il ne le lui tend pas, il ne le touche pas. Il respecte l'espace qui le sépare de cet homme souillé, vaincu, assis, tête baissée. Il pose le verre devant lui et lui tourne le dos pour regagner son siège.

Lambert se précipite. Il boit, avale, s'étouffe.

L'Allemand a ces paroles incroyables :

– La carafe est là, n'hésitez pas à vous resservir.

Ils n'ont pas longtemps hésité. Pas de place au hasard. Ils ont traîné Lambert devant ses collègues, par les jambes. Sa tête rebondissait sur le sol ; à plusieurs reprises elle a cogné un coin de mur, un banc, une chaise, que les autres, abasourdis, n'ont pas eu le réflexe d'ôter.

Ils l'ont enfermé dans un bureau et lui ont attaché les jambes. Quand il a repris ses esprits, il a vu les silhouettes de ses gardiens. Par deux fois, elles ont changé. Puis ils sont entrés, des SS, sans prononcer un mot, et l'ont emmené.

Dans le camion bâché, Lambert a pensé que c'était la fin.

Le camion a roulé, les menottes blessaient ses poignets attachés à une barre métallique derrière le conducteur.

Il l'entend. Il parle français avec un autre qu'il ne peut voir. Ils parlent français.

Le camion freine. Personne ne descend. Il essaye de voir où il se trouve. On soulève la bâche, deux gendarmes tiennent un homme entravé. Ils le jettent dans le véhicule, l'insultent.

C'est un homme entre deux âges, un peu chauve. Il a perdu une chaussure. Le camion repart. S'arrête, encore, plus loin, des cris, cette fois c'est un couple, ils ont peur quand ils voient les deux hommes menottés. Ils craignent pour leur vie.

– Vous êtes blessé ? demande la femme à Lambert.

– Non.

C'est le premier mot qu'il prononce depuis des heures. Il ne sait pas combien.

– Mon Dieu, que vont-ils nous faire, nous n'avons rien fait ! Pourquoi nous emmènent-ils ?

C'est au tour d'une jeune fille. Elle tient toujours son filet à provisions. Il tombe par terre. Un petit paquet s'en échappe « La tisane des moines – plantes médicinales exclusives ». Tous ne portent pas l'étoile jaune. Certains ont peur, d'autres sont résignés. Quand il n'y a plus de place sur les bancs on les attache aux barres en fer du plafond.

Lambert aurait bien voulu laisser sa place au vieillard minuscule dont les poignets saignent, car ses pieds ne touchent pas le sol. Le vieil homme geint doucement.

– Mais on doit en prendre combien ? C'est la voix d'un des gendarmes.

– Cinquante, que c'est écrit.

– Tu as compté, toi ?

– Non. À vue de nez, il en manque.

– T'as la liste ?

– Ouais.

– Bon, alors on y va. On va pas y passer la journée !

– T'as raison, on va pas faire du rab pour les Schleus !

Le camion s'arrêtera encore quatre fois. Un échange de coups de feu a lieu. À l'intérieur tout le monde a crié, même Lambert, pourtant, lui, il en a l'habitude.

– Ah, putain, tu feras moins le fier tout à l'heure, mon salaud !

Le gendarme a la bouche tordue de rage, il grimace et pousse un grand type.

– Saloperie ! Collabo ! T'as pas honte ?

Le gendarme lève son fusil et lui donne un coup de crosse sur le visage.

L'homme s'écroule sur les autres, sans une plainte. Ils ne prennent pas la peine de l'attacher.

La femme, la première, pose toujours la même question.

– Mon Dieu, que vont-ils nous faire ? Pourquoi nous emmènent-ils ? On n'a rien fait !

Personne ne lui répond. Peut-être par charité, peut-être parce que ceux qui savent ne veulent pas entendre la réponse.

Lambert a le temps de regarder, de s'imprégner de ces visages, de cette peur, de se dire que s'il s'en sort, il n'oubliera jamais. Aussitôt il réprime ce vain espoir. Lui aussi va mourir. Il le sait depuis la première seconde, c'est son unique avantage.

Le camion s'arrête, on soulève la bâche. Les gendarmes font descendre les prisonniers. Avec brutalité. Ils comptent à voix haute. Des voix assurées.

– Quarante-six.

– Quarante-sept.

– Quarante-huit.

– Putain, on s'est gourés, dit l'un.

Il fait nuit, dehors.

Lambert ne peut pas croire que toute la journée s'est écoulée ainsi. Quand on l'a sorti du bureau, il n'était pas…

La voix du gendarme baisse.

– Il en reste plein…

– Je t'avais dit de compter, tête de nœud !

– T'avais qu'à le faire, connard !

– Tant pis, on compte comme si, et on fourgue le reste dans le lot !

– On pourrait peut-être laisser ceux qui sont encore… Y a…

Sur le visage de ceux qui sont encore à l'intérieur, une lueur d'espoir commence à poindre. Il y a trois femmes, un jeune garçon, quatorze, quinze ans.

– T'es fou ou quoi ? Tu veux te faire prendre par les Schleus à cause de quelques youpins de plus ou de moins ?

– T'as raison, allez, ouste ! Tout le monde descend ! Terminus !

Ils rient de leur bon mot. Lambert reconnaît le lieu, près de la gare de l'Est, le couvent des Cordeliers, un peu plus loin le canal Saint-Martin.

Une dizaine de tractions avant sont arrêtées. Un autre camion bâché est à l'entrée. On les rassemble contre un mur, il a peur.

Tous ont peur. Parfois, sur les visages, des airs bravaches ou indifférents. Des insultes aussi pour ces pourris. Des hommes sortent d'une voiture avec des papiers à la main. L'un d'eux lit.

De l'autre camion, des soldats descendent du matériel. Des pleurs se font entendre, et des prières. De toutes sortes, au même Dieu, s'il y en a un en ce moment.

Lambert voudrait prier, mais il ne sait pas qui. Le

Dieu de ses parents ? De son grand-père juif ? Le petit Jésus des sœurs de son école, dans le XVe ?

Un peu en retrait, une voiture stationne avec les portières ouvertes. Des voix et des rires. Une personne en descend, puis une deuxième, qui s'appuie sur le capot pour allumer une cigarette. Leurs regards se croisent, rien de plus, il vient d'entendre son nom.

– Lambert ? Qui est Lambert ?

Ainsi il sera le premier. Il s'avance, les gens s'écartent. Le vide, normal, personne n'a envie de rester à côté d'un homme qui va être exécuté.

Deux soldats lui font face, il recule. Son pied heurte le mur. Nul endroit où fuir. L'odeur de l'herbe lui chatouille les narines, le ciel n'est pas encore tout à fait noir, les étoiles ne sont pas visibles. S'il avait plu, peut-être les aurait-il vues.

Ils le prennent par le bras et le poussent en avant. Il résiste un peu, mais à quoi bon. Ils le mettent à l'écart. Pas très loin, deux ou trois mètres.

Une clameur s'élève. Deux hommes traînent une forme humaine, un troisième porte nonchalamment une chaise. Ils y assoient l'homme inanimé et basculent sa tête vers l'arrière, découvrant son visage.

David Berstein, terroriste. C'est écrit sur la pancarte. David Berstein n'a plus de visage. Le cri les a empêchés d'entendre les chiens qui s'arment. Les mitrailleuses tirent, la clameur s'éteint très vite. Ça va vite cinquante et des poussières.

Lambert s'est jeté face contre terre. Il entend soixante-trois coups de grâce, et un dernier, pour David Berstein. Grâce au dernier. Il se pisse dessus.

Varsovie, 1943

Après la destruction du ghetto, leur détachement ne resta pas longtemps à Varsovie, quelques semaines à peine, avant d'être envoyé sur le front de l'Est. Ils avaient rêvé de Paris, comme la grande majorité des jeunes engagés. De femmes faciles sentant la violette, le muguet, le pain blanc et le bon vin servi dans des ballons, avenue de l'Opéra. L'Italien connaissait Paris. L'admiration qu'ils lui vouaient n'en fut que plus grande.

Au cours de ces semaines qui précédèrent leur transfert vers l'est, Hans et Herman, pris d'une folie qu'ils n'évoqueraient plus jamais, l'un parce qu'il mourrait lors de la bataille de Koursk, écrasé par un tank de sa propre armée, l'autre parce qu'il allait jeter un voile d'oubli sur ce passé si peu en accord avec la respectabilité qu'il afficherait dans le futur, méritèrent le nom d'assassins sans circonstances atténuantes.

Frayant avec les pires criminels SS, ils eurent accès à des lieux où l'infamie s'érigeait en maîtresse absolue. Tout était prétexte à leur sauvagerie sans limites, un regard, une silhouette hésitante ou simplement le fait de marcher sur le même trottoir durant quelques mètres.

On bousculait, on frappait, on enlevait en prévision d'autres intermèdes. Dans ces orgies mortelles, l'Italien se surpassa, ne manifestant ni enthousiasme ni joie, encore moins de pitié. Uniquement la satisfaction éphémère du professionnel fier du travail accompli, alors qu'il tailladait les chairs, défigurait les visages ou, soudain lassé, achevait ses victimes avec précision, méthode et savoir-faire.

Toujours le même geste avant de refermer le couteau : nettoyer la lame soigneusement avec un tissu, à défaut un pantalon, une vareuse, une manche. Jamais l'Italien ne dérogeait à cette règle. Une méticulosité de maître artisan.

Il fut recherché, sollicité par des cercles fermés aux goûts particuliers. Il répondit présent, flatté d'être l'objet d'une attention hors norme. Par défi, il entraîna Hans et Herman. On les accepta tous les trois, et il laissa entendre auprès de personnalités avisées qu'il excellait dans l'art de l'interrogatoire.

On le crut sans peine. Quelques prestations au cours de ces nuits suffirent amplement à prouver ses dires, et il abandonna les divertissements nocturnes pour un travail de torture diurne et régulier qui convenait plus à sa nature froide et méthodique.

La hiérarchie ferma les yeux, sachant qu'elle gagnait, avec cette nouvelle recrue, un véritable spécialiste, alors que les réseaux de résistance décuplaient leur activité, que le front russe se durcissait et que les armées du Reich s'enlisaient à Stalingrad.

Du jour au lendemain, Hans et Herman devinrent orphelins, et quand ils franchirent les portes de la ville à bord de lourds camions bâchés, le regard apeuré des nouveaux appelés provoqua chez eux un immense éclat de rire. La nausée viendrait plus tard.

Zacharie Poletti entra dans la routine des interrogatoires, avec zèle et efficacité.

Au bout de deux semaines, et au vu de l'excellence de ses résultats, on lui attribua un logement de fonction dans un vieil hôtel de luxe transformé en appartements pour les dignitaires et autres éléments méritants de la Wehrmacht.

Quand on lui demandait, par curiosité, d'où il était originaire, en Italie, il répondait, laconique, « de la plaine du Pô ». Il n'y eut pas d'autres questions. Personne ne savait où se trouvait la plaine du Pô, être italien suffisait.

Le jour où la quatrième femme de chambre fut retrouvée, Zacharie Poletti dut se rendre à la convocation du capitaine Otto Coblenz.

De forte carrure, celui-ci semblait occuper tout l'espace derrière le bureau. Un dossier reposait, fermé, entre ses mains posées à plat.

Il ne se leva pas à l'arrivée de Zacharie Poletti et ne le pria pas de s'asseoir.

Le silence aurait pu durer très longtemps. L'un comme l'autre, parfaitement étrangers, n'éprouvaient aucun respect pour celui qui lui faisait face.

– Vous faites preuve, soldat Poletti, d'un zèle – il inspira, une moue de dégoût tordit sa bouche – remarquable… Que ce zèle, cette habilité quasi contre nature, soldat Poletti, ne vous entraînent pas en dehors des limites strictement professionnelles de l'armée que vous servez.

Zacharie Poletti ne répondit rien.

– Vous m'avez compris ?

Poletti se souvint de son père, qui, après lui avoir donné une terrible raclée, lui avait conseillé : « Il ne faut jamais avouer. À aucun prix. » Et pour lui inculquer le bien-fondé de ses dires, avait recommencé à le battre.

Seul son frère avait avoué. Zacharie avait su retenir la leçon.

– Non, je ne comprends pas.

Il leva les yeux et affronta le mépris, la colère du militaire.

– Je vais alors devoir vous l'expliquer.

Elles étaient quatre, blondes, polonaises. Âgées de vingt-deux, vingt-quatre, trente-deux et cinquante et un ans. Toutes disparues après avoir fait le service d'étage. L'étage où se trouvait son appartement.

– Il y a beaucoup d'appartements, à cet étage. Ce sont de très petits appartements, fit remarquer Poletti.

Le capitaine Coblenz blêmit. Il se contrôla, percevant l'étoffe particulière de l'homme qui se trouvait dans son bureau.

– Elles ont été retrouvées dans les sous-sols de l'hôtel. Il ouvrit le dossier et, d'un geste rapide, comme s'il touchait des détritus, étala les photos.

Zacharie Poletti se pencha avec curiosité. Cela aurait pu être différent, avec des finitions plus soignées.

– Alors ? hurla l'officier.

– Ce n'est pas du beau travail, répondit Poletti.

– C'est une boucherie, soldat ! Et à la Wehrmacht, nous n'aimons pas les boucheries, nous sommes des soldats, nous laissons cela à nos amis les SS.

Il décrocha son téléphone et se mit à parler, vite, oppressé par la présence de l'Italien. Deux soldats entrèrent.

– Emmenez-le ! Le soldat Poletti ne verra aucun inconvénient à répondre à quelques questions de routine.

– Capitaine, je voudrais vous signaler que je dépends de la brigade spéciale dédiée aux interrogatoires des terroristes, sous la responsabilité des Waffen-SS et...

– Et nous dépendons tous du Führer, monsieur Poletti. Du Führer ! Il faut parfois savoir passer de l'autre côté de la barrière.

Paris, rue Danrémont, rez-de-chaussée, 1942

Germaine n'eut aucun mal à s'attirer les bonnes grâces du médecin, un homme étriqué, pointilleux, au regard fuyant. Claudiquant, elle alla ouvrir la porte, sans autre vêtement qu'une pauvre combinaison en popeline transparente.

Son visage baigné de larmes, des frissons, peut-être une vilaine fièvre, quelques gouttes de transpiration au bord des lèvres et cette démarche maladroite, qui, désormais, serait la sienne, suffirent à faire trembler le docteur Simonot. Il l'ausculta, le regard vague, lui toucha la hanche, le haut de la cuisse enserré dans un plâtre, et se jeta sur elle sans autre atermoiement ni considération pour son double état de jeune mère et de femme souffrante.

Au bord de l'apoplexie, deux ou trois secousses suffirent pour conclure l'affaire.

Germaine s'en tira plutôt bien. Non seulement elle cessa de payer les visites, maintenant journalières, du praticien, mais elle se fit établir un certificat d'invalidité qui lui assurait de ne plus jamais revenir chez les Meïer et, si elle savait s'y prendre, de se ménager une petite rente. Or Germaine n'était pas manchote quand il s'agissait de veiller au grain.

– Lis, je te dis ! C'est écrit dessus ! Je ne peux pas y retourner, un point, c'est tout !

– Je vais quand même pas faire la boniche pour tes beaux yeux chez tes youpins !

– C'est un monde des fois ! C'est toi qui m'en as collé une, et voilà le résultat ! Tu m'as *stropiée*, c'est écrit dessus !

Désiré écarquilla les yeux, impressionné par le certificat du médecin.

– Et c'est pas la dernière que je vais te coller si…

Il ne trouva pas ses mots, désorienté. La gosse brailla.

– Elle braille tout le temps, celle-là ! Dis-lui de la boucler, sinon…

– Sinon quoi ? Tu veux maintenant cogner ta gosse ?
– C'est pas ma fille !
– Ah, oui ? Et de qui elle serait, alors ? Du vieux ? Elle ricana : tu crois tout de même pas que je me suis fait faire un gosse par un juif ? J'ai fait ma première communion chez les petites sœurs, moi !
Il ne répondit pas, comprenant confusément qu'il existait deux mondes qui ne se mélangeaient pas, qui ne devaient jamais se mêler. Il claqua la porte.
– Bon vent ! hurla-t-elle ! Casse-toi, c'est ça !

– Ah, docteur, vous en savez des choses, soupira-t-elle.
– Appelez-moi…
– Ah, non ! Pas de familiarité. Pour moi, vous êtes et serez toujours le docteur Simonot, homme de science !
Il se rengorgea et essaya de prendre une pose conforme à la nouvelle dignité qu'elle lui conférait.
Pantalon aux chevilles, le docteur Simonot attendait que le travail buccal de Mme Germaine fit son effet sur son triste et fade appareil.
– Ouiiii…, pérora-t-il d'une voix pleine de trémolos, au train où vont les choses, la France, si Dieu, le Maréchal… le veulent… Ouuuhhh, gloussa-t-il, sentant le flux venir. Une fausse alerte et, gêné, voyant Germaine devenir rouge pivoine sous ses efforts répétés et inopérants, il enfla le ton : je disais… si tout va bien, la France va pouvoir sous peu récupérer des avoirs, un rang qu'elle a perdu par faute de…
Elle émit un grognement. Encouragé, il continua :
– Des avoirs, des appartenances bradés par les démissionnaires socialistes, complices de l'alliance judéo-maçonnique ! Une alliance qui dépasse nos frontières, chère madame…

Le reste de la tirade fondit en un borborygme de contentement. Épuisé, il dut prendre siège, sombrant béatement dans le sommeil.

Ah, c'est pas Dieu possible ! songea Germaine en s'envoyant une gorgée de piquette, histoire de faire passer l'amertume. Tous les mêmes, qu'ils sortent de la fange ou du cuissot d'un prince ! Ah, quand je pense que la seule chose que je voulais, c'est être dans mes meubles ! S'il croit s'en tirer comme ça, le Désiré, il se fourre le doigt dans l'œil ! Il va raquer, tout bouseux auvergnat qu'il est !

De rage, elle envoya une mandale au faisan. Fallait pas qu'il prenne ses aises celui-là ! Qu'est-ce qu'il se croyait ?

Le docteur Simonot se dressa brusquement ne sachant plus où il se trouvait et se mit à geindre :

– Oh, non, ma petite Odile, n'en croyez rien, mon Odile chérie !

– C'est qui, Odile, demanda, sarcastique, Germaine, votre bourgeoise ?

Le docteur Simonot rougit, et marmonna indistinctement la France, les avoirs, Odile, une connaissance, enfin. Il s'emmêla les pinceaux, tout en se rajustant pour le plus grand plaisir de Germaine, qui n'aimait rien tant qu'être la spectatrice, voire l'instigatrice de l'humiliation d'autrui.

– Bon, c'est quoi cette histoire d'avoirs de la France ? Germaine ne perdait jamais le nord.

– Ah, ah ! Il s'agit du patrimoine des Français, des vrais Français, je m'entends… Il resserra sa cravate dont le nœud, démesuré pour un cou si frêle, avait l'allure d'un renflement indécent mal placé. Envolé par la faute des socialistes et autres suppôts du Komintern. Il s'arrêta, savourant toutes les sonorités du terme honni. Je disais… le Komintern donc…

Germaine le laissa pérorer. Son expérience dans les établissements de nuit lui avait appris que l'homme est fat, par excellence. Qu'il suffit de le laisser jacasser pour qu'il finisse par lâcher ce que l'on souhaite entendre.

La gosse s'était réveillée. Elle ne pleurait pas, les yeux fixés sur la silhouette sombre, maigre et agitée d'où sortait un son continu, aigu, disgracieux, fascinant. Bientôt, ses yeux devinrent lourds et elle ferma ses paupières.

– Ben ça, alors, si on me l'avait dit, je ne l'aurais pas cru, s'exclama Germaine, contente de ne pas avoir à s'occuper du boudin.

– Je ne vous le fais pas dire, chère madame ! Il était ravi d'avoir capté son auditoire. Mais le Maréchal, aidé de nos bons amis allemands, parce qu'il ne faut pas écouter tout ce que l'on raconte, hein ? Attention ! Je n'oublie pas qu'ils nous ont vaincus, occupés, diront certains… Moi, je réserve mon opinion là-dessus, l'avenir nous le dira, mais moi… Il tapa sur sa cuisse. Un peu trop fort. Moi, j'ai ma petite idée là-dessus. Et de se mettre à ricaner en sourdine, l'air chafouin.

Germaine retint l'expression de mépris. Toujours contents d'eux, les bonshommes ! Toujours à faire les malins, pourtant, il n'y avait vraiment pas de quoi fouetter un chat ! Elle abandonna vite son naturel, on y était.

– Et c'est quoi, votre idée ?

– Tss tss, plus tard, plus tard ! On pourrait nous entendre ! Moi, ce que je dis, c'est que ce sont les couards et les aigris qui nous ont menés là où nous en sommes ! Et que les Allemands, eh bien, il faut les traiter en gentlemen, nous ne sommes pas des hommes préhistoriques ! La France a des traditions, un sens de l'hospitalité, il faut leur en montrer, pardieu !

Qu'est-ce qu'il racontait, le toubib ? Les Schleus occupaient la France, oui ou merde ?

– Eh bien, chère madame, eh bien… – il se tut soudain, fatigué de frayer avec des classes sociales inférieures.

Il y trouvait certains avantages, il ne pouvait le nier. Ce n'était pas sa petite Odile qui… il gloussa malgré lui. Mais elle possédait d'autres qualités, dont la non des moindres était un beau et riche patronyme, un gros patrimoine.

Il prit son manteau, sa mallette, et se dirigea vers la porte, car si le mari venait à pointer son nez…

– Les avoirs de la France ? insista-t-elle.

– Oui, c'est bien ça, les avoirs.

– Quoi, les avoirs ?

– La France est en train de récupérer tous les avoirs volés par les juifs. Grâce au Maréchal et à son gouvernement à Vichy.

Perpignan-Guéret, 1939

Ce n'est pas le train le plus direct qu'Édouard Gaillard prend en gare de Perpignan, mais un tortillard qui le mènera, si tout va bien, à Guéret, où il compte refaire surface avec sa nouvelle identité.

La tête reposant sur le siège en bois des troisièmes classes, il attend le départ du train annoncé depuis bientôt quatre heures.

Il observe autour de lui le mouvement des voyageurs qui ont pris leurs aises sur les banquettes, étalant au maximum leurs sacs, leurs valises, leurs baluchons pour délimiter un territoire qui leur assurera, quand les wagons s'ébranleront, un minimum de confort.

Une grosse s'installe devant lui après beaucoup d'hésitation et de soupirs. Une ridicule voilette sur les yeux, elle peine avec ses innombrables bagages et ahane dans l'indifférence générale.

Un jeune idiot finit par se lever de mauvaise grâce pour hisser sa valise.

– Merci, mon petit, heureusement qu'il y en a encore comme toi dans ce pays, parce que sinon…

Il rougit, et se rassoit.

Dépitée, la femme qui croyait, faute de mieux, avoir trouvé là un compagnon de voyage à qui parler, regarde autour d'elle, à la recherche d'une nouvelle prise.

Ça ronfle, ça gargouille de tous côtés. Décidément, ce n'est pas de la compagnie pour une honnête femme. Si seulement le mari n'était pas si pingre, elle aurait pris une place en deuxième. Mais pas moyen de lui faire entendre raison. Il crèvera sur son magot.

L'homme dort en face d'elle. Elle soupire, renifle et sort un mouchoir.

Rien n'y fait, alors elle heurte délibérément sa jambe et regrette aussitôt de l'avoir réveillé.

Affolée, elle veut changer de place mais le train s'ébranle, une dizaine de troufions grimpent en bousculant tout le monde, provoquant une huée de protestations, et Édouard Gaillard enfonce lentement son couteau dans la poitrine de la grosse femme, jouissant comme il ne l'a pas fait depuis de longs mois. Il jette sur elle la couverture qu'il a pris soin d'emporter, saisit sa valise et, dans la pagaille générale, change de wagon.

Personne ne remarqua cet homme, à la mise ordinaire, brun, ni jeune ni vieux, qui portait une valise attachée avec une méchante courroie.

Personne n'attendait la grosse femme en gare de Guéret.

Si Aurore, sa fille, avait choisi cette ville rude où l'hiver dure dix mois, c'était bien pour ne plus voir sa maternelle. Chacune de ses visites était une plaie. Son mari ne le lui pardonnait pas, comme si on était responsable de ses parents. Alors, pour retarder le moment de la première engueulade, Aurore arriva en retard à la gare de Guéret.

Le wagon était parti dans une voie de garage où il stationna cinq jours avant de gagner un autre convoi pour le centre de triage de Capdenac.

Ne voyant pas sa mère, Aurore s'enquit mollement auprès du préposé au guichet. Des femmes fortes avec une valise, ce n'est pas ce qui manquait. Elle revint chez elle, le cœur léger.

Sa mère avait dû changer d'avis. Pour une fois, elle avait une bonne nouvelle à annoncer à son mari.

Le jeune, celui qui l'avait aidée avec la valise, était descendu bien avant. Pendant son trajet, il s'était obligé à regarder de l'autre côté, certain que la femme le guettait pour entamer un de ces dialogues qui le déprimaient tant. Alors qu'il était sur le quai, il l'aperçut, tassée sous sa couverture, en train de dormir.

– Eh bien, elle s'en paye un bon somme, la grosse !

Édouard Gaillard, avec la valise, a l'air d'un vrai voyageur. Il quitte rapidement la gare et, sans pousser trop loin, prend une chambre à l'Hôtel de la Gare.

– Sur cour, précise-t-il, il veut se reposer, le voyage l'a fatigué.

Le propriétaire lui tend la 409.

– Vous descendez de Paris ? Paraît que ça bouge.

– Non.

La déception se peint sur son visage. Ils ne sont plus nombreux ceux qui descendent de Paris.

Il va pour prendre sa valise, le taulier l'arrête.

– Attendez, je vais dire à la fille de la monter.

Édouard Gaillard fatigue. Il allume une cigarette, absorbé par l'éclat des cuivres qui pendent au mur. Casseroles, faitouts, poêlons de différentes tailles et un chromo de Bort-les-Orgues.

Il offre une cigarette au patron qui ne le quitte pas des yeux.

– Nous sommes allés aux Orgues pour notre voyage de noces. Une idée de ma femme. Si ça avait été moi… Il se tait. À force de voir tous ceux qui descendent des trains, moi ça m'suffit question voyage ! Le pas de ma porte et basta !

Il ne dit toujours rien.

La fille ne revient pas. Le patron s'énerve sur la sonnette du comptoir.

– Toujours fourrée Dieu sait où, celle-là ! Un jour, elle va disparaître pour de bon et c'est pas moi qui me décarcasserais le cul pour la retrouver !

Il fait le tour en maugréant. Mais quand on est dans l'hôtellerie de père en fils depuis plus de cinq générations, on a son rang à tenir.

– Elle pèse plus qu'une vache morte, votre valise ! Qu'avez-vous Dieu là-dedans ?

Édouard Gaillard voudrait bien le savoir.

Il suit l'homme, grimpe les étages. Le parquet grince, la peinture s'écaille sur les murs. Son regard ne s'y attarde pas. Édouard Gaillard a seulement envie de dormir.

Il dort presque vingt heures d'affilée, sans un sursaut, sans un rêve, étendu sur le lit, sans chaussures ni veste, le nœud de la cravate desserré.

Il fait jour quand il se réveille, un jour sale.

Il ouvre la valise, des frusques de bonne femme. Et au fond, dans un mouchoir, une montre, une chaîne, des billets. Des riens. Mais il y a de la nourriture, du saucisson, des pâtés, des biscuits. Une bouteille de banyuls, un paquet-cadeau. Il ouvre l'armoire et, derrière les édredons et les couvertures puant la naphtaline, fourre tout ce fatras inutile.

Il mange les biscuits, mâche le saucisson gras, s'enfile le vin sans appétence, juste pour faire passer.

Vers onze heures, on frappe à la porte. Il ne répond pas, fixe le plafond. On abandonne et il entend les pas s'éloigner. Une heure plus tard il se prépare, se lave un peu, prend la valise et reste en haut des marches, attendant le moment propice pour décamper. Des bruits de voix, de couverts, l'Hôtel de la Gare fait aussi restaurant.

Il descend vite, cache la valise derrière un ficus et revient au comptoir, où le patron garde toujours un œil pendant le service.

– Un couvert ? La cuisine est fameuse…

– Je resterai quelques jours, dit-il en posant ostensiblement un gros billet sur le bois. Je vais faire un tour en ville, des affaires.

Le patron saisit précipitamment le billet. Il a un geste de la main.

– Où elle est encore allée traîner cette fille, brame-t-il, furieux. Je vous jure que si je la vois, je lui en colle une ! hurle-t-il vers la cuisine.

Édouard Gaillard récupérera la valise plus tard, à l'heure creuse de la sieste. Il prendra un train, direct, cette fois pour Paris.

Derrière un platane, une fille avec de gros yeux et la bouche entrouverte le regarde passer. Elle se gratte la tête et son geste brutal, saccadé, imprime à son buste lourd un mouvement de balancier.

Par chance, Édouard Gaillard, avant de prendre le train, ne croise personne.

7

Angers, 1987-Paris, 1942

Lambert repart de la mairie avec les quatre noms sur un bout de papier, retourne au bar. Il est presque midi.

– Un couvert ? demande le garçon.

– Un café.

Le breuvage lui brûle le palais. Immédiatement, un blanc devant les yeux. Il change alors d'avis, va s'asseoir.

– Vous ne regretterez pas, la bavette, vous m'en direz des nouvelles. Et puis ce n'est pas bon pour un homme de votre âge de s'en aller, comme ça, le ventre creux.

Il le regarde. Grand, mou, pâle avec des sourcils noirs et fournis, des touffes de poils dans les trous de nez, dans les oreilles.

– Vous, vous n'êtes pas français ! Hein ?

Il lui briserait volontiers le crâne, à coups de matraque. Il commencerait par frapper doucement, un effleurement, une caresse, pour éveiller l'inquiétude.

Il y avait beaucoup d'hommes dans la pièce. Assis, les mains attachées dans le dos par des menottes.

Deux Allemands, gradés, des dossiers volumineux devant eux, beaucoup de papiers. Les papiers, la légitimité. Il fallait un représentant de la police française.

Qui étaient-ils ? Des résistants ? Des otages ? Les

actes de résistance étaient devenus quotidiens : Allemands abattus aux terrasses, bombes artisanales explosant dans les dépôts… la liste était longue. Personne à la P.J. n'osait applaudir ces initiatives.

Quand la section SS s'était installée dans leurs bureaux, le commissaire avait crié plus fort que d'habitude.

– Vous m'entendez, Lambert ? C'est vous qui irez leur porter ces putains de papiers, pas question d'envoyer Berstein là-dedans, un point, c'est tout !

– Non.

– Après, je vous mute à la circulation si ça vous chante. Mais pour l'heure, vous y allez et je ne veux plus rien entendre ! Pas un mot.

Un homme jeune, en civil, à la silhouette familière, le précédait. Au fur et à mesure qu'ils avançaient dans les couloirs aux portes closes, il tremblait, redoutant un cri, un gémissement.

Lambert avait cru, un instant, reconnaître une façon de poser le pied, un déséquilibre de naissance non corrigé, son cœur s'était accéléré.

Il s'arrêta devant la salle 606. Il y entra en laissant la porte obligeamment ouverte.

Lambert resta sur le seuil, ne se souvenant pas d'être venu là auparavant.

Les prisonniers lui tournaient le dos, le visage éclairé par des lampes posées sur les bureaux. Pas de ces lampes françaises de quarante watts, assurément. Des lampes puissantes.

L'homme s'était glissé du côté de l'ombre.

Son cœur ralentit. Il s'attendait à un interrogatoire, à des questions, à des cris. Il commença à transpirer.

Vous leur remettez les papiers, un point, c'est tout ! La voix du commissaire, crevant de peur, résonnait dans ses oreilles. Une ouate entre la raison et le spectacle qui se déroulait sous ses yeux.

Dans l'obscurité, deux mains, une matraque en cuir, noire, brillante.

Il entend quelques mots, allemands. Il ne comprend rien. Peut-être faudrait-il entrer, allumer le plafonnier. Tous les bureaux ont le même plafonnier et le même interrupteur. Tout est pareil dans l'administration, un égalitarisme de base pour des fonctionnaires aveugles.

Entrer, faire quatre, cinq pas jusqu'aux tables qu'il devine, où sont tapis les hommes dont il entend les mots, la voix, les mouvements. Puis tout s'arrête. L'homme qu'il a suivi, qu'il croit connaître, lui tourne le dos. Dans ses mains, la matraque caresse la nuque du premier homme.

Celui-ci émet un bruit. Baisse la tête, essaye de la rentrer dans le cou. Il ne peut guère faire plus.

Dans son champ de vision, le profil des neuf autres qui regardent comment la matraque s'anime, prend de la force, de l'amplitude. Les cris du premier homme.

Quand enfin ils cessent, les neuf autres comprennent que c'est au suivant.

La cervelle jaillit en un flot de sang. C'est fini et le dixième homme hurle sans fin.

– Mais si, je suis français ! Le garçon rougit jusqu'à la racine des cheveux. Furieux, il s'en va, haussant les épaules. C'est quoi, cette histoire ? Si je suis français, ben oui, je suis français, de père et de mère, si vous voulez savoir !

– On ne le dirait pas… vous êtes tellement brun, tellement… Lambert prononce ces mots avec douceur, avec délectation. Pour moi, ce sera une bavette, à point, puisqu'il paraît qu'elle est fameuse !

Le garçon boit trois ballons coup sur coup pour se calmer. Eh ben celle-là, on ne la lui a jamais faite, tiens ! Soyez sympa, serviable, voilà ce qu'on récolte !

Le premier nom le mène en périphérie, un peu avant l'échangeur de l'autoroute, dans une résidence de pavillons mitoyens. Étroits, séparés par des haies en buis sombre prolongées en hauteur par du grillage. Ici des fontaines en fausse terre cuite, là des massifs de fleurs. Du gravier, du dallage, des jouets qui traînent, des outils de jardinage, neufs pour la plupart, petits, de belles voitures, des Peugeot, des 4 × 4, des Espace, remisées à côté des barbecues, des balançoires.

Pas un bruit, pas un cri d'enfant.

L'éclat d'un écran de télévision derrière les voilages. Toutes les fenêtres ont des voilages. Les voilages, la plus belle des inventions cache-misère.

C'est le pavillon des Malivoine-Garnier ou Garnier-Malivoine, les deux noms composés cohabitent sur la boîte aux lettres, comme si cet ordre inversé pouvait ajouter une once de particularité aux deux personnes concernées. La boîte aux lettres, noire et dorée, imitation western, est accrochée à la grille. Le pavillon s'appelle pompeusement Villa les Mille Arpents.

Une Clio s'arrête, une jeune femme très grande, très mince, aux lunettes imposantes, descend. Elle arbore une vulgarité triste, passée de mode. Imperméable court, pantalon rentré dans les bottes.

Lambert la laisse ouvrir la grille, avancer le véhicule dans le garage, chercher les clefs. Elle porte un sac volumineux, un cartable publicitaire rempli lui aussi et plusieurs sacs en plastique Auchan.

Il regarde sa montre, presque dix-huit heures. Ainsi il

est resté plus de trois heures dans le centre commercial Les Tournesols. Il aurait pu y croiser la jeune femme.

Le taxi l'avait déposé à l'entrée de la résidence pavillonnaire, mais, changeant d'avis, il avait demandé à être approché du centre commercial.

Pendant plus de trois heures il a lutté contre l'envie d'acheter à La Farfouille. Un entrepôt immense, plein d'objets laids, inutiles. Posés en petit nombre sur des rayons placés très hauts, une variété incroyable, absurde. Des gens poussant des Caddie, regardant, curieux, de faux masques africains en plastique dur, des pots-pourris à l'odeur désagréable, des soutiens-gorge en Nylon aux couleurs criardes, surchargés de dentelle, made in China, des cahiers de mots croisés, des paquets de gâteaux aux noms écrits en turc, en allemand, trois pour un franc, de véritables appels à l'intoxication alimentaire.

La musique qui brame.

Il appuie à peine sur la sonnette, un carillon se déclenche avec force. Toute l'ingéniosité de Big Ben façon domestique. Une chaînette de sécurité, dorée. Lambert choisit de sortir le grand jeu.

Police. Carte tricolore. Ne vous inquiétez pas, mademoiselle. On donne toujours du mademoiselle pour rompre la glace.

Elle le fait entrer, pleine de curiosité. L'impression qu'il a eue, fugace, se renforce. Le maquillage de cette jeune femme, soigné, donne à son visage un aspect asymétrique. Les lèvres, inexistantes, sont soulignées d'un trait irisé. Beaucoup de bijoux, des bagues de pacotille à tous les doigts, manucurés. Des chaînes, des pendentifs, une accumulation de bazar. Cheveux tirés, regard altéré par l'épaisseur des verres.

À peine est-il assis dans le salon que la porte d'entrée s'ouvre. Elle se lève alors, nerveuse, et rit.

– C’est mon mari.

– Monsieur Malivoine, sans doute.

Il porte une lourde serviette à soufflets lui aussi, un journal gratuit roulé dans la main et une demi-baguette moulée dans une mince feuille de papier attachée avec du scotch.

Il est grand, maigre et jeune.

– Garnier, je suis monsieur Garnier, ma femme est madame Malivoine, Malivoine-Garnier.

Ils rient ensemble.

Il passe dans la cuisine, s’excuse et revient dans le salon quelques minutes plus tard, les pieds dans des chaussons.

Lambert n’arrive pas à quitter des yeux ces chaussons vieux et usés. Le gauche bâille et on voit, par intermittence, la chaussette rouge de M. Garnier-Malivoine.

– Madame ne vous a rien offert ? lui demande-t-il.

Il ne sait que répondre, soudain pris d’hilarité. Une envie de rire silencieuse qui lui donne la mesure exacte de l’absurdité de sa démarche. Et il abandonne.

Il boit le whisky de la bouteille non entamée, plonge la main dans les cacahuètes et se laisse aller contre le dossier du fauteuil assorti au canapé en vachette orange pour observer le couple. Ravis de pouvoir contribuer à une vraie enquête criminelle, ils commencent à jouer entre eux, le Garnier-Malivoine, la Malivoine-Garnier à un Cluedo aussi factice que ridicule.

– Mais si, ma chérie, souviens-toi, ta cousine, ou plutôt la tante de ta cousine, elle a bien dit, je me le rappelle parfaitement, d’ailleurs, j’avais pris soin de le noter, je note tout, vous savez ; dans les assurances, je suis dans les assurances, au contentieux, nous avons l’habitude, noter, la précision, c’est devenu une seconde nature, sa grand-mère était du côté de Montreuil.

– Bourgoin-Jallieu.

– Quoi, Bourgoin-Jallieu ?

– Toute ma famille est de Bourgoin-Jallieu.

– Je sais que ta famille est originaire – il insiste sur le mot – de Bourgoin-Jallieu, néanmoins, il me semble, je l'entends encore… Montreuil…

– Nan.

– Essaye de te souvenir.

– Nan.

Il jette un regard de connivence à Lambert.

Il a bu trois verres, ce n'est pas encore assez. Les voix se mêlent, Bourgoin, Montreuil, qu'importe.

Elle se dresse, menton en avant, lèvres serrées. Son dernier « Nan » est baigné de larmes et elle quitte le salon, cul serré sur sa dignité bafouée par son mari devant un inconnu. Des petits pas précipités, des reniflements mêlés à des soupirs d'exaspération.

M. Garnier-Malivoine en reste tout déconfit. Il se lève à son tour, hésite, regarde Lambert, la porte du double-living que son épouse vient de franchir, et bredouille :

– Eh bien, je vais vous raccompagner, ma femme…

– C'est gentil à vous. Je suis à l'Henri-IV, derrière la cathédrale. Parce que, vu l'heure, je vous avoue que je n'aurais pas su comment rentrer. Il a une folle envie de rire.

M. Garnier-Malivoine rougit. Il en devient encore plus laid, il n'a pas songé un instant à ramener en ville ce… Il ne trouve pas le mot adéquat, ni le courage de l'exprimer. Il se voûte un peu plus et murmure :

– Va falloir me changer, alors.

Il va jusqu'à l'entrée, suivi d'un Lambert gai et loquace, enfile ses chaussures au moment où la pendule murale sonne dix-neuf heures, et dit nerveusement :

– Si ça roule bien, je pourrais être de retour avant… chérie, je raccompagne…

Un silence éloquent fait écho à ses paroles et, en parlant de tout et de rien, Lambert prend place dans l'Espace de M. Garnier-Malivoine. Un pin désodorisant oscille devant ses yeux.

Allemagne, Spandau, 1987

Quand le soldat Lisestein sort de l'infirmerie où il est resté plus de temps qu'il n'aurait dû, il mesure exactement la gravité de la crise. Les éléments, bien qu'indistincts, commencent à se mettre en place. Pour la première fois de son existence il a l'impression qu'il peut en maîtriser le cours.

Il frappe à la porte du capitaine Rivet à une heure où il devrait être au cantonnement, au réfectoire ou dans sa chambrée.

Mme Rivet ouvre la porte et contient difficilement un hoquet de surprise. Elle porte la main à sa poitrine, halète.

– Que voulez-vous ? Mon mari… vous ne pouvez pas. Mon Dieu ! Je vous… ce n'est pas possible. Si jamais… mon Dieu !

– Le capitaine Rivet, s'il vous plaît !

Il hausse la voix, volontairement. Il sait qu'elle portera au-delà de l'entrée minuscule, occupée presque entièrement par un portant noyé sous les pardessus et les capotes militaires. Elle pénétrera dans le salon-salle à manger, avec sa table trop grande où il a couché de nombreuses fois la pauvre créature tremblotante qui lui barre la route, avec son buffet, sa télévision de petit format encastrée, allumée en permanence pour repousser le plus loin possible l'effroi de la solitude. Elle s'arrêtera devant la chambre à coucher, où il a toujours refusé d'entrer, sanctuaire d'amours avortées, statufiées par la photo du mariage dans son cadre argenté, et une armoire à glace, imposante, ventrue, de style anglais avec ses tables de nuit coordonnées.

– Qu'est-ce que c'est ? La voix du capitaine Rivet est voilée, somnolente, noyée par le vin de table.

– C'est moi, capitaine Rivet, moi, soldat Lisestein, pour vous servir, mon capitaine !

La femme se retourne, s'appuie contre le mur, chancelle. Un « non » muet se dessine sur ses lèvres.

« Lisestein… à une heure pareille. » Il hésite. Jamais, en plus de trente-cinq ans de service, aucun soldat n'a franchi le seuil de sa porte. Jamais personne ne s'est permis de venir frapper chez lui. Il pense en ressentir de la colère, de l'irritation.

Rivet est un homme de principes, de ceux qui s'accrochent à ces barrières invisibles, solides comme l'acier, pour avancer dans l'existence.

Trente-cinq ans, peut-être plus où personne ne… Il essaye de se reprendre. Ce sont ces calculs qui peuvent faire basculer l'ordre. Qui, insidieusement, posent les questions. Pourquoi personne ? Pendant tant d'années ?

Il se souvient du soir où il l'a dit à Ginette.

Après six mois de mariage, ils avaient enterré le père et leur légitime espoir d'une vie faite d'amour mutuel. Étouffant à la périphérie d'Angers, il avait accueilli sa mutation avec exaltation.

– C'est pour trois ans. Avec les primes, les avantages et la cantine, tu auras une vie de reine ! Ne pleure pas, Ginette, c'est seulement pour trois ans. Et nous reviendrons pour les vacances ! Nous serons comme des rois, tu verras !

Ginette avait protesté, mais ne s'était pas opposée. Les avantages, la cantine… Mais tout de même ! Vivre dans une prison, ce n'était pas une vie !

Trois années avaient succédé aux premières. Et ainsi de suite.

Si, au début, ils étaient revenus sur le sol français, délirants de joie à l'idée de manger un bon camembert ou une boîte de petits pois, ils s'étaient vite sentis étrangers dans leur pays. Peu à peu, ils avaient fait l'impasse sur ces retours. Ils en avaient eu assez des hôtels minables et des canapés-lits chez des cousins qui les regardaient comme des parasites, une fois les cadeaux déballés, et qui les appelaient « les Boches », dès qu'ils avaient le dos tourné.

Une année, Rivet n'aurait pas su dire laquelle, ils n'y étaient plus retournés.

– Puisque c'est comme ça, eh bien, on va voir ce qu'on va voir ! C'est pas ta famille qui va me manquer, tiens ! Tous des bouseux !

Ginette s'était insurgée, il lui avait mis une beigne.

Ils n'avaient rien vu du tout. Personne ne s'était inquiété de leur absence et Ginette, soulagée, mais néanmoins vexée par cette ingrate indifférence, avait décrété qu'elle ne leur enverrait plus de cartes de vœux à Noël.

– De toute façon, ils ne te répondent jamais.

Elle lui en avait voulu. La liste de ses récriminations était devenue interminable. À défaut d'autres sentiments, cela entretenait une relation matrimoniale vouée exclusivement à la routine et à l'ennui.

– Lisestein ?

– Oui, mon capitaine !

Un fourmillement qu'il n'ose appeler satisfaction le gagne. Il rentre les pans de sa chemise dans son pantalon, hésite à remettre ses bottes, et décide, pris d'une urgence absurde en un soir de semaine, après la sempiternelle soupe aux choux devant l'écran de télévision, d'aller voir ce que diable peut bien vouloir le soldat Lisestein.

Depuis quelque temps, le capitaine Rivet a mal aux pieds. Durillons, cors, ongles incarnés, prolifèrent. Il souffre en silence, se rappelant à toute heure du jour l'inflexibilité du cuir des bottes réglementaires de l'armée française en Allemagne.

Il se compose un visage où la phrase : « J'espère que c'est important, avez-vous vu l'heure qu'il est, soldat Lisestein ? » n'aura pas besoin d'être prononcée. Et se surprend à dire d'une voix joviale, presque chaleureuse :

– Quelle bonne surprise, Lisestein ! Je vois que vous êtes enfin rétabli, ça va comme vous voulez ?

Ginette est pâle, en sueur. Il lui jette un regard mauvais.

– Oui, merci, mon capitaine.

– Parfait, parfait !

Une rafale de vent s'engouffre dans la maison. Il frissonne.

– Quel temps ! Mais entrez donc un moment ! Vous n'allez pas rester dehors. Ma femme va vous préparer une boisson chaude.

– Merci, mon capitaine.

Il frappe les pieds sur le sol. Ginette Rivet n'en croit pas ses oreilles.

– Vous connaissez ma femme ? Ginette, voici le soldat Lisestein ! Allez, ne reste pas à bâiller là comme une gourde, sers à boire à ce jeune homme ! Thé, café, alcool ?

– Café, mon capitaine.

Elle voudrait disparaître dans le mur, mais le regard

du soldat Lisestein glisse sur elle comme sur une inconnue, et Rivet lui intime l'ordre de déguerpir avec cette grimace violente, prélude, en temps ordinaire, à d'autres violences. Traînant les pieds, elle se dirige vers la cuisine. Dans son dos, des mots, des rires, indécents, Rivet s'essaye à la civilité.

Ils prennent place tous les deux autour de la table basse. Lisestein s'est assis dans le fauteuil du capitaine par inadvertance. Rivet a dû prendre celui, défoncé, de sa femme. Il en est contrarié, son pied heurte l'arête du meuble de la télévision, il se retient de crier.

Pendant les premières secondes, ils sont occupés à trouver la position idoine, ni trop relâchée ni trop avachie, tirant qui sur son pantalon, qui sur un pan de sa chemise ; mouvements brefs, contenus, maîtrisés, empreints de raideur, de mal-être. Rien n'y fait, l'inconfort de la position et de la situation persiste. Les spectateurs hurlent dans le poste. Ils tournent la tête.

– Vous aimez le foot, soldat Lisestein ? Un léger espoir perce dans sa question.

– Non, enfin, je veux dire…

Il cherche ses mots, il regrette d'être venu, d'être là, assis dans un mauvais fauteuil, face à cet homme. Cette visite qu'il espérait formelle, professionnelle, qui tourne au repas de famille dominical, le met mal à l'aise. Il se sent étranger, encore plus que dans le froid de la guérite, lorsqu'il guette, sous les flocons de neige, dans l'intempérie incessante de son esprit brouillon, un vieillard, un criminel monstrueux dont il attend la confrontation, parce qu'il croit que sa vie en dépend.

Il se tait. Le capitaine Rivet éteint d'un geste brusque le poste.

– Je, je suis désolé, je ne voulais pas…

– De toute façon je ne regardais pas, je n'aime pas le football.

En le disant, il se rend compte qu'il est dans le vrai. Il n'aime pas regarder les matchs, mais il aime encore moins le silence. Le silence de ces pièces où tout, le moindre objet, le plus petit recoin, lui rappelle l'omniprésence de Ginette. Avec Ginette, seulement elle, toujours elle, il se sent en prison, enfermé jusqu'à la fin.

Elle est là, entre eux, portant son plateau, avec ce tremblement de la lèvre supérieure annonciateur du premier mot. De tous ces mots maudits qu'elle ne manquera pas de déverser. Ce bout de chair froissé, agité, qui tressaute, s'arrondit avant le premier, terrible premier mot.

– Nous avons à parler. Pose le plateau et retire-toi. Il a choisi avec soin la terminologie pour ne pas donner à penser au soldat Lisestein.

– Je ne voudrais pas…, commence Lisestein.

– Ma femme est fatiguée. Se tournant vers elle. Nous avons à parler entre hommes.

Il se lève, lui prend le plateau des mains, le pose et la pousse vers l'arrière, vers la chambre, la cuisine, où elle voudra, mais hors de sa vue, de sa vie s'il le pouvait.

– Mais il n'est que neuf heures et demie ! Je ne vais tout de même pas me coucher à neuf heures et demie.

Il ne cesse de la repousser avec sa main, grande, large, qui se contracte et qui, insensiblement, devient un poing fermé.

– Ne te couche pas, alors !

– Qu'est-ce que je vais faire ? Hein ?

Elle couine à voix basse jetant des regards affolés par-dessus l'épaule de son mari, vers ce soldat si gentil, qui vient boire sa tisane, l'écouter parler et tout le reste, plusieurs fois par semaine.

Mais le soldat Lisestein ne la regarde pas, il fixe un point sur le mur.

– Je m'en fous. Fais ce que tu veux, mais pas ici ! Compris ?

Il a prononcé ce dernier mot avec rage. Une violence si forte que, vaincue, elle abandonne toute lutte, entre dans leur chambre et se recroqueville tout habillée sur le couvre-lit en satin.

Comme tous les soirs, désœuvrée, glacée, elle tremble dans son corps vieilli. Son visage est enlaidi par le petit malheur de ses jours. Elle finit par s'endormir encore seule, ce soir, dans le lit matrimonial.

Lisestein n'a aucune idée de la manière dont il peut aborder le sujet. Que faut-il dire ? Taire ? Remettre à plus tard ? À un moment où les relations seront autres, sans doute plus étroites, car il sent qu'un lien s'est tissé, particulier, non pas une amitié, non, ni même une concordance d'esprit, mais c'est là, il le sent, entre Rivet qui le regarde avec avidité, et lui qui, crevant de peur, souhaiterait ne pas y être.

Il sourit, cligne des yeux, saisit la tasse fumante sur le plateau en métal, une réclame pour la Caisse d'Épargne de l'Écureuil, où le dessin désuet du rongeur a un sourire idiot, sans doute comme le sien.

– C'est chaud, dit-il en soufflant.

Rivet regarde le visage souffreteux du soldat Lisestein et devient nerveux. Malgré lui, il est impressionné par ce qu'il dégage, une aisance, cette manière sans façon, toute en politesse, de venir frapper à sa porte, la nuit tombée. Sa porte à lui, un officier, son supérieur. Il ne se souvient pas d'un fait semblable en trente ans de carrière.

Alors il ne sait comment rompre le silence, il tourne la tête vers le poste et se reprend aussitôt, ne vient-il pas de dire que les matchs ne l'intéressent pas ? Il rougit. Il s'en veut de cette faiblesse de femmelette et s'enfonce dans une immobilité que seuls viennent troubler les reniflements de Ginette, derrière la porte de la chambre à coucher.

– Oui, chaud, répète-t-il précipitamment, soulagé par ces simples mots que le soldat Lisestein vient de prononcer.

– Alors, comment vous sentez-vous ? Vous nous avez fait une sacrée frousse ! Ça vous arrive souvent, ces plaisanteries ? Ce n'est pas signalé dans votre dossier médical, sinon vous pensez bien…

Lisestein sourit, il n'a aucune envie de répondre. Mais il a saisi l'occasion que le capitaine Rivet lui offre pour sortir de son mutisme.

– Bien, merci.

Et il se tait, de nouveau, bouge sur son siège, regarde le poste éteint et se dit, en guise d'ultimatum, « maintenant ou jamais », avant de se lancer.

Rivet s'affole. Que le bleu vienne sonner à sa porte à des heures indues, passe encore. Qu'en le faisant, il brise des convenances, des usages de cette vie militaire qui est la sienne, peut, à la rigueur, se comprendre. Mais qu'il s'installe, à boire son eau chaude dans son fauteuil sans dire un mot, est tout simplement intolérable.

Il prend alors les devants, se redresse un peu et, d'une voix forte, l'apostrophe :

– Bon, soldat Lisestein, c'est bien aimable à vous d'être venu personnellement me faire part de votre rétablissement. Je vous en remercie, mais il se fait tard…

– Ah, oui, excusez-moi, capitaine. Je… Il souffle sur

le liquide, avale, se brûle et retient un hoquet, prêt à s'étouffer de nouveau. Je… je vais y aller. Excusez-moi.

– Ne vous excusez pas mon garçon, mais il se fait tard…

Il se répète, cela l'exaspère, tout soudain l'exaspère, la mauvaise humeur le gagne, il regarde vers la porte de la chambre et se crispe d'avantage. Cette nuit, il la passera sur le canapé, il ne supportera pas, pas ce soir, la présence racornie de Ginette dans le lit grand et froid.

Il se lève, l'autre l'imite, embarrassé par la tasse presque pleine. C'est malpoli de ne pas finir ce que l'on vous offre, mais le liquide est bouillant, et son hôte a fait quelques pas dans le salon pour le raccompagner. Alors il la pose et s'avance à son tour pour prendre congé.

– Merci, capitaine…

– De rien. La voix est sèche.

– Capitaine…

Rivet serre la mâchoire. Ne va-t-il donc jamais partir ?

– Au revoir, Lisestein.

Il le salue militairement. Le soldat est obligé de lui rendre son salut. Enfin il a compris.

– Capitaine…

Il est déjà sur le perron, les pieds sur le gravier verglacé.

Il ne répond pas, pousse un peu la porte, l'air froid s'engouffre dans la pièce.

– Demain…

Il garde le silence, s'il pouvait, il lui refermerait la porte à la figure.

– Demain, je vais voir Rudolf Hess.

Le nom que le soldat Lisestein vient de prononcer entre deux rafales de vent du nord le laisse de marbre. Il s'en fout. Ce n'est pas parce qu'il est au trou du cul du monde, à Spandau, qu'il va commencer à s'intéresser aux Allemands.

C'est sorti, enfin. Lisestein en pleurerait de soulagement. Il a pu prononcer le nom.

C'est d'un ton volontairement mystérieux qu'il dit, avant de partir :

– Rudolf Hess, mon capitaine, un jour il faudra que je vous en parle.

Rivet ferme la porte un peu trop vite, beaucoup trop fort et dans le silence qui, brutalement, le saisit, entend, en sourdine, les reniflements de sa femme qui cherche le sommeil.

Paris, place de la Madeleine, 1987

Louis d'Armentière est fatigué. Il se fatigue de plus en plus vite. Après avoir conclu un accord définitif avec son médecin – pas de thérapie, pas de traitement inutile, seulement le nécessaire et en quantité pour faire disparaître la douleur –, il donne son congé à l'hôtel et s'installe place de la Madeleine.

Il effectue quelques achats indispensables : un lit, des couvertures, du linge, une table pliante de jardin en tek et deux fauteuils confortables. Des tasses, des verres, des assiettes, une casserole et une plaque à induction. L'ensemble est livré et installé dans la pièce dont il a fait débarrasser le contenu par deux jeunes Arabes, moyennant une somme d'argent importante et l'absence de questions. La pièce, de belles proportions, a été peinte en blanc. Au sol, un tapis d'Arménie rouge, aux filets d'or. Le cabinet de toilette a été remis en état. Un portant avec ses vêtements, par terre des cartons.

Il n'a pas calculé, mais cela devrait suffire. L'argent

va trouver son usage. Il remplacera le temps, la vie dont la maladie le prive. Et, à son tour, suivant la tradition familiale, il choisira comment et quand en finir.

La proximité de ces pièces le trouble et l'enferme.

Il suffirait de ne pas ouvrir les portes et tout serait réglé.

C'est le notaire de son père qui a trouvé. Il a remonté jusqu'à cet appartement, place de la Madeleine, puis a localisé Odile. Et la phrase, au dos de la carte de visite : « Odile, c'est une fille », a pris corps en cette femme repue de bêtise.

Il la revoit une, deux fois et, intuitivement, soupçonne qu'elle ne sait rien. Ce n'est pas une perte de temps. En deux fois on ne gagne pas la confiance de l'autre. Il se résout à une troisième rencontre, plus personnelle.

Il l'emmène dîner dans un palace. Choix judicieux, le bal des serveurs à leurs côtés, dans leur dos, l'efficacité du service, le pain que l'on dépose avec une pince en vermeil sur l'assiette près du verre, l'eau pétillante, le vin, le champagne qui coule par magie dans les coupes, les morceaux de langouste, découpés, offerts, le chutney d'oranges amères, odorant, la serviette remplacée, à peine le sol frôlé, l'affolent.

Alors elle se lâche, s'agite, dégouline sur la chaise en satin damassé. L'éblouissement des stucs, la profondeur des tapis, le silence velouté de l'argent, font palpiter son cœur jusqu'au bord des lèvres, qu'elle porte roses pour l'occasion. Un rose violent qui frappe son teint blafard et souligne la mollesse des chairs.

Il extrait de l'enveloppe des photos, les pousse vers elle qui écarquille les yeux, finit par saisir ses lunettes et, pour lui faire plaisir, juste pour lui faire plaisir, il est si gentil, si raffiné, les regarde.

– Non, je vois pas.

– Faites un effort, ces personnes, ces visages, vous ne les avez jamais vus ?

Elle se penche.

– Non. Si vous voulez mon sentiment, ils sont bien trop vieux ! Moi, pendant toutes ces histoires de juifs, j'étais gamine.

Il se rejette en arrière et la regarde, stupéfait par l'évidence. Comment a-t-il fait pour oublier la chronologie élémentaire de l'histoire ?

Odile Meïer Cottencin, comme elle croit s'appeler, ne peut avoir connu les Meïer.

Il avait fini par penser qu'Adélaïde Meïer, cette femme aux grands yeux tristes, au buste droit et au port de tête sévère, avait connu l'enfant de son mari, Albert, l'avocat, qui, au dos d'une carte de visite, avait écrit ces mots étranges et révélateurs : « Odile, c'est une fille. »

– Et, monsieur votre père ? J'ai cru comprendre que votre maman était décédée, mais votre père ?

Elle éclate de rire. Un rire de gorge, puissant, qui suspend instantanément le bruit des fourchettes, le murmure des conversations avoisinantes. Elle remue, mal à l'aise, et se sent énorme dans cet univers où toute femme, à défaut d'être belle, est maigre, frêle et riche.

– Je veux dire, bafouille-t-elle encore une fois, ça fait drôle comment vous avez dit du vieux.

– Monsieur votre père ?

Elle ricane, se croyant comprise, en confiance.

– Le vieux.

– Le vieux ?

– Ouais, le paternel n'avait rien d'un monsieur, comme vous dites, encore moins d'un gentil.

– Vous employez le passé, cela veut donc dire qu'il n'est plus…

Son regard chavire. Ainsi tout est inutile. L'immensité de l'effort lui fait venir les larmes aux yeux.

– Comme si c'était fait. Quasi.

– Je vous demande pardon ?

– Comme si c'était fait, je vous dis, répéta-t-elle, la bouche pleine.

Il maudit son éducation, la politesse qui lui interdit de lui flanquer un coup de poing qui le délivrerait ainsi du supplice de ses mastications bruyantes, de ses airs définitivement idiots.

– Je veux dire que le vieux est un nuisible. Un drôle de nuisible, si vous voulez savoir le fond de ma pensée. Alors, s'il crève à l'hospice, c'est pas moi qui irais le regretter, ça, c'est moi qui vous le dis !

Elle claque sa main contre sa cuisse et un ha ! sonore retentit dans la salle à manger du Crillon, où Louis d'Armentière, dernier du nom, a convié Odile Meïer Cottencin à dîner.

Il n'eut aucun mal, devant le chariot à desserts, à lui extorquer le nom de l'hospice où elle avait mis son père, fatiguée d'être frappée à plus de quarante ans passés, et de devoir nettoyer la merde et la bave d'un vieux dégueulasse, « un nuisible », pour reprendre ses propres mots.

Odile aurait sans doute été ravie de savoir que Désiré Cottencin n'était pas son père. Mais, souvent, dans un monde naturellement injuste, ce genre de nouvelle arrive toujours trop tard.

Paris, Vél'd'Hiv, 1942

Matin et soir, les haut-parleurs égrènent des noms, souvent des noms semblables, et on voit des scènes terribles où des familles, les Brumenfeld, les Levy, les Kaplish, s'affrontent, s'empoignent, pour faire partie de la file qui, enfin, quitte ces gradins maudits, où les larmes et le désespoir fauchent aussi sûrement que la faim, l'épuisement et la soif.

Les gendarmes attendent, goguenards, que le plus fort gagne. Ces histoires de youpins, c'est comme la pègre, tant qu'ils se tuent entre eux, ça fait moins de travail pour la fonction publique, et si le Maréchal a cru bon de les mettre là, eh bien, il doit y avoir de bonnes raisons pour le faire, c'est sûrement pas eux, de bons Français, qui y trouveront à redire.

Une telle erreur est impensable, il s'agit de la police française, et ils sont français ! Avec les nazis, la guerre, on entendait de drôles de choses, mais la plupart d'entre eux, les Meïer, les Blum, les Leser, sont français depuis des générations, ils paient leurs impôts, envoient leurs enfants à l'école de la République. Ils aiment la France, leur pays.

– Il faut aller leur dire, Albert, c'est une erreur, une effroyable erreur, gémit une énième fois Adélaïde.

Albert soupire. L'affrontement n'est pas dans son caractère.

– Si vous n'y allez pas, Albert, je vais devoir y aller moi-même.

Un petit ton péremptoire.

Il ne sait pas ce qui lui déplaît le plus chez elle, son autorité de petite fille capricieuse ou son air de martyre confite dans la dignité. Il a pris ses distances et s'il a fait ce qu'il a fait, elle n'est pas totalement étrangère à son faux pas, et lui, pas complètement coupable.

Son père avait traité l'affaire comme n'importe quelle affaire juridique de son cabinet. Avec le grand cahier de comptes ouvert entre eux, suivant les lignes du bout de son stylo Schaeffer Kraker.

– Tu n'es pas sans savoir, Albert, que depuis exactement… voyons… Il fit mine de chercher une information qu'il connaissait par cœur, cela faisait partie de sa ruse professionnelle. Peux-tu me passer la cote 2793 B-a, s'il te plaît, dans les dossiers en cours ?

Albert s'était levé, docile, et avait suivi les indications de son père, sans se presser. Il savait parfaitement où trouver les cotes dans le rangement particulier qui régissait les dossiers depuis la création de l'étude par son grand-père, homme autoritaire, despote, fraîchement débarqué en France, fuyant un pogrom, une révolte ou un massacre à la fin du siècle dernier. Son père n'en avait jamais parlé, il n'avait posé aucune question, sachant instinctivement que les réponses sont souvent plus douloureuses que le doute. Savoir ne changeait rien au cours des choses. Ce qui doit être est, un point, c'est tout.

Albert Meïer s'était donc toujours plié aux volontés de son père, dès son enfance, croyant ainsi pouvoir se protéger des avatars d'une existence qu'il souhaitait lisse, plaisante et sans surprise.

Quand il ramena la cote grenat où l'écriture penchée, à l'anglaise, de son père, avait apposé le nom de Ziegler, il soupira et baissa les yeux sur ses chaussures.

Ses chaussures brillaient. Il les cirait lui-même tous les matins, assis sur le banc de l'office. Ce rituel, quelques minutes à peine soutirées à une nouvelle journée, lui procurait le rêve et l'évasion dont il avait besoin pour vivre.

– Nous versons une rente, guère importante mais néanmoins significative, à Mme veuve Ziegler…

Il ne fit aucun commentaire.

– Albert, tu m'as écouté ?

– Je vous écoute, père.

– Bon, bon, une excellente personne Mme Ziegler, j'ai connu… peu importe, je disais…

– Qu'une certaine somme…

– Ah, oui, nous versons, pour parfaire l'éducation, déjà fort accomplie, splendide, de la jeune Ziegler, beaucoup d'atouts, ah, si j'étais jeune…

– Vous n'êtes pas vieux, père. Vous pouvez très bien…

Son père en conçut une vive irritation

– Mais il ne s'agit pas de cela, voyons ! Il s'agit de toi. Ne me dis pas que tu n'es pas au courant !

– Non, père.

– Dans ce cas, il faudrait programmer les fiançailles après Pessah, le mariage pourrait avoir lieu…

Il inclina la tête de côté comme les moineaux, soudain indécis, fragile, au milieu de ses innombrables certitudes.

– De toute façon, il faudra faire appel à une marieuse. À ce qu'il y a de mieux. Si ta mère avait été de ce monde… Des larmes mouillèrent les yeux de l'avoué.

Albert se tut. Encore une fois, savoir ne valait rien. Officiellement décédée dans un sanatorium suisse d'une affection pulmonaire, Mme Meïer s'était enfuie au bras de son professeur de chant alors qu'il avait neuf ans. Selon le peu de renseignements qu'il avait pu glaner, elle était partie pour tenter une hypothétique carrière lyrique dans les Amériques.

Dépassant son mari d'une bonne tête, Mme Meïer avait des formes exubérantes et généreuses qui ne laissaient pas les hommes indifférents.

Quand il regardait la photo du mariage de ses parents dans son cadre en argent barré d'un ruban noir, un sourire lui venait aux lèvres. Il ne parvenait pas à en vouloir à une femme qui, tel un cheval de trait, avait arboré un plumeau blanc en guise de toque nuptiale, et dont la disparition n'avait en rien changé la routine de ses jours, parfaitement agencée par son père.

– Albert, je vais devoir y aller moi-même, si vous…
– Parfait, Adélaïde, parfait, je vous attends alors.
Ne sachant quoi dire, Adélaïde Meïer se lève.

Varsovie, 1942

Zacharie Poletti ne fut pas retenu longtemps. Une fois qu'il eut répété aux officiers chargés de l'interrogatoire qu'il travaillait pour la section spéciale des SS, ils se contentèrent du strict minimum pour effectuer ce travail déplaisant et ne pas s'attirer la colère de leur hiérarchie. Tous savaient qu'ils avaient affaire à des assassins.

Mais l'Oberleutnant Otto Coblenz, lui, avait un sens très personnel de l'honneur et de la justice. Alors ils lui firent décliner son identité, son matricule, son affectation. Zacharie répondit avec docilité.

Connaissait-il les victimes ? Ils prirent la peine de réciter leurs noms, leur lieu de naissance et leur état civil.

Il sourit et répondit par la négative.

Les avait-il vues, rencontrées à l'hôtel ? Croisées dans une chambre, un couloir ? Dans le hall, peut-être ? Était-il descendu au sous-sol, dans les caves ?

– Pourquoi voulez-vous que j'aille dans les caves ? Mon appartement est au cinquième étage. Les appartements des gradés sont au premier et au deuxième, ils peuvent descendre ainsi plus vite en cas d'alerte. Les autres…

Il rit.

Les officiers se sentirent obligés de faire de même.

Avait-il quelque chose à ajouter ?

Ils lui montrèrent les photos, de nouveau, rapidement, à contrecœur.

Il n'avait rien à ajouter, il avait déjà dit ce qu'il avait à dire.

Pendant les deux mois où il resta à Varsovie, Zacharie Poletti ne revit jamais Hans ni Herman. Il se contenta de la routine des interrogatoires.

La plupart des hommes, des femmes, finissaient toujours par avouer. Ce besoin irrépressible, naturel, de raconter, de parler. Il suffisait d'être patient, d'écouter et de varier les méthodes en fonction de la psychologie de celui qu'on amenait.

Pendant les longues heures de la nuit, il se laissait aller à ne rien faire. À demeurer immobile derrière le prisonnier, en silence, bougeant de temps à autre, laissant grandir la peur.

D'autres fois, il mettait un peu d'ordre dans ses instruments, les nettoyait, les rangeait, les affûtait. Les bruits, les cliquetis, les raclements, suffisaient souvent pour venir à bout de toute résistance.

Ceux-là, il les tuait, dès la déposition terminée. Il ne prenait jamais les dépositions. De jeunes recrues faisaient office de scribes quand le reste de l'équipe avait les mains occupées ailleurs. Il n'attendait pas leur départ pour finir ce qu'il avait commencé. Il jouissait de voir l'épouvante, le dégoût dans leur regard, pendant qu'il égorgeait ses victimes. Un jour, il s'expliqua. Il ne pouvait faire autrement : en aucun cas ils ne devaient dévoiler ses méthodes aux autres prisonniers.

Au bout de deux mois, Zacharie fut déplacé. Dans le train militaire qui l'emmenait hors de Pologne, il songea à l'Oberleutnant Coblenz et à la manière dont celui-ci l'avait ferré. Pour la première fois il avait laissé une trace derrière lui. Il sentit le danger d'avoir une ombre et décida qu'il était temps de disparaître.

On parlait beaucoup de camps de prisonniers et, s'il fut tenté de renouveler l'expérience espagnole, il se reprit aussitôt, connaissant maintenant l'inflexibilité et la rigueur nazies. Il ne pouvait prendre ce risque. Ni retourner au combat où l'aléatoire multiplie le danger et diminue les chances de survie.

Les soldats qui s'automutilaient étaient envoyés à peine guéris sur le front de l'Est. Les médecins étaient devenus experts pour repérer ces blessures au pied, à la main, à la jambe ou au ventre, parmi toutes les variantes que l'immense boucherie de la guerre apportait.

Zacharie Poletti avait de sérieuses connaissances d'anatomie. Il attendit d'avoir traversé la frontière et de se trouver près d'un véritable hôpital et non pas d'un hôpital de campagne, où l'afflux des blessés pouvait mettre en péril sa vie. Profitant d'une halte du train, il descendit et s'enfonça son couteau sous les côtes, veillant par sa précision habituelle à ne pas toucher un organe vital.

Il hurla en le retirant et le lança le plus loin possible dans les fourrés au bout du quai où il avait choisi d'agir, certain que l'endroit était suffisamment éloigné pour faire croire à une attaque de la résistance. Depuis les attentats contre le Führer, des résistants allemands, des fous, agissaient.

Il s'évanouit pendant le transport, ce qui lui évita de répondre aux questions, et quand il ouvrit les yeux, couché, bandé, il constata avec satisfaction que le dortoir était haut de plafond et que son voisin, qu'un paravent seulement séparait de lui, avait approximativement son âge et semblait bien mal en point.

Zacharie fut l'objet de toutes les attentions. Médecins, infirmières, volontaires, membres de la jeunesse hitlérienne, se succédèrent à son chevet et, après lui avoir apporté réconfort et douceurs, lui annoncèrent la prochaine visite du Hofmaster. Les vétérans s'occupaient en ce moment même de retrouver les auteurs de cette odieuse agression.

Il comprit qu'il n'y avait aucune garnison digne de ce nom en ville. Son choix s'était révélé excellent.

– Malheureusement, dit le vieux, vêtu d'un uniforme datant de l'époque du Kaiser, nous n'avons pas pu retrouver les terroristes, seulement l'arme du crime.

– Un couteau… étranger, précisa avec satisfaction son compagnon. Ils étaient quatre, dont la moyenne d'âge dépassait les soixante-dix ans, qui venaient tous les jours rendre compte de l'avancée de leurs recherches. Tous anciens soldats de la glorieuse guerre, la poitrine recouverte de médailles, portant d'antiques mausers à baïonnette. Une baïonnette à la poignée en laiton, avec des poinçons, dans un fourreau de cuir noir attaché à la ceinture par une fine cordelette qui attirait irrésistiblement le regard de Zacharie Poletti.

Il fixait la lame, courbe, brillante.

– Oui, il n'y a pas de doute, c'est un couteau étranger !

Ils eurent un sourire satisfait.

– Ce ne pouvait pas être un Allemand.

Zacharie Poletti ferma les yeux. En se poignardant avec son propre couteau, il avait renoncé à un instrument exceptionnel.

– Si cela ne vous dérange pas, j'aimerais le garder…

Les vieillards se regardèrent, regardèrent le couteau.

– C'est pour m'en souvenir. Pour garder en mémoire qu'un bon soldat du Führer ne doit jamais baisser sa garde.

Il récupéra son couteau et, retrouvant des forces, s'en servit deux jours plus tard pour achever, pendant la nuit, son voisin.

Il porta le cadavre sur son lit, le déshabilla et veilla à lui infliger la même blessure qu'il s'était lui-même infligé.

On découvrit le cadavre en fin de matinée, le personnel, peu nombreux, était débordé. De jeunes appelés avaient, par mégarde, fait sauter un chargement de TNT qu'ils transportaient jusqu'à la garnison au nord du canton.

L'arrivée des familles en pleurs et des autorités lui permit de partir avec discrétion.

Paris, rue Danrémont, rez-de-chaussée, 1942

Cette histoire de biens usurpés, qui allaient revenir aux vrais Français, lui trottait dans la tête, mais pas moyen d'en placer une avec Désiré et ses humeurs.

Pourtant, il n'y avait pas de quoi fouetter un chat.

– Quand c'est moi qui m'y collais, t'avais rien à redire, hein ? Et fallait encore que je me nippe, que je sois toujours prête pour tes cochonneries.

Le coup de poing l'atteignit à la tempe. Germaine ne l'avait pas vu arriver. Elle ne pouvait croire qu'il la frapperait au lit, alors qu'elle était plâtrée. Elle se trompait lourdement.

Son mari était un homme simple, prévisible. Violent, cupide, haineux, Désiré Cottencin ne prenait pas la peine de travestir ses mauvais penchants, qui faisaient merveille dans un monde où toutes les vilenies étaient permises et encouragées au plus haut niveau de l'État.

Il avait épousé Germaine parce que c'était ce qu'il avait de mieux à faire. Une pute avec des airs de bourgeoise, la combinaison était juteuse.

Avec le mouflet, Germaine avait porté un coup de griffe au contrat. Mais de lui ou d'un autre, le lardon pouvait rapporter. Seulement, elle s'y était prise comme une andouille et, au lieu de récupérer une rente, elle était devenue boniche.

Une hargne solide avait remplacé le sentiment qui s'était emparé de lui quand il l'avait renversée la première fois dans un galetas, rue Pigalle. Il y était allé de son écot, et cette honnêteté du commerce l'avait séduit. Il n'y avait rien au monde que Désiré ne respectât plus qu'une bonne et solide transaction commerciale. Un dû pour un rendu, voilà comment devait tourner le monde, et si, au passage, il y avait moyen de se faire un peu de gras, c'était du bon à prendre.

Il avait voulu Germaine comme il avait voulu tout ce qu'il possédait, ce deux-pièces sombre rue Danrémont, le jardin ouvrier de la petite ceinture, des biens qu'il accumulait pour sa satisfaction, une satisfaction difficile à combler, son appétit était sans bornes.

Et maintenant, il se trouvait à servir les youpins, à nettoyer leur merde, à reluquer leur fortune, ne réussissant à grappiller que des miettes, puisqu'ils la jouaient pauvres alors que leurs matelas étaient cousus d'or.

– Ho ! Tu travailles tout de même pas pour les juifs ? Non mais, tu rigoles ? s'était exclamé Maurice.

Maurice, un pays qui avait commencé dans le charbon et qui se trouvait maintenant sur les boulevards, comme un seigneur, à la tête d'une brasserie rebaptisée « Le Madrigal ».

– Facile, propre, français. Parce que avant, je te dis pas…

Ils rigolèrent un bon coup, contents de s'être retrouvés du côté de la Concorde.

Nez au vent, Désiré regardait les drapeaux qui ornaient les façades. Ça avait de la gueule ! Il avait toujours aimé le faste, les défilés, les uniformes.

– Avec les Schleus, t'es pas déçu ! Remarque, je dis pas ça pour te mettre dans l'embarras, nous sommes français avant tout, et de bons Français, mais y a pas à dire, ils ont un truc que les clampins de politiciens de chez nous n'ont pas, hein, Désiré ? Et si le Maréchal leur serre la main, c'est pas nous qui allons faire les mariolles ! Il cracha par terre. Comme les communistes, les juifs et les francs-maçons !

Désiré approuva et scruta les alentours. C'était pas le moment de se mettre à mal avec quiconque. Maurice ouvrit une bouteille de mousseux, pour le vieux temps.

– Non mais, sans blague !

– Puisque je te le dis ! fit-il de fort méchante humeur. Commençait à le courir celui-là avec son fric, son mousseux, ses Schleus !

– Fais pas cette tête, moi, ce que j'en dis, c'est que c'est pas normal, voilà tout ! Allez, on trinque !

– Pour te faire plaisir, alors.

Du mousseux, il pouvait pas mettre la main dessus tous les jours, avec les restrictions. Il avala vite et ne se dérida pas pour autant. Il avait failli lui foutre la soupière sur la gueule à la Meïer… au lieu de cela, son poing avait atterri sur la tronche de la Germaine.

Une enquiquineuse de première, cette femme. Toujours à râler, à la ramener, à geindre. Ça l'empêchait de réfléchir et s'il ne faisait pas tourner sa cervelle, la situation ne risquait pas de s'améliorer. Ni lui de s'enrichir.

– Écoute, ne le prends pas mal, je connais des gens, des amis… de toute confiance, ho ! Qui seraient très intéressés par ton histoire. Tu dis qu'il y en a combien, de youpins ?

– Toute une famille.

– Ah… et tu les sens comment ?

Désiré regarda la face pâle, plate, de Maurice. Une mèche de cheveux, collée avec soin sur son crâne, descendait jusqu'au bord de l'oreille. Une oreille bien entamée par un porc quand il était petiot. Tout le monde se fendait à la communale. Le Maurice, bouffé par un cochon. Il n'avait pas été le dernier à en rigoler.

– Tu veux que je te dise ? Moi, les youpins, j'peux pas les sentir.

– D'accord, d'accord, c'est bien beau, mais quoi ? Pas de trafic ? De résistance ?

Il haussa les épaules, circonspect.

– Ah, je me disais bien !

– Et qu'est-ce que j'y gagne, moi, dans cette affaire ?

Maurice éclata de rire et frappa de sa main son front plat en prenant soin de ne pas décoller sa mèche.

– M'enfin ! C'est pour la France ! Pour le nettoyage de notre patrie !

– Tu veux que je te dise, Maurice – il regarda autour de lui. Le café était vaste, les lampes ajourées tombaient du plafond, recouvertes d'un tissu brillant, plissé. Les banquettes en velours mordoré puaient le luxe. Faut arrêter tes salades avec moi, vu ? Toi et moi, on est des pareils, même avec de la merde jusqu'aux yeux on l'ouvrirait si, en l'ouvrant, y avait de quoi, compris ? Alors, viens pas me seriner avec tes conneries de France, de l'honneur de la France, de la propreté de la France…

Maurice hésita. Voilà ce qui se passait quand on aidait les autres, que de l'ingratitude. Depuis tout petit, Désiré était un dangereux. Il rectifia le tir.

– Il y a des biens chez tes juifs ?

– Bien sûr. Il n'en savait rien. T'as déjà vu des juifs pauvres, toi ?

Ils s'esclaffèrent. La tension baissa d'un cran. Ils allaient enfin pouvoir parler commerce.

– Qu'est-ce que tu veux, là-dedans ?

Désiré réfléchit. Il en avait entendu des histoires. L'or sous le matelas, les titres russes, les bijoux, mais ce n'étaient que des suppositions.

– Les murs, je veux garder l'appartement.

– Et l'or ? T'en veux pas de l'or ?

Il se tut.

– Et les bijoux ? Tu sais bien comment ces femmes-là aiment les bijoux…

– L'appartement.

Maurice se laissa aller contre la banquette, soulagé. Cela avait été facile. Plus facile qu'il ne l'aurait cru. Qui voulait d'un appartement de nos jours ? Il s'en libérait à ne plus savoir qu'en faire. Tandis que l'or, les titres, les bijoux, les meubles, les affaires… Il avait sa petite idée là-dessus.

– Bon, tu me laisses le champ libre et on s'arrange.

– Qu'est-ce que tu vas faire ? C'est qui, ces gens ?

– T'inquiète, j'te dis. Seulement, l'heure venue, faudra pas oublier le petit Maurice.

Il ne répondit pas.

– Et même si tu penses que c'est des conneries, il faut toujours dire ce que les gens veulent entendre. Et là, on ressort la France, la pureté du sol français et tout le tintouin, vu ?

– Vu.

Maurice avait tenu parole. Tout avait été réglé. Il lui suffirait d'être sur place ce matin-là. Et en cas de problème, jouer la surprise. Si l'affaire foirait, on ne pourrait pas l'accuser. Toujours garder le front bas et les mains à l'abri.

Avec la Germaine dans les pommes, la gosse qui s'était mise à brailler, il pouvait plus lui dire que c'était pour demain.

Demain dans la matinée, les Meïer débarrasseraient le plancher une bonne fois pour toutes ! Va savoir comment ils l'avaient eu l'appartement de la Madeleine, tiens ! Avec ces gens-là, on ne sait jamais !

Guéret, 1940

Il a rencontré Hans et Herman à Berlin. Devant un bureau de recrutement, ils faisaient la queue comme des centaines de jeunes gens prêts à donner leur vie pour la nouvelle Allemagne.

Ses papiers italiens lui ont ouvert les portes, un volontaire d'un pays de l'Axe est toujours le bienvenu. Sa faculté d'écoute, son silence, avaient immédiatement suscité la sympathie. Il a laissé entendre un passé difficile. Ses idées, son corps amaigri, ont fait le reste.

L'armée allemande n'est pas l'armée espagnole, surtout quand le monde est en passe de capituler devant sa puissance. Il est incorporé simple soldat, à lui de faire ses preuves.

À la dernière minute, Édouard Gaillard n'a pas pris le train pour Paris. Alors qu'il franchissait la porte de la gare, un car s'est arrêté. Des voyageurs sont descendus, des paysans, pour la plupart. Le conducteur est parti boire le coup avant de poursuivre sa route. Certains l'ont suivi. Au fond, une silhouette sombre, un chapeau de paille rond sur la tête.

Il s'approche du car, y grimpe. Il s'agit d'une jeune femme, visage incliné. Elle semble absorbée par sa lecture.

Il se penche. Par la fenêtre, il voit les gens s'éparpiller sur la place, entrer dans la buvette du restaurant. Il se redresse et glisse sa main dans la poche de son pantalon.

Elle le regarde, immobile. Une grande indifférence habite son regard, ses yeux tombants l'empêchent d'être belle.

Le manque gagne son corps, il sent l'excitation brûler au bout de ses doigts, le moment est bien choisi, le hasard ne se renouvellera pas. Il empoigne le couteau. Dans sa tête le souvenir de la dernière fois. Il a perdu la notion du temps, du plaisir de la lame, du sang tiède sur sa main avec cette innocence dans les yeux du mourant.

Édouard Gaillard pense, comme toujours, et si c'était la dernière fois ?

Il fait un pas, deux, il est sur elle, vite, les autres peuvent revenir. Mais il ne veut pas se presser, gâcher.

Elle le regarde.

– Vous allez me faire… quelque chose, n'est-ce pas ?

Aucune émotion dans la voix, nulle trace de peur. Rien, juste une question. Il ne répond pas et s'assoit sur un siège, de l'autre côté du couloir. Un temps respectable s'écoule. Elle a baissé les yeux sur ses mains, elle ne lisait pas.

Le chauffeur revient, aviné. D'autres prennent place, les conversations s'engagent, ils se connaissent tous. Personne ne fait attention à lui. Il a déposé un billet que le chauffeur a mis prestement dans sa besace sans lui délivrer de ticket, sans lui demander quelle est sa destination.

Le car roule, s'arrête, prend un voyageur, démarre et continue. La campagne est verte. Tout se ressemble, fermes, hameaux, villages, clochers. Comme les gens.

Le car freine devant un panneau indicateur : le Coudray-Saint-Gervais. La jeune femme se lève. Il fait de même et lui prend des mains un grand sac en toile. Elle hausse les épaules, descend au milieu d'un silence soudain, hoche la tête en guise d'au revoir, et attend sur la route, toussant un peu, le départ du car dans la fumée opaque des gaz d'échappement. Elle traverse pour prendre une route pavée. C'est une chaussée romaine, lui expliquera-t-elle plus tard au cours de l'un des rares échanges verbaux qu'ils auront, bordée de bruyères et de grands arbres avec, derrière, de petits murets en pierre recouverts de lichens aux endroits où ils ne sont pas effondrés.

Ils marchent pendant près de trente minutes. Parfois, il surprend un mouvement du côté des bruyères et reconnaît le glissement furtif, humide, de la vipère.

La maison compte trois étages, une barrière haute et une allée de gravillons bien entretenue. À l'arrière, un jardin de broussailles interrompu par le rectangle inexact d'un potager. Un petit potager.

Cette maison de pierre blanche, à la corniche hautaine près du toit en ardoise grise, ne ressemble en rien aux constructions basses, en pierre, de la région.

– C'est mon grand-père qui l'a voulue ainsi. Sa mère était originaire de Tours, le gris, la craie, l'ardoise, rien d'autre ne pouvait exister.

Il la suit dans des pièces peu meublées, sans confort, et la croit seule dans la bâtisse. Il ne fait aucun cas de sa compagnie et ouvre les portes fermées à clef par de violents coups de pied qui font éclater les chambranles, céder les serrures.

Ces accès n'entament en rien la sérénité de Camille, elle s'appelle Camille, qui prépare avec lenteur et méthode une soupe dans la cuisine. Son couteau s'abat avec régularité sur la grosse table en bois. Oignons, pommes de terre, deux carottes qu'elle rince à peine de leur terre brune, collante, et un os qu'elle a tiré d'un chiffon plié sur le vaisselier.

Il choisit une pièce vaste, vide, au deuxième, avec trois fenêtres étroites et hautes jusqu'au plafond. Il traîne deux matelas qu'il a trouvés à l'étage et les entasse au milieu. Il jette des couvertures, un édredon à fleurs, et complète son mobilier avec trois chaises, une devant chaque fenêtre.

Ce n'est qu'à la nuit tombée qu'il comprend, en la voyant préparer un plateau avec un bol de soupe, un fruit et une tranche de pain, qu'ils ne sont pas seuls.

Il l'accompagne mais n'entre pas. La pièce est splendide. Des dorures, un plafond peint, un lustre en cristal et un lit immense où un homme repose, les yeux clos.

Les meubles, les bibliothèques, en trop grand nombre pour la superficie du lieu, appartiennent à une autre époque. Un gramophone tourne dans le vide, et le grésillement monotone, continu, de l'aiguille, occupe l'espace où nulle lumière du jour ne vient troubler la densité de l'ombre.

Il se retire et entend les accords lents, obsédants de *L'Île aux morts*.

– Rachmaninov, c'est moderne, mon grand-père a toujours été en avance sur son temps.

Il dîne et ne touche pas au verre de vin qu'elle lui a servi.

Il s'endort profondément, la lumière allumée. Au matin, il découvre Camille assise sur une chaise, qui le regarde.

Il se lève et la frappe, sans colère, avec précision, la fait tomber de la chaise, et continue, jusqu'à la voir évanouie, son regard enfin détourné.

Il la traîne sur le matelas, se déshabille et entre en elle avec facilité. Ses mouvements la réveillent, elle gémit de douleur, mais ne semble ni étonnée ni effrayée.

Il disparaît souvent, trois, quatre jours, et finit par revenir. Elle ne lui pose aucune question. Parle peu, lui encore moins. Quand il revient, il rapporte des journaux, des victuailles, des affaires, de l'argent, des bijoux. Il remplace sa valise, ses chaussures, son costume, ajoute quelques effets, une trousse de toilette en cuir, imitation crocodile, avec ses flacons aux bouchons argentés, ses peignes en écaille, deux cravates, qu'il ne porte pas, des chemises. Certaines sont trop grandes, mais de bonne qualité.

À la une des journaux s'étalent, en grosses lettres obscènes, des crimes sanglants, des nouvelles de la guerre, des discours de Vichy. Les meurtres ont lieu dans les environs. Les noms parfois évoquent des visages, elle croit connaître le dernier. Maurice Topin, un idiot, fort en gueule.

Au quatrième mois, elle lui dit : je suis enceinte.

Il la regarde avec attention, et quand elle va pour

porter le plateau dans la chambre, il le lui prend des mains.

Le lendemain Camille pleure, son aïeul est passé de vie à trépas.

Ils l'enterrent, sans autre cérémonie, au fond du jardin. Une lettre arrive.

– C'est mon frère. Il est prisonnier en Allemagne, il va être relâché, il va revenir, il s'appelle Gérard. C'est mon plus jeune frère.

La lettre ne précise aucune date mais, dès cet instant, l'attente s'installe. Il s'introduit dans les appartements du vieil homme et en examine tous les recoins. Il cherche ce qu'il peut vendre, monnayer, mais ce ne sont que des livres lourds, au cuir piqué, des tapis intransportables, des tableaux noirs, religieux.

Ce qui brille ne peut se mouvoir. Point d'argenterie, peu de bijoux. Peut-être les meubles ont-ils un prix ? Mais qui voudrait, en ces endroits oubliés du monde, se départir d'un franc, d'un ticket de rationnement, contre une commode, un fauteuil, une liseuse, alors qu'on tuerait certains jours pour une pièce de bœuf, du sucre, des bas en soie ? Et que l'hiver venu, on brûle le mobilier en guise de bois de chauffage ?

Il quitte les lieux et ne revient qu'une semaine plus tard.

Camille ne s'en inquiète guère, attachée à une routine à toute épreuve. Un peu de jardinage, l'aération des chambres, le linge à laver, à repriser, la lecture, maintenant que les beaux jours sont revenus, sur le perron, et la soupe du soir.

Elle passe de longues heures dans le potager, sarclant, arrachant les mauvaises herbes, un sourire flottant sur le visage. Comme si le bonheur, mêlé à l'absence, avait produit un élixir aux vertus innombrables.

« Gérard a toujours été spécial, il a fait ce qu'il voulait. L'avis des autres, il n'en a jamais tenu compte. »

« On ne s'entendait pas vraiment tous les deux, mais ce n'était pas le plus important. »

« Il ne faut pas vouloir tout comprendre, moi et Gérard… »

Elle laissait les phrases en suspens. Reprenait la conversation plus tard, au gré de son soliloque intérieur, l'homme ne répondait jamais. Il vaquait à ses affaires.

Elle l'entendait ouvrir et refermer des portes, marcher d'une pièce à l'autre, inlassablement, vider des choses sur le plancher, traîner des meubles, descendre l'escalier comme s'il était poursuivi, et disparaître.

Quand son ventre devint visible, il cessa de la frapper, de venir en elle.

Le frère n'en finit pas d'être absent. Alors elle relit la lettre, jour après jour.

Édouard Gaillard ferme désormais à clef la

porte de sa chambre. Elle ne peut plus le regarder dormir.

Ces heures, dans la nuit, sont les seules où elle a la sensation que l'homme lui appartient. Privée, en manque, elle ne cesse de s'occuper du potager. Son livre, toujours le même, les *Caractères*, de La Bruyère, une édition pour dames datant du XVIIIe siècle, aux marges annotées et avec une phrase énigmatique en exergue : « Les corbeaux ont l'intelligence des hommes, ils peuvent, parfois, passer des heures à accomplir des gestes inutiles. Et ce parfois, souvent, les rend supérieurs… » reste longtemps sur ses genoux, sous son ventre devenu énorme.

L'homme part et tarde de plus en plus à revenir. Camille sait que bientôt il ne reviendra plus. Il a changé, s'est épaissi. Son corps, maintenant plus volumineux, plus solide, rend sa présence plus fuyante.

– Comme Gérard n'est pas encore là, lui dit-elle, incommodée, il faudra prévenir quelqu'un en ville, cela ne devrait plus tarder maintenant.

L'a-t-il seulement entendue ? Il ne dit rien, jamais. Fera-t-il ce qu'elle lui a demandé ? Elle écrit un mot, un nom, et s'approche de lui pour le lui donner.

Il se retourne et la frappe au visage avec force, imprimant sa paume et une chevalière en or, la chevalière de son père, sur sa joue.

Elle se retient à la commode pour ne pas tomber.

Camille pleure, tout lui est indifférent. Elle pleure désespérément, et ce flot qu'elle ne parvient à endiguer, ces sanglots, ces hoquets qui la secouent jusqu'au fond de l'âme, la terrassent.

Édouard Gaillard transmettra le message et tuera huit personnes, une par jour, pendant les jours qui précéderont la naissance de sa fille et de son frère, né moins d'un quart d'heure plus tard, dont il ignorera tout, ce qui ne changera nullement le destin qui sera le sien et le leur.

Il tuera avec légèreté, dans l'euphorie de certains gestes, d'un si grand manque à combler. À Saint-Félix, au Clos-du-Moine, dans la forêt, près du Coudray-Saint-Gervais, au lieu-dit Le Richard, une ferme abandonnée, autrefois propriété d'un paysan avec prétentions, lieu de rencontre de couples illicites de tout âge, à Mayence-les-Mines, dans la ferme du Mirail, dans celle de Nottonville.

Édouard Gaillard a décidé de partir. L'envie le presse. Ses effets, plus importants qu'à son arrivée, tiennent en une valise de petite dimension et une besace.

Elle gémit dans la cuisine. Et soudain, il entend pour

la première fois depuis son arrivée, il y a de cela neuf mois, les bruits du silence de cette maison presque vide.

Le tic-tac de la pendule, dont chaque seconde écoulée semble une menace, les craquements, parquets, bois, meubles, des milliers de particules qui se tendent, se serrent, se relâchent dans des soupirs végétaux. L'air qui s'engouffre, le vent sous les portes, les interstices, les tuiles en ardoise du toit, la poussière qui s'accumule, ensevelit, entoure les choses, prélude à d'autres ensevelissements, plus ambitieux, plus définitifs.

Et le frisson le prend.

La lumière décline sur les murs, lâche le chambranle des portes, une porte claque. Une voix de femme qui appelle. Un cri lui répond. Et ce ne sont plus que cris, gémissements, ordres, injonctions sous le tic-tac impavide des heures qui avancent.

La nuit est là.

Dans la cuisine, l'eau ne cesse de bouillir, la vapeur s'élève, chasse sans pitié au plus profond des murs ce qui encombre l'atmosphère.

Sur le pas de la porte, il entend la voix de la femme crier :

– C'est une fille !

Il presse le pas, sous la lune, emprunte une dernière fois la chaussée romaine et observe les bruyères qui dessinent des filigranes dans la nuit immobile.

Arrivé sur la route, il le voit à la lumière blafarde, un colis sous le bras. C'est cet instant d'hésitation, où il serre son couteau dans la paume, qui sauvera la vie à Gérard, Octave, Théophraste d'Armentière.

– Excusez-moi, je crains de m'être un peu égaré, la fatigue, je cherche…

Édouard Gaillard tend un bras et rompt son silence.

– Elle vous attend.

8

Angers, 1987-Paris, 1942

Il lui demande de l'emmener à l'hôtel et de l'attendre, sans tenir compte de la mine renfrognée de M. Garnier-Malivoine, qui ne cesse de récriminer contre le sans-gêne de certaines personnes.

– Vous disiez ? Lambert est gris, presque de bonne humeur.

– Rien, rien.

– Ah, j'avais cru vous entendre parler de sans-gêne…

M. Garnier-Malivoine rougit. Son épouse lui en fait souvent la remarque : « Tu parles à ton bonnet. » Et l'emploi de cette expression qui le renvoie à une excentricité qu'il réprouve, le vexe profondément.

– Je suis d'accord avec vous, continue-t-il d'un ton guilleret, si je vous racontais… mais il ne poursuit pas.

La pluie s'écrase sur les vitres, son bruit monotone assourdit les pensées, colmate le silence. Un peu de buée se dépose dans les coins du pare-brise, et les haleines mêlées, confinées, prennent possession de l'habitacle. Les corps se relâchent, la torpeur les gagne. En un sursaut, le commissaire Lambert lance :

– À la gare !

Et l'autre de battre les paupières, d'ouvrir la bouche et de la refermer sous l'effet de la surprise. Il démarre par à-coups, cale, démarre encore.

Lambert quitte Angers aux premières lueurs de l'aube, après une nuit passée dans la salle d'attente. Il aurait pu rester à l'hôtel, ou dans le bar de la gare ouvert toute la nuit. Mais le visage du serveur qu'il aperçoit de la rue est synonyme de souvenirs qu'il croyait à jamais enfouis. Qu'il a déterrés par erreur, ou parce qu'il a, en un moment d'inattention, baissé la garde.

Aucun train ne passe avant cinq heures dix-neuf du matin en direction de Paris.

– Vous voulez dire qu'il n'y a pas de train avant… il consulte sa montre, il lui reste plus de neuf heures à attendre.

– Mais il n'est pas vingt heures ! proteste-t-il.

– Vous pouvez toujours vous plaindre à la SNCF, raille l'homme derrière la vitre Securit qui grossit ses yeux et sa bouche.

Lambert se tourne vers la rue. Les feux arrière de l'Espace ont maintenant disparu. Un étrange sentiment d'abandon le gagne. Se savoir indésirable, enrayer le bon cours des choses chez les Garnier-Malivoine ont été un véritable plaisir. Maintenant, plus rien. Juste lui, les papiers gras au sol, un sol collant par endroits, les poubelles pleines et cette odeur d'urine qui monte de sous les bancs, les sièges, libérée par l'absence de voyageurs, par le jour qui a fui vers d'autres lieux, et sa propre présence, obsédante, lui et lui seul, pour l'éternité.

Quand il grimpe enfin dans le train, la fatigue a fini par le briser. Rompu, il s'affale sur le premier siège venu sans ôter son pardessus.

Il laisse échapper un gémissement et les larmes amoncelées sous ses paupières furieusement scellées – unique sursaut de sa volonté avant la défaite – perlent sur sa peau ridée, épaisse, de vieillard précoce.

Il croit apercevoir un mouvement dans l'air surchauffé du wagon, sans doute un voyageur effrayé qui s'éloigne, change de place. Ce qui souffre fait peur. Ce qui fait peur entraîne la souffrance.

On l'a rendu au service après la double exécution de Berstein. Personne ne pensait le voir revenir. On ne revient pas de chez les SS. Si l'on en revient c'est pour de mauvaises raisons. Berstein, lui, n'est pas revenu. Qu'importe, il n'y est jamais vraiment parti, il s'est tiré une balle dans la tête. Parfois, il vaut mieux prendre sa vie en main, au moins on a la certitude de ce qui va se passer, de ce qui ne franchira pas la barrière des lèvres.

Lambert, lui, est revenu. Même s'ils lui font bonne figure, s'ils lui tapent dans le dos, lui payent le coup à boire, personne, absolument personne ne lui pose la question.

Pourquoi ? Pourquoi lui ?

Ils trouvent cela normal, et le commissaire se tait lui aussi. Qui ne dit mot consent. Et que ce soit lui, Lambert, qui s'occupe de ces affaires-là, est bien naturel. Ils exigent une collaboration totale et, au fond, il a bien dit qu'il était plus ou moins juif, à moins que ce ne soit Berstein qui l'ait dit. Mais ce dernier n'est plus là pour le confirmer ou le nier.

Ce matin-là, il fait chaud. Il paraît qu'il n'a jamais fait aussi chaud depuis la Grande Guerre, en un mois de juillet, et c'est aussi la première fois, et il faut y aller. Et c'est normal que ce soit lui, Lambert, qui s'y colle.

Il n'est pas le seul, il y en a beaucoup d'autres, mais ils se sont portés volontaires. Lui, c'est un gradé et cela le distingue. La brigade est ainsi quitte.

Le commissaire ne veut rien savoir. Face à Lambert,

pour une fois, il n'aboie pas mais remue des papiers, cherche un dossier, une lettre, une liste qu'il ne trouvera ni sur son bureau ni dans son armoire.

– Pourquoi moi ? demande Lambert.

Le commissaire, qui n'a jamais eu peur, peur pour sa peau, se tourne sur le côté pour ne pas croiser son regard, se dégage de la table qui l'emprisonne et va vers le couloir où les autres, peu à peu, à cette heure tardive, se terrent en attendant.

– Pourquoi moi ?

Il ne peut pas ne pas répondre, il n'a jamais reculé.

– Écoutez, Lambert…

Rien ne vient. L'un et l'autre s'imaginent le pire. La lassitude le gagne.

– Faut bien que quelqu'un s'y colle.

Encore une nuit blanche en perspective. Il a traîné, volontairement, pour dépasser l'heure du couvre-feu et, à la dernière minute, il change d'avis et presse le pas. Il ne veut plus retourner là-bas. Pas de cette manière, il ne tiendra pas. Il avouera tout ce qu'il n'a pas commis, ce qu'il ne sait pas, il donnera des noms, fruits de son imagination, mais là aussi, comment savoir si cette invention de son esprit ne va pas coller à une réalité qu'il ignore et qui pourtant existe. Son corps tremble, ses mains se recouvrent de sueur.

La nuit, maintenant si proche, est belle, sombre. Peu de lumière, beaucoup de silence. La place de la Bourse est déserte, le quartier est peu fréquenté. Devant les bouches de métro, des sacs de sable sont empilés, des nids de mitraillettes. Il regarde vers le ciel et très haut, très loin, de minuscules étoiles brillent. Seules les étoiles devraient avoir droit de cité. Pourtant, leur lumière est une émanation d'un corps depuis longtemps mort. Il reste un moment sur le seuil de la porte, la clef dans la main tiédie par l'angoisse qui l'étreint. Il grimpe un étage, doucement. Un bruit, semblable à un petit grattement, se fait entendre. Le bois de l'escalier craque. Une latte. La lumière s'éteint.

– Qui va là ?

La voix est à peine troublée, mais il devine la peur.

– C'est moi, Lambert, Lambert le locataire, monsieur d'Armentière. Il a reconnu la voix et il est presque content de cette rencontre.

D'Armentière se redresse, toujours son chiffon en peau de chamois à la main.

Encore à nettoyer une plaque, pense Lambert qui ne trouve rien à dire. Son regard s'arrête sur la plaque que la main de l'aristocrate vient de lustrer : « D. Blumenfeld, pierres et transactions ». Ce n'est pas sa plaque. D'Armentière semble perdu.

– Je me suis dit, voyez-vous… Il laisse tomber le chiffon, porte une main à sa poche et déplie un mouchoir en popeline blanche. Il se tamponne le front. Son geste est lent, empreint de gravité, rehaussé par son regard lourd, ses paupières presque fermées, sa chevelure peignée en arrière et cette distinction qui ne le quitte jamais, même dans l'accomplissement des tâches les plus humbles.

– Après tout, ce sont des gens que j'ai côtoyés pendant des années… « Bonjour, monsieur Blumenfeld, singe-t-il, comment allez-vous monsieur Blumenfeld ? J'ai entendu dire que le marché d'Anvers recule un peu, les rumeurs, les événements… Pas du tout ? Je me trompe ? Mais j'en suis fort aise, monsieur Blumenfeld, j'en suis ravi, toutes mes amitiés à madame votre épouse. De même, monsieur Blumenfeld, de même ! » Cette autoparodie le ravit.

Il éclate de rire et donne une chiquenaude sur la plaque de « D. Blumenfeld, pierres et transactions ».

– Qu'en pensez-vous ?

Lambert ne sait quoi répondre.

– Vous n'en pensez rien ? C'est bien ! Très bien ! Ne pas penser est le meilleur des sauf-conduits de nos jours et dans votre profession, cela permet de dormir tranquille.

D'Armentière grimpe devant lui sans lui laisser la possibilité de protester.

– Eh ! Vous !

C'est le ton policier qui est sorti.

– Ah, nous y voilà !

Il va lui faire ravaler ses mots, son ironie, à coups de poing s'il le faut. Il a la langue bien pendue, cette saloperie d'aristo. L'âge ne fait qu'accentuer les mauvais penchants de la jeunesse. D'Armentière n'échappe pas à la règle.

Il s'est agenouillé devant une autre porte, son buste oscille d'avant en arrière.

Salaud, pense Lambert. Il serre les poings. Dans sa paume, la clef le brûle. Il s'avance.

– Le problème, avec le métal doré, c'est qu'il se ternit au contact de l'air. Si les plaques ne sont pas entretenues, bientôt on ne verra plus les noms. Et si les noms venaient à disparaître, ce serait la fin de tout, n'est-ce pas ?

Il s'écarte. La plaque brille « Simon Ossendowiski, perles fines, importations ».

– C'est le moins que je puisse faire. C'étaient des gens bien convenables en affaires. Des amis… non, pas des amis, pas dans ces milieux. De nos jours, certains mots sont bien galvaudés. « Amitié », en voilà un que l'on emploie à tort et à travers, alors que « relation » est tout à fait suffisant. Qu'en pensez-vous, Lambert ? Vous vous appelez bien Lambert ? Au moins, là-dessus, vous devez avoir votre petite idée, non ?

Il ne répond pas et se contente de le suivre. Maintenant, à chaque étage, deux portes, deux plaques : les bureaux, les ateliers sont plus petits. Le dernier étage avant le sien, celui des chambres de service, comporte cinq portes, contiguës. Il n'y a plus de tapis de sol. D'Armentière conclut par une phrase lapidaire :

– Les derniers ne sont pas et ne seront jamais les premiers, contrairement aux croyances fort répandues dans nos sociétés chrétiennes. Les derniers sont toujours inutiles.

L'écœurement le gagne. Il grimpe sans un salut pour l'homme qui ajoute aux mots, aux phrases, des gestes, inutiles, le chiffon au bout des doigts.

Allemagne, Spandau, 1987

Sur son lit, Lisestein ne peut fermer l'œil, il transpire, il tremble. Les bruits de la chambrée occupent la nuit moite et soupirs, ronflements, brefs éclats de rire, mots incongrus et solitaires ponctuent les souffrances de son âme raidie d'effroi. Le cœur s'affole, soudain trop volumineux pour son thorax étroit où se nouent ses hantises.

Puis tout s'accélère : le clairon, le réveil qui ne surprend pas, le bruit qui s'amplifie, les hommes qui repoussent par des gestes maladroits l'aube naissante avec la force de l'habitude. Les pas, les corps, l'eau qui gicle, l'odeur du savon à barbe, des lotions brutales, dans l'ambiance humide des salles d'eau où le salpêtre se dépose sournoisement à la moindre faille thermique.

Lisestein est entraîné dans le mouvement et, anxieux, se surprend à le devancer. Son impatience est grande. Ce n'est qu'une fois dehors, dans la cour, quand la garde du jour est enfin composée, qu'il respire.

Depuis son arrivée à Spandau il l'a vu de haut, de loin, à l'abri dans sa tourelle. Son visage n'est qu'une tache pâle sur un manteau noir trop ample. Rudolf Hess est uniquement l'addition de pas, courts, hésitants, toujours le même nombre, qu'il a comptés et recomptés, pour oublier le froid.

Il ferme les yeux devant la porte de la cellule. Le bruit sec du verrou coulissant. Un autre soldat, il ne sait plus son nom, Jérémy, Alain, Stéphane, porte un plateau, un café au lait, un morceau de pain, une plaquette de beurre et une sorte de viennoiserie recouverte de sucre glace. Une pâtisserie allemande.

Son fusil l'encombre, ses gestes sont empruntés. C'est la première fois qu'il ouvre la porte d'une cellule dans une prison. Rien ni personne ne l'a préparé à cela.

Chez lui il n'y avait pas beaucoup de portes, un immense living, de grands dressings accolés aux chambres à coucher, une cuisine américaine. Son père s'est toujours piqué d'être à la pointe de l'avant-garde. Ils ont gardé les portes pour les refermer sur leur passé. Un choix comme un autre.

En a-t-il souffert ?

Il n'a jamais eu envie d'entrer dans la chambre de ses parents et n'a éprouvé nulle curiosité pour ce qui a toujours été outrageusement étalé aux yeux de tous. Si un secret existait, il devait se trouver ailleurs, résumé par une petite phrase de sa mère, glissée en toutes circonstances. « Je suis une demoiselle de Chambourtin, la dernière du nom, parce ma pauvre sœur, mon frère… »

Il s'arrête net.

– Eh, t'as failli tout renverser ! Qu'est-ce qui te prend, maintenant ? Tu ne veux plus le voir, le Boche ? Putain, tu nous les as brisées menu avec ton Boche !

Ainsi il a parlé. Il n'en a pas eu conscience et c'est dans un état second qu'il tire le dernier verrou, ouvre la porte.

La cellule ressemble à une pièce de l'infirmerie. Il fait un pas, entre, regarde l'homme. Le vieil homme qui est assis sur la chaise, près de son lit.

Le soldat, Alain, Jérémy, Stéphane, avance avec naturel, désinvolture. Sans un mot, il pose le plateau et se retourne.

– Alors, t'es mort ou quoi ?

Samuel Lisestein regarde Rudolf Hess, criminel de guerre et condamné à Nuremberg pour crimes contre la paix. Ses yeux sont des billes noires, très noires et très rondes. Il ne voit rien d'autre. L'instant ne dure pas.

Le soldat Lisestein fait comme n'importe qui d'autre aurait fait en pareille circonstance. Il recule de deux pas, ne tourne à aucun moment le dos au prisonnier qui, vu son âge, son état de santé, ne présente plus aucun danger. Le fusil prêt à tirer, le chien armé, il atteint à reculons le seuil de la porte.

Il referme celle-ci, fait glisser les verrous et gagne le bout du couloir où il s'installe sur une chaise, derrière une petite table rectangulaire, pour son premier tour de garde.

Il a mal dormi. Son dos est ankylosé, sa nuque raide, il a froid. Le froid, insidieusement, s'est infiltré par les rainures du bois des fenêtres, il n'a pas fermé les persiennes car il ne peut supporter un enfermement de plus.

Dans le salon les odeurs se mêlent, relents froids

venant de la cuisine dont la porte est restée entrebâillée ; Ginette encaustique tous les jours que Dieu fait, cire les meubles, nettoie à l'eau de Javel ; là aussi il a envie de crier, il lui a interdit d'utiliser la Javel à tout-va. La peur de se brûler les fesses, les parties, en s'asseyant sur la tinette, l'obsède.

Son cœur s'accélère, sa bouche pâteuse s'assèche. Il a conscience de la puanteur que son haleine exhale. Il entend un faible grincement. C'est la porte de sa chambre.

– Je dors ! hurle-t-il comme un dément. Je dors, bordel !

Cela fait plus d'une heure que Ginette est debout, habillée, chaussée, tapie derrière la porte.

Elle n'ose sortir de peur de le réveiller. Il fait encore nuit. Il fait toujours nuit dans ce pays de malheur.

Elle va du lit à la fenêtre, écarte le rideau et regarde l'obscurité zébrée par la lumière des projecteurs qui balayent l'enceinte avec une régularité mécanique. Les mêmes bâtiments, les mêmes carrés de jardin, l'allée, plus large, au fond le mess dont l'enseigne est éteinte, et les murs si hauts, en pierre, de la forteresse.

Au début, ils sortaient. En ville, conscients et fiers du statut spécial que leur conférait son uniforme. Ils se fréquentaient entre eux, les Français. Il y avait les Bouvier, les Chevillaud, les Martin, les…

Elle cherche. Comment s'appelaient-ils déjà ? Ginette revoit encore la femme, toujours à rire, d'un rire sonore, un peu vulgaire. Un moment, elle avait pensé que son mari en pinçait pour elle. Elle n'y allait pas de main morte avec les plaisanteries, et les hommes, ils aimaient ça, cette façon de leur en montrer. Et voilà qu'elle ne se souvient plus de leurs noms. Lui, un gros balourd, nourri à la crème et à la bière.

Un con, disait son mari. Très limité, ajoutait-il en grimaçant. Limité ou pas, il avait réussi à se carapater dans les premiers.

Ils avaient reçu une carte de la Martinique ou de la Guadeloupe. Avec des palmiers sous le vent et une plage.

– Ben dis donc, ils s'emmerdent pas ! Remarque, j'aimerais pas être à leur place. Une île, on en fait vite le tour !

– Et nous ? Tu crois pas qu'on a fait le tour de tout ça ? J'en ai marre ! Marre de ce pays plein de Boches !

Ginette n'avait pas pu continuer. Il l'avait frappée. Elle ne s'y attendait pas. Mais ce n'était pas les coups qui avaient fait le plus mal, il y avait eu les mots, les insultes.

Elle le regardait du coin de l'œil et mentalement notait tous ceux qui étaient partis : les Bouvier, les Signol, tous les autres.

Comment s'appelaient-ils, déjà ?

Elle approcha son oreille de la porte. Il lui semblait entendre un léger ronflement. Si elle faisait bien attention, elle pourrait peut-être sortir et se rendre aux commodités. Elle n'en pouvait plus, sa vessie était prête à éclater. Elle s'était toujours rebellée contre le terme de « pisseuse » dont son mari l'affublait. Sa vessie était très petite. Et contre la nature, on ne pouvait rien. Son père l'avait rassurée. Et il savait de quoi il parlait, le docteur Simonot.

La scène avait été très violente.

Au décès de son père, son mari n'avait rien voulu entendre. Il avait tout vendu, furieux de découvrir, comme si elle y était pour quelque chose, qu'auparavant, il avait été médecin.

– Tu le savais ! Et tu ne m'as rien dit !

Ginette n'avait pas su quoi répondre. De quel droit révéler ce que son père lui avait intimé l'ordre de taire ?

– Attends, il a fait de la prison ? Et tu ne m'as rien dit ?

Elle s'était mise à geindre. Elle n'en savait rien. À la mort de sa mère, on avait placé la petite fille dans une famille, à la campagne. Elle n'avait pas connu sa maman.

– Et tant mieux, fit-il en jetant les papiers, les photos au feu. Je me demande ce qu'en aurait pensé la famille de ta mère de savoir que leur fille, une demoiselle de Chambourtin, avait épousé un collabo !

– Mon père n'était pas un collabo !

– Qu'est-ce que t'en sais, hein ? Tu ne viens pas de me dire que tu avais été placée ? Hein, mademoiselle Simonot ?

Elle avait baissé la tête. Ginette n'avait jamais eu le goût de chercher des réponses à des questions qu'elle ne se posait pas.

– Je vais te le dire, moi, mademoiselle Simonot, fille de rentier ! Rentier de mes deux, avait-il aboyé après avoir examiné les pauvres meubles, les affaires élimées du défunt. Si on en tire de quoi se payer un restau, on sera contents !

– Je ne veux pas vendre les souvenirs de mon père !

Son mari s'était approché d'elle, menaçant. Ses bottes, hautes, luisaient dangereusement.

– Écoute-moi bien, Ginette, je ne te le dirai qu'une fois, une seule ! Je suis militaire, tu as épousé un militaire et il n'est pas question, ni même en rêve, que toi ou ta famille viennent empiéter sur ma carrière. Alors les souvenirs d'un collabo, je vais les brûler, et tout de suite, tu m'entends ?

Elle avait essayé de s'interposer, à tort.

Son mari avait tout brûlé, papiers, photos, livres, tout ce qui pouvait avoir trait à un passé jugé ignominieux.

Le lieutenant Rivet, fraîchement promu, était à l'orée d'une brillante carrière. Il se trompait lourdement.

Son hurlement l'a soulagé. Tremblante, elle referme vite la porte et se retient.

Il ne dort pas. La douleur le cloue au Skaï défoncé du canapé. Les fourmillements de ses pieds engourdis qui dépassent des accoudoirs lui donnent la sensation d'une paralysie. Il se dresse avec difficulté et s'effondre aussitôt. Ses jambes ne le supportent plus.

Le capitaine Rivet hurle, longtemps. Tout bascule dans sa tête. Des larmes jaillissent de ses yeux, incontrôlables. Sa bouche s'ouvre, un son ignoble en sort. Ses oreilles perçoivent les reniflements, les sanglots, les gémissements de Ginette, de l'autre côté de la porte.

Enfin debout, il titube, se jette sur une bouteille d'alcool qu'il boit, à grandes goulées qui l'étouffent, le brûlent. Quand il n'avale pas, il hurle sans trouver d'apaisement. Le capitaine Rivet n'est que terreur.

Si elle sort, je la tue.

Cette certitude le calme, peu à peu, pendant que son corps est gagné et vaincu par l'ivresse.

Il a fait sa garde.

De temps à autre il se lève, va jusqu'à la porte de la cellule et colle son œil au judas. La plupart du temps le prisonnier est assis, au pied du lit. Parfois il écoute la radio, en allemand. Lisestein ne comprend pas mais entend des rires, des musiques de réclames, et les accents vulgaires d'une émission populaire.

Dans son visage dur, ses yeux ont la fixité d'un rapace. C'est à lui de le conduire à la promenade. Du complot, il n'en reste rien. Être en face de lui quelques secondes a suffi pour que tout se désagrège.

Lisestein suit le vieux monstre jusque dans la cour, passe devant lui, comme il a vu d'autres le faire, ouvre la grille, inspecte l'espace dehors et revient pour lui laisser place.

Une sentinelle est là-haut, qui surveille ses gestes, compte ses pas.

La nuit, Lisestein pleure. Il ne s'est pas déshabillé, il a gardé ses bottes dont la rigidité du cuir blesse ses orteils. Cette douleur, anodine, constante, est à l'image de sa vie. Il laisse échapper un sanglot.

Il rit. Les protestations s'élèvent. Il rit et pleure. Elles redoublent. Les hommes, la nuit, ne supportent guère l'intrusion de l'éveil. Il renifle une dernière fois et décide d'enlever ses bottes, sa vareuse. Un bien-être immédiat le gagne ; il s'endort.

Le lendemain, il se sent euphorique. Les heures de garde s'égrènent avec lenteur. Il est tantôt assis, tantôt debout. Il arpente le couloir, sans fin, et pas une fois ne cherche à voir le visage du prisonnier. Quand il l'accompagne pour la promenade, il frémit. Il se demande comment il a pu y croire. Sa respiration s'accélère, le sang se retire de son visage, il transpire, un sifflement surgit de sa poitrine. Lisestein sent la crise venir. Le froid est l'élément déclencheur. Rétrécissement des bronches, raidissement des épaules, du cou, de la mâchoire. Narines pincées, des yeux qui ne cherchent rien, un leurre.

Il le pousse presque. Rudolf Hess lui fait face, il croit voir un sourire traverser son visage inexpressif. Le soldat Lisestein, genoux flageolants, referme la porte, la grille, s'appuie contre le mur. La douleur dans sa poitrine est insoutenable, les sifflements augmentent, l'air ne passe pas, il n'est pas loin du choc respiratoire.

Lisestein lâche son fusil, met la main à sa poche, saisit l'inhalateur de Ventoline et le porte à sa bouche. Ses lèvres adhèrent avec désespoir à l'embout, il aspire, la maladresse décuple sa panique.

Il songe au dos carré de Rudolf Hess s'éloignant dans la neige. L'empreinte de ses pas, traces inégales, l'une plus profonde que l'autre. Et rien d'autre. Absolument rien d'autre.

C'est à la quatrième inhalation que le médicament agit. Le gaz se propage dans ses voies respiratoires, dilate les bronches. Les sifflements disparaissent. Il ferme les yeux, ses larmes coulent, il se laisse choir.

Le temps de la promenade passe ainsi, dans le soulagement, le bonheur de l'absence de souffrance.

C'est dans l'indifférence, le corps en proie à un profond épuisement, que le soldat Lisestein ramène le prisonnier dans sa cellule. Il voudrait dormir, là, tout de suite. Il lui faut attendre le soir, accomplir les mille et un gestes du jour, prononcer les mots que l'autre, n'importe quel autre, attend. Et cet effort, nouveau pour lui, lui semble interminable.

Avant de s'endormir, d'un bloc, Lisestein compte les heures, les jours, les mois, qu'il a encore à vivre entre les murs de Spandau. Où il s'est volontairement enfermé.

Ginette Rivet est sortie de la chambre matrimoniale bien après le départ de son mari. Le spectacle du salon la terrifie. Meubles renversés, bibelots jetés au sol, certains brisés. Une bouteille de whisky est vide. Une autre, de l'armagnac, bouteille des grandes occasions, rapportée du pays lors de leur dernier séjour, est couchée, ouverte. Le précieux liquide ambré imbibe le tapis. Elle pleure, debout au milieu du désastre.

À la fin du jour, Ginette Rivet chantonne. Elle a tout nettoyé, tout redressé, elle n'a pas vu les heures passer, ne s'est pas étonnée de l'absence de son mari au déjeuner. La soirée est déjà bien entamée quand, ayant retrouvé la sérénité de la continuité des jours, elle sort le chiffon et l'encaustique, bien décidée à lustrer les meubles, car cela ne peut pas leur faire de mal. Contre ce pays de malheur, le froid, la pluie, les intempéries, il lui faut déployer une vigilance constante.

Le capitaine Rivet boit durant toute la journée et finit par s'endormir dans un coin, sur une table du mess.

Personne ne s'en étonne, personne ne le plaint, ne le juge ni ne l'approuve. C'est sans importance. Le capitaine Rivet est loin d'être le premier.

Place de la Madeleine, 1987

L'hospice municipal a dû avoir un nom, « les Alouettes », « les Mimosas », ou tout autre mot voulant signifier espoir, légèreté, bonheur, afin d'écarter la réalité crue du bloc de béton datant des années soixante, près de la voie du RER. Le bâtiment est entouré d'un espace à la terre craquelée en été, boueuse en hiver, où des bancs, à la peinture écaillée, aux boulons rouillés, disputent la vedette à des arbustes foncés, plus proches des mauvaises herbes que d'une quelconque plantation horticole.

L'hospice municipal est l'annexe long séjour de l'hôpital. Il fait aussi bien office de service de soins palliatifs, sans le confort propre à ces derniers, que de morgue, lorsque le dépôt souffre d'un engorgement excessif pendant les grands week-ends de départ en vacances.

Si l'on examine avec attention la plaque, posée à gauche sur la grille d'entrée, rouillée elle aussi, un mot est encore lisible : Vert. Vertbois, Vergaland, Vertefeuille, Vertebrise, Versant…

Le taxi a déposé Louis d'Armentière devant la grille. Le chauffeur a demandé s'il ne voulait pas qu'il aille jusqu'à l'entrée.

– Non, merci.

Il n'a pas insisté. Le client a jeté un bref coup d'œil au compteur et a sorti les billets, sans un cillement. Rares sont les clients qui payent ainsi une grosse somme. Au dernier instant ils ont toujours une brève hésitation, une immobilité dans le regard.

Pour le prix, le chauffeur est allé lui ouvrir la portière, mais n'a pas fait un geste pour l'aider à descendre.

Louis d'Armentière a regardé le taxi s'éloigner avant de s'approcher de la grille, ouverte, et d'entrer.

Un sentier en béton serpente le long du terrain dénudé où sont disséminées quelques touffes de gazon. Il s'étonne de la nudité du lieu, de l'absence de pensionnaires sur les bancs, certains cassés, sans dossier. Il leur manque une planche, un pied, un boulon. La peinture est recouverte d'inscriptions.

Il avance vers le bâtiment où se tient une silhouette en blanc : un infirmier en train de fumer. Il est grand, massif. La fumée s'élève, fragile, au-dessus de lui.

– Je vous ai vu regarder les bancs. Il prend un air entendu.

– Oui.

– On les a récupérés du bahut d'à côté. L'infirmier se met à rire de tout son corps. Ce tressautement de carcasse impressionne d'Armentière, le fait reculer. Il n'a plus l'habitude d'une telle vitalité.

– Je comprends, dit-il.

– Ça leur fait un passe-temps, à ces pauvres vieux. Quand on les sort, faut bien qu'ils s'occupent. Il a un geste ample, vague, qui embrasse toute l'étendue du terrain. Parce que ici, les occupations, ça grouille pas !

Et il rigole de nouveau. Sans crier gare il reprend son sérieux, jette sa cigarette, l'écrase, puis se baisse et ramasse le mégot qu'il glisse dans un sachet en plastique ayant contenu des mouchoirs en papier.

– Vous venez pour quoi ?

– Une visite.

L'infirmier regarde sa montre, le front est soucieux, ce n'est pas parce qu'on a rigolé qu'on en est moins professionnel.

– Une visite ? C'est pas encore l'heure des visites. Il aurait fallu vous renseigner, téléphoner… Remarquez, vous en auriez été pour vos frais, le standard ne répond jamais.

– Aucune importance, je vais attendre.

D'Armentière lui tourne le dos brusquement, descend les deux marches du perron, s'arrête dans son élan, hésite et se dirige vers un banc, le plus proche.

L'infirmier a un mouvement agacé, il cligne des yeux, deux, trois fois. Si ce type avait attendu, s'il n'avait pas décampé comme s'il avait le feu aux fesses, il le lui aurait dit.

Les heures de visite, c'est de l'histoire ancienne. Plus personne ne vient rendre visite aux vieux. Plus personne ne se dérange ; un coup de fil de temps à autre, parfois un colis pour les fêtes, que le corps soignant se partage, au-delà d'un certain âge on n'a besoin de rien, et, dans le meilleur des cas, la venue, une fois l'ancêtre refroidi, d'une famille avide de récupérer les biens. Si toutefois ces derniers n'ont pas été mis de côté par ceux qui ont dû se les coltiner, pour un salaire de misère, pendant bien trop longtemps !

Alors, pour une fois qu'il y a une visite… Ça fait une drôle d'animation pour tout le monde.

Il va le laisser mariner, c'est pas une façon de se comporter. Qui peut-il bien vouloir visiter ? Qui est le chanceux ?

Louis d'Armentière a froid. Depuis quelque temps il a toujours froid. Au-dessus de lui, les nuages se rassemblent et composent un paysage tourmenté.

Quelque chose dans l'immobilité de l'homme empêche l'infirmier d'aller le chercher tout de suite. Mais la curiosité l'emporte sur le respect mêlé de crainte que le visiteur lui inspire.

Il s'approche, fronce les sourcils et claironne en faisant mine de regarder l'heure :

– Allons-y ! Nous pouvons y aller, maintenant !

Louis d'Armentière se lève, chancelant, et, sans dire un mot, suit l'infirmier.

Ce type est malade. Il s'est retenu de le prendre par le bras, le regarde en biais, son instinct professionnel ne le trompe pas. Ce type a l'air foutu. Cette constatation lui confère la supériorité imbécile et hasardeuse des bien-portants.

– Alors ? On vient voir qui, aujourd'hui ?

– Cottencin, Désiré Cottencin.

– Le vieux Cottencin ? s'étonne-t-il. Vous êtes de la famille ?

– Non. Je viens de la part de sa fille, Odile, Odile Cottencin.

L'infirmier sourit, il en avait entendu parler de la

fille, la grosse morue, et de sa mère, la pute borgne, comme les appelle le vieux.

– Ah, oui, je vois !

Il se tait et observe d'Armentière avec attention. Il ne trouve aucune réponse à toutes les questions qui le taraudent, mais une fois le hall franchi et le type confié aux mains de la Gorgone de service, il se contente de traîner dans le coin, à l'affût d'un esclandre, d'un éclat de violence. On en avait vu de toutes les couleurs avec le vieux Cottencin, et on en verrait encore, si Dieu continue sur la même voie, rappelant vite à lui les meilleurs et laissant les raclures à la charge de pauvres types comme lui.

Une des infirmières marche devant lui d'un air martial, sans un regard pour les épaves qui stationnent le long du couloir, debout, par groupes de deux ou trois, ou assises en rangs sur des chaises, ou avachies dans des fauteuils mal orientés par rapport aux téléviseurs placés trop haut dans la salle de repos.

Contre les murs, des brancards roulants sur lesquels gisent des grabataires dont c'est, explique-t-elle, la sortie journalière pendant la mauvaise saison.

Elle conduit d'Armentière dans une pièce toute en longueur scindée en deux par des tables. Quelques pensionnaires sont installés devant un jeu de société ou un jeu de cartes. Mais aucun ne semble jouer. D'autres regardent au travers des portes-fenêtres fermées par des cadenas.

– C'est pour leur sécurité, croit bon d'ajouter l'infirmière, irritée par le mutisme du visiteur qui n'avait rien lâché de ses intentions, ne s'était nullement enquis de l'état du pensionnaire qu'il venait voir, et arrivait les mains vides.

– Il y en a qui… Ah, le voilà.

– Oui ?

– M. Cottencin, c'est lui, là, à gauche, au bout de la table, je vais vous y conduire.

– Ce n'est pas la peine, merci.

Elle lutte contre la colère.

– Je dois vous accompagner, monsieur… Elle se rend compte que cet idiot de Norbert ne lui a pas dit le nom du visiteur.

– C'est le règlement.

– Dans ce cas.

Mais il se fout de sa gueule ! Elle décide de la jouer fine.

– Monsieur Cottencin, monsieur Cottencin, vous avez de la visite !

Désiré Cottencin regarde devant lui d'un air mauvais. Son torse trapu est recouvert d'un polo à manches courtes, au col trop pointu, démodé, typique des années soixante-dix. Les boutons pendent et le tissu, probablement synthétique, enveloppe un estomac dilaté, un ventre qui déborde sur la ceinture.

– Monsieur Cottencin, quelqu'un est venu vous voir !

Louis d'Armentière prend une chaise sans attendre et s'assoit, face à l'homme. Sans dire un mot, il se contente de l'observer.

L'infirmière, d'une humeur massacrante, part. Ils n'ont qu'à se débrouiller, ces deux-là.

Désiré Cottencin respire la méchanceté : les yeux, deux fentes porcines toujours en mouvement ; la bouche fine, prête à l'insulte, la mâchoire, proéminente. Dans une certaine mesure, Odile aurait pu être sa fille.

Les premières minutes, Désiré Cottencin fait semblant de ne pas voir l'homme maigre qui le dévisage. Puis, les occasions de se divertir étant beaucoup trop rares, il le regarde à son tour. Mais son observation ne lui apprend rien, ni sur son identité, dont il n'a cure, ni sur le but de sa visite, ce qui l'intéresse grandement.

Le nouveau venu n'a pas de regard. Ni de consistance. Rien n'accroche dans son physique commun, dans sa mise sinistre. Cottencin doit se forcer pour rompre le silence malsain qu'il a installé. Une envie de fuir étrange soudain le saisit.

– C'est pour quoi ? Il aurait voulu une voix puissante. Celle qui sort de sa gorge est tremblante, enrayée. Il se rend compte que depuis qu'il est là, une éternité, dans ce trou à rats où la grosse salope l'a mis, il ne parle plus. Muré dans un silence haineux dont il est l'unique victime.

– Votre fille m'a donné votre adresse.

– J'ai pas de fille.

Désiré Cottencin n'avait pas tort, mais il ne le contredit pas.

– Je voulais vous rencontrer.

– Eh bien, c'est fait.

Le vieillard aboie plus qu'il ne parle. De l'un des brancards collés au mur de petits gémissements craintifs se font entendre. Louis d'Armentière tourne la tête. Cottencin hurle :

– Ta gueule, crevure ! Sa voix se déploie dans la salle.

Il y a des mouvements, des raclements de chaise, des bruits de pas ténus, chaussons que l'on traîne, cannes où l'on cherche un appui. Désiré Cottencin se sent bien.

Il abat ses poings sur la table. Les mains sont boursouflées, violacées autour des ongles, avec de larges auréoles noires, signe d'une mauvaise circulation sanguine. Les doigts, déformés par l'arthrose, demeurent encore puissants.

– Je me suis porté acquéreur de votre appartement, place de la Madeleine, dit doucement d'Armentière.

– Quoi ?

– Votre fille me l'a vendu.

Cottencin semble soufflé par la nouvelle. De la salive mousse au coin de ses lèvres. Sa bouche s'ouvre puis se referme.

– La garce !

Louis d'Armentière met la main à sa poche et en sort une photo. Celle d'Odile Meïer, au dos de laquelle son père biologique a écrit « Odile, c'est une fille ». Il la fait glisser vers Cottencin.

Ce dernier détourne la tête. Le mort veut quelque chose, il va devoir payer. Le commerce est sa partie.

– Est-ce que vous pouvez regarder la photo, s'il vous plaît ? interroge d'Armentière.

– Combien ?

Louis d'Armentière éclate de rire. Et ce rire, plein d'hystérie et de désespoir, inquiète encore plus les pensionnaires que les cris de Désiré Cottencin.

Il met la main à son portefeuille et sort un billet de dix francs.

Contentement du vieillard, fourmillement d'avidité qui ressemble si fort à de la joie, et pourtant il fait non de la tête.

Alors d'Armentière en pose un autre, parallèle au premier, et allonge le bras pour placer la photo devant les billets, sous le visage du vieil homme.

Celui-ci saisit le mince carton jaune, craquelé, l'approche de ses yeux, le repose, le reprend et le retourne.

– Il va me falloir mes lunettes…

Louis D'Armentière pose un troisième billet. Désiré Cottencin ânonne :

– « Odile, c'est une fille »… elle est bien bonne, celle-là ! Pour sûr que c'en est une, de salope !

– Vous la reconnaissez ?

Sur la photo, un bébé joufflu vêtu d'une liquette est assis sur un coussin de photographe.

– J'ai pas dit ça.

– C'est Odile, votre fille. D'Armentière vient de mentir, à dessein.

– Si vous le dites.

– Vous ne le croyez pas ? Vous avez des doutes ?

Il s'empourpre.

– Écoutez, je vais vous dire un truc, quand Germaine m'a dit qu'elle avait un pantin dans le caisson, j'peux pas dire que ça m'ait donné du tracas. Quant à savoir s'il était de moi, j'avais d'autres chats à fouetter à l'époque, et Germaine était du métier.

Il se tait, pensif. Penser renforce son air animal. Louis d'Armentière ne fait rien pour briser ce silence. Immobile, les mains posées sur ses genoux, le manteau boutonné jusqu'au cou malgré la chaleur, il attend.

Au fur et à mesure que les mots sortent de la bouche du vieillard, le ton s'élève, la voix prend de l'ampleur, se teinte de haine, de mépris, de violence.

« Mauvaiseté », avait dit Odile Cottencin. Ce terme, dans le cadre somptueux du palace, avait paru, à d'Armentière, être le signe de la vulgarité et de la médiocrité de son interlocutrice. Aujourd'hui, devant l'objet de son appellation, il prenait tout son sens.

– Si l'enfant… il hésite. Le manque d'habitude d'appeler un chat un chat a fait de lui un handicapé dans l'existence. Maintenant que sa vie a une échéance qu'il peut aisément prévoir, pour la première fois, il en souffre.

– Quoi, l'enfant ?

– Si l'enfant, reprend-il avec effort, n'était pas de vous… Avez-vous une idée… Il ne peut s'y résoudre.

Le vieux se penche avec brutalité. Louis d'Armentière se rejette en arrière, couvert de sueur. Une sueur froide, la peur.

– Pour sûr que j'ai ma petite idée, mais va falloir rallonger du bifton. À causer comme ça, ça donne soif !

– Je vous ai déjà payé, répond d'Armentière avec fermeté.

– Moi, ce que j'en dis, c'est pour vous… Je la connais, moi, l'histoire !

L'infirmière entre, accompagnée de trois ou quatre garçons de salle. Pendant qu'elle éteint un à un les néons, l'un des hommes s'approche et tire brusquement la chaise du vieillard en arrière, dévoilant à Louis d'Armentière une infirmité qu'il n'avait à aucun moment soupçonnée.

Désiré Cottencin semble sur le point d'étouffer. D'une voix tremblante, celle des premiers mots prononcés, il articule :

– C'était le youpin, pour ce que j'en sais… Je n'ai pas fini, je n'ai pas… Vous reviendrez, n'est-ce pas ?

Il ne peut achever sa phase ni se retourner sur le visiteur à qui l'on intime, sans ménagement ni politesse, l'ordre de partir.

Paris, Vél'd'Hiv, juillet, 1942

En se redressant, Adélaïde Meïer ressentit une vive douleur aux genoux. Cela fait des heures qu'elle est assise sur ces gradins d'infortune. Sans un mot, pleine d'indignation, au bord des larmes, elle enjambe les autres prisonniers jusqu'à parvenir enfin à un couloir, tout au bout de la travée.

À aucun moment elle n'a eu de regard envers les siens.

La chaleur est terrible. Elle a l'impression que la bouche de l'enfer s'est concentrée en ce lieu et les tient tous sous son souffle satanique. Les haut-parleurs se sont tus, les policiers sont terrés près des sorties, près des vestiaires, cherchant la fraîcheur illusoire de l'ombre.

Elle s'approche, craintive, recouvrant en ces quelques pas l'attitude effacée et modeste qui est la sienne depuis ses épousailles avec Albert Meïer.

Trois gendarmes sont assis autour d'une table étroite, bancale, où une bouteille de vin et des verres sont posés. Elle regarde le liquide qui, à travers le verre épais, semble aussi sombre que le sang. La soif la tenaille.

– Je… je voudrais parler à un responsable, dit-elle en levant le menton. Il y a une erreur, une effroyable erreur. Je voudrais… Elle fait un pas en avant.

Les fusils sont appuyés contre le mur. Un mur cloqué avec des inscriptions à demi effacées, des traces noires au niveau des épaules. Les gendarmes dévisagent cette femme qui, après deux jours et deux nuits d'enfermement, a encore de l'allure malgré la négligence de sa mise, les années qui marquent son visage, son cou, ses lèvres, et ses yeux clairs brouillés de larmes.

Au fond du couloir, des bruits de pas puissants.

– Les Boches ! souffle l'un d'eux, en se levant et en pointant son fusil contre le ventre de la femme.

Les nouveaux arrivants sont au nombre de six :

deux officiers, deux soldats portant de lourds registres qu'ils posent sur la table en jetant au sol, avec fracas, bouteille et verres, et deux civils.

Un des hommes, âgé d'une cinquantaine d'années, se présente comme le responsable de la Dienststelle Westen[1] : Kurt von Behr. Sous son imperméable, un uniforme de la Croix-Rouge et des bottes d'équitation admirablement lustrées. Un autre, jeune, le visage fermé, prend la parole pendant que le premier s'installe.

– Inspecteur Lambert, P.J.

Les gendarmes se mettent au garde à vous. Les officiers allemands continuent leur conversation, légèrement en retrait. Les deux soldats prennent place de chaque côté du couloir, doublant, à l'ombre, deux gendarmes qui se retrouvent ainsi exposés au soleil.

– Où est le gradé ?

– Le brigadier est allé en inspection.

Ils sont sûrs de leur coup, le môme est un bleu, tout inspecteur qu'il est. Il ne mouftera pas.

– C'est pour une opération spéciale, l'Einsatzstab Reichsleiter Rosenberg[2] (ERR) et la Dienststelle Westen…

1. La Dienststelle Westen est créée en 1942 ; elle a à sa tête le baron Kurt von Behr qui dirigera et organisera la Möbel Aktion (Opération meuble), vaste pillage systématique des appartements juifs « inoccupés » (meubles, objets, vêtements… qui seront envoyés en Allemagne). Trois camps annexes à Drancy seront ouverts : Lévitan, Bassano, Austerlitz. De nombreuses entreprises de déménagement seront réquisitionnées, pour mener à bien ces convois. Huit cents internés de Drancy séjourneront dans l'un des trois camps.

2. L'Einsatzstab Reichsleiter Rosenberg (ERR) créée par Rosenberg, est une administration dépendant du Parti national-socialiste, chargée du pillage des biens précieux (culturels) des juifs en Allemagne, puis dans l'Europe occupée.

– Inspecteur, inspecteur, c'est une erreur, je vais vous expliquer…

Adélaïde Meïer a abaissé le fusil qui la menaçait, a contourné prestement le gendarme et fait un pas en direction de Lambert.

Les deux soldats allemands se précipitent, et, avant que quiconque puisse intervenir, donnent un coup de crosse sur le visage de la femme qui s'effondre, sans une plainte.

Les Français n'osent ni un geste ni un regard.

La voix légèrement chevrotante, docte, de Kurt von Behr, un homme d'une rare élégance, aux tempes dégagées, au front haut sur des pommettes larges qui forment un triangle avec le menton, se fait entendre :

– Nous avons besoin de personnel. Un personnel qualifié, propre, sain… temporaire. Il ouvre l'un des registres : ah, voilà… Herr Rosenberg a mis sur pied, dans l'intérêt de notre grand Reich…

Son teint devient blême, personne ne semble l'écouter. Il poursuit, contenant sa colère : couturières, premières d'atelier, fourreurs, menuisiers, horlogers, cordonniers, radioélectriciens, potiers, contremaîtres, femmes de peine, emballeurs…

Il s'arrête soudain, sort un petit verre pliable de sa poche et, changeant de ton, s'adresse en allemand à l'un des soldats qui part en courant.

– Et, bien sûr, ces personnes doivent figurer sur la liste « des non-déportables », et présenter un certificat de non-appartenance à la race juive, émis par le Commissariat général aux questions juives de notre ami Darquier de Pellepoix. Il tord la bouche en une affreuse expression de mépris. Au mieux des demi-juifs, les autres, je verrai au cas par cas.

Ce fut l'odeur de fumée, épicée, inhabituelle, qui vint chatouiller les narines d'Adélaïde Meïer et l'amena doucement à l'éveil.

Elle avait peu connu son père. Et le souvenir de celui-ci, vite disparu, était resté lié, pour Adélaïde Ziegler, à une odeur semblable, épicée, flottante, en volutes légères, d'un mélange de tabacs aux noms incompréhensibles. Les noms, les mots, à cette époque, avaient la sonorité de contrées lointaines.

Un liquide chaud, apaisant, coulait sur sa joue, son corps reposait sur la fraîcheur du sol carrelé, par endroits brisé, dans ce boyau servant de couloir. N'eût été une douleur grandissante, l'inconfort de ses membres pliés, Adélaïde Meïer aurait pu oublier la condition qui était la sienne. Ses lèvres laissèrent échapper une plainte qui la ramena à la conscience.

Indifférent, l'un des soldats leva son fusil, prêt à l'abaisser de nouveau sur la prisonnière.

– Laissez, dit Lambert, nous nous en occupons.

Sa voix suspendit la conversation entre les officiers, arrêta la litanie monotone du technocrate. Tous se tournèrent vers lui.

Lambert, très vite, continua, faisant un geste bref aux gendarmes, en priant le ciel que ces derniers le comprennent.

– Cette opération, cette… Il ignora le terme – ces gens sont encore sous notre responsabilité.

Les gendarmes se précipitèrent sur la femme à terre, dont le visage tuméfié était recouvert de sang, et la soulevèrent sans ménagement. Lambert indiqua un recoin, des toilettes sans lumière, où le blanc des lavabos brillait à peine dans l'obscurité. Ils la traînèrent, Lambert leur emboîta le pas.

Adélaïde Meïer poussa un cri. Lambert lui tamponna la bouche avec son mouchoir et murmura aux gendarmes :

– Nettoyez-lui le visage, vous, retournez à votre poste.

La poitrine de la femme se soulevait de façon saccadée. Ses yeux roulaient, effrayés, son menton tremblait.

– Reprenez-vous. Pas un mot, pas un cri.

Lambert transpirait, sans pouvoir essuyer son visage, il lui avait donné son mouchoir.

Il revint, faussement indifférent, dans le couloir où les Allemands avaient été rejoints maintenant par une section armée de mitraillettes légères.

– Je suis prêt, herr kommandant, dit l'un des hommes.

L'officier donna des ordres. Les deux soldats se postèrent à intervalles réguliers, contre le mur, à un mètre environ l'un de l'autre. La porte du fond fut tirée. Un bruit de moteur se fit entendre ; le premier camion, un camion de déménagement, apparut.

– Vous ! dit-il en apostrophant Lambert, vous allez m'aider !

Lambert ne put retenir un mouvement de recul. Kurt von Behr plissa les yeux, sa voix devint sifflante :

– Il en va de votre intérêt, croyez-moi, et dans l'intérêt de vos juifs…

À la manière qu'il eut d'insister sur les mots, Lambert comprit qu'il l'avait entendu parler avec la femme.

Il ne voulait pas s'avouer vaincu.

– Je n'ai pas à…

– Écoutez-moi bien, mon jeune ami, là-dedans – von Behr fit un geste du menton – vous avez enfermé des milliers de juifs…

Les mots s'enfonçaient dans le cœur de Lambert.

– … hommes, femmes, enfants. Ils ne sont pas là pour… vous vous en doutez.

– Qu'est-ce que vous allez en faire ? Lambert ne pouvait pas les nommer. Il s'en voulut de l'inquiétude qui perçait dans ses paroles.

Von Behr haussa les épaules, baissa la voix. Lambert dut se rapprocher pour l'entendre, et cette complicité physique imposée le dégoûta.

– Je vous donne la possibilité de… comment dire ? Sauver… non, ils n'ont pas à être sauvés, ils sont coupables, mais de les détourner temporairement du but de leur misérable et malfaisante existence.

– Mais qui êtes-vous ? Lambert souffla ces mots comme un mourant exhale son dernier soupir.

L'officier ne répondit pas à sa question. Il l'ignora, parce que cela l'éloignait de son propos.

– La question est, et c'est la dernière fois que je vous la pose : est-ce que vous allez collaborer ? J'ai besoin de femmes et d'hommes de peine, d'emballeurs, de couturières, de fourreurs, d'encadreurs, d'horlogers, de brodeuses, tenez, voici la liste des métiers. Pas de vieillards, je veux des hommes et des femmes en bonne santé, en pleine force de l'âge. Pas de jérémiades, pas de plaintes… ah, j'oubliais : des non-déportables, bien sûr.

– Pardon ?

– Je vous en prie, ne faites pas celui qui n'est pas au courant. C'est dans toutes les circulaires officielles de votre gouvernement.

Lambert ne dit rien.

– Nous allons commencer l'appel, je peux le faire avec ou sans vous. Sans vous, il y aura plus « d'erreurs ». Nous n'avons pas le temps d'organiser des transports supplémentaires, le Reich ne peut attendre, le Reich est pressé.

Lambert ne pouvait s'y résoudre. À cause de la culpabilité qui s'insinuait dans sa tête, il ne voulait pas rendre les armes sans un effort qui ressemblerait de près ou de loin à un combat.

– Et elle ? demanda Lambert.

Il regarda en direction du vestiaire.

– Inutile.

Leurs regards s'affrontèrent. Que crurent-ils lire dans les yeux de l'autre ? L'illusion de forces opposées ? Lambert, lui, savait que l'on est toujours le perdant de quelqu'un, à un moment ou à un autre de son existence. Encore une fois, il refusa de l'admettre.

– Non.

– J'ai besoin de couturières, de lingères, de brodeuses… Débrouillez-vous. Vous avez moins de deux minutes. Nous commençons l'appel.

Il avait à peine atteint le lavabo que la voix monotone de l'officier se fit entendre :

– Levy, Finkielkraut, Goldman, Abramovitch, Weill, Dreyfus…

Adélaïde Meïer en entendant les noms mesura l'étendue de l'impétuosité de son geste. Et s'ils étaient, eux, appelés maintenant ? La laisseraient-ils les rejoindre ? À quoi rimait cette détention ? Cette brutalité absurde ? Ils n'avaient rien fait, absolument rien !

– Monsieur, s'il vous plaît.

– Taisez-vous.

Elle avançait vers le gendarme, il leva aussitôt son fusil.

Mon Dieu, comme si elle allait lui faire mal, comme si elle pouvait faire mal à qui que ce soit.

Elle recula contre le lavabo. Le rebord froid s'enfonça dans sa chair. Ce contact lui procura un bref soulagement, témoin d'une autre réalité que celle de sa peur, de sa douleur, de son désespoir.

Elle porta la main à sa joue, elle avait mal, si mal.

Chaque centimètre de son corps était douloureux : de ses chevilles enflées à ses bras, que nulle position ne parvenait à soulager, de ses reins à sa poitrine qui n'avait, jusqu'à ce jour, connu le moindre geste de violence.

– Je vous en prie… Elle s'affola et alla vers le gendarme qu'elle agrippa par la vareuse.

Il n'allait pas se laisser faire. Il en avait marre de se coltiner le sale boulot. Pourquoi était-ce lui qui se tapait la garde de la juive dans ce lieu dégueulasse, au lieu de s'en griller une bien tranquille dehors, au bon air ? Il avait oublié les heures interminables, immobile, la chaleur, le soleil brûlant, la poussière soulevée par des milliers de pieds raclant le sol, et cette puanteur de la peur qui se dégageait des gradins au fil des heures. L'homme du présent est toujours injuste.

Il la gifla avec force, deux fois, et quand sa main toucha pour la seconde fois la peau mouillée de la juive, un début d'excitation le galvanisa.

– Putain de youpins ! Putain !

– Dehors tout de suite ! Que je ne vous reprenne plus à frapper une… Lambert se tut.

Il saisit la femme par le bras, la mit debout brutalement. Il approcha son visage parcouru de soubresauts du sien. Lèvres tremblantes, dents ensanglantées, elle était incapable d'émettre le moindre son.

Il la traîna de lavabo en lavabo, à la recherche d'un peu d'eau pour lui laver le visage ; la rage, la colère, l'envahissaient sans qu'il puisse contrôler ses pulsions. Ce fut avec un reste d'eau croupie qu'il lui passa le mouchoir sur la figure tout en la bousculant. Il était pressé, le temps leur était compté.

– Ils ont besoin… Vous savez coudre ?

Adélaïde Meïer avait plongé dans un monde inconnu.

Tout au long des années qui avaient précédé ce moment maudit entre tous où elle avait jeté ses clefs dans les mains de cet homme horrible, le mari de Germaine, Germaine par qui le malheur était entré dans sa vie, ses jours avaient été empreints de la douceur de l'ennui où les sentiments sont noyés par les heures qui se suivent et toujours se ressemblent. À présent, chaque instant la rapprochait de l'enfer.

Elle en eut conscience en reniflant cette eau infâme, avec laquelle l'homme, jeune, aux yeux fous, lui frottait le visage, le nez, la bouche. De l'enfer, elle pressentait n'en connaître que l'antichambre.

– Ils ont besoin de couturières... Enfin elle comprenait les mots qu'il prononçait. Vous savez coudre ? Broder ?

Adélaïde Meïer avait reçu une excellente éducation domestique. Elle cousait, brodait, depuis l'âge de douze ans : du jour où elle était devenue femme et que sa mère avait décidé que l'enfance appartenait désormais au passé. Elle fit oui de la tête.

– Parfait. Vous êtes couturière, brodeuse professionnelle. Vous vous en tiendrez à ça, compris ? Il en va de votre salut. Il la secouait en parlant, comme on secoue un enfant pas très sage, avec l'espoir que le mouvement imprimé à son corps parvienne à son esprit.

– Oui, dit-elle en amorçant un mouvement de rejet.

Lambert s'arrêta et la regarda. Dans l'obscurité, malgré sa robe salie, ses cheveux défaits, sa lèvre gonflée et sa joue marquée par la main du gendarme, elle conservait une certaine prestance. Il pria le ciel : cette fois, il fallait qu'il réussisse.

– Vous vous en souviendrez ? Brodeuse, couturière.

Il la poussa dehors. Dans le couloir, le chaos était total. Les hommes, les femmes, les enfants, tout le monde criait, tout le monde protestait. Il se fraya un passage dans la cohue jusqu'à la table de l'Allemand, provoquant des hurlements, tenant Adélaïde Meïer devant lui comme un étendard, sa main s'enfonçant durement dans sa chair.

Von Behr leva les yeux.

– Ah, vous voilà ! Enfin. Il dévisagea la femme et un large sourire s'étala sur sa face. Ses dents, petites, très carrées, un peu écartées, ressemblaient aux dents d'un baigneur.

– Nous avons trouvé un moyen de collaborer, à ce que je vois… Qu'est-ce que j'inscris ?

Lambert eut envie de le tuer.

– Brodeuse, couturière.

Son écriture était ourlée, minuscule, compliquée et terriblement précise.

– Quel nom ?

Lambert serra le coude de la femme. Dans son dos, la file le bousculait. Une poussée aurait suffi à défaire, à détruire l'ordre représenté par ces quelques gendarmes, par cette escouade d'Allemands.

– Adélaïde Ziegler, épouse Meïer.

Von Behr leva les yeux et secoua la tête.

– Non, non, impossible… inspecteur, certaines personnes…

Lambert sursauta. Son front se couvrit de sueur.

– Son mari s'appelait Petitjean, ajouta-t-il précipitamment. Petitjean, le nom de la morte, l'une des trois mortes de Montreuil. Le premier nom qui lui était venu à l'esprit.

– Ah… alors, ça change tout, madame s'appelle Adélaïde Ziegler, épouse Petitjean, couturière. Ça change tout. Il laissa échapper un éclat de rire sec comme un coup de fouet.

Adélaïde Meïer leva les yeux au moment où l'homme écrivait une lettre et un nom dans la colonne, en face de son supposé nom : Petitjean. Sur un ordre, les deux soldats allemands la saisirent et l'entraînèrent vers la droite, dans le couloir violemment illuminé par des projecteurs et elle vit, distinctement, pour la première fois, le visage de l'inspecteur Lambert. Un homme jeune, ni beau ni laid, qu'elle n'aurait jamais remarqué en temps ordinaire.

Les autres, beaucoup d'autres, des Finkel, des Kahan, des Asher, des Alfandary, des Cohen, des Feldman, des Zylberstein, empruntaient, eux, le couloir de gauche qui conduisait vers la sortie, vers la lumière. Adélaïde Meïer épouse Petitjean se mit doucement à pleurer.

Varsovie, 1943

Il prit un train en partance pour Danzig, avec des papiers allemands au nom d'Heinrich Wilhelm. Il portait les vêtements de ce dernier, un médecin militaire qui se dirigeait ce matin-là, à l'aube, vers l'hôpital que quittait Zacharie Poletti, pour prendre son service après une semaine de permission. La première en trois ans.

Le docteur Wilhelm avait à peu près la même taille et la même corpulence que l'homme qui lui demanda du feu, sous un porche, mal fagoté dans un costume visiblement trop grand pour lui. Il pleuvait, une fine pluie d'été, habituelle dans cette région.

Un uniforme et des papiers en règle évitèrent à Poletti des contrôles trop poussés, et la lenteur du convoi lui permit de reposer un corps encore affaibli par la blessure.

Arrivé à Danzig sous un soleil pâle, Heinrich Wilhelm s'enfonça dans la ville et s'y terra en attendant un sort plus propice. Il avait de l'argent, du temps et la volonté d'effacer l'ombre qu'il avait laissée derrière lui à Varsovie.

S'il n'avait été si occupé par le présent, par les ordres à recevoir, à donner, le capitaine Coblenz n'aurait pas lâché Zacharie Poletti. L'aversion qu'il avait éprouvée en sa présence n'avait jamais atteint, même aux moments des plus durs combats, un tel degré d'intensité. Et quand son corps parvenait à trouver le repos, sa conscience le réveillait, le tirait du bref état de torpeur procuré par les pilules fournies par l'infirmerie, et le plongeait de manière irréversible dans les affres de la culpabilité.

Demain, se promettait-il alors. Et le lendemain était fait d'hommes, de soldats, d'ordres cruels et imbéciles, de cette guerre perdue d'avance entre son sens de l'honneur et celui du devoir à la patrie.

Quand tout fut fini, définitivement fini – ses rêves d'une Allemagne forte, digne, cette Allemagne qui devait enfin laver la grande honte de ses pères –, et qu'il se retrouva sur les bancs parmi les milliers d'accusés de Nuremberg, il fut apaisé.

Ce que Coblenz vit, entendit pendant ces heures d'audience interminables, ne lui fit jamais oublier le regard de Zacharie Poletti. En vain il le chercha parmi eux, les monstres, les assassins sanguinaires de l'ordre barbare.

Il ne savait pas. Ces mots ne réussirent jamais à franchir ses lèvres. Pendant le récit des rescapés, pendant les actes d'accusation, le capitaine Coblenz aurait voulu disparaître et mourir. Les images d'un Nuremberg du temps de l'espoir, du magnifique avenir allemand, dansaient encore devant ses yeux, lui qui se trouvait là, menotté, insignifiant, couvert d'opprobre.

Il fut condamné. Et à l'annonce du verdict de dix ans et un jour de réclusion prononcé par le tribunal, il s'effondra. Dix ans et un jour, comment allait-il vivre si longtemps sans connaître la vérité ?

Son seul espoir fut alors de retrouver Poletti dans ces cellules surpeuplées, sur ces bancs remplis d'uniformes dont la couleur vert-de-gris ou noire était entachée de sang dans toutes les mémoires.

Mais il n'eut pas la chance de revoir son visage fin, dur, ses lunettes rondes, cerclées de fer, son corps anguleux et ses yeux sans vie où s'était nichée une cruauté qui parfois illuminait son regard.

Et les jours passèrent, dans une autre routine, avec d'autres souffrances qui n'apaisèrent en rien le fer rouge qui brûlait ses chairs nuit après nuit.

Quand il recouvra la liberté, sept ans plus tard, sa peine ayant été commuée pour bonne conduite, il réprima un éclat de rire. Quelle autre conduite aurait-il pu avoir en prison ?

L'unique absolution était la mort, mais il avait manqué de courage, et une fois dehors, avec les vêtements civils fournis par l'Administration, il eut la tentation de disparaître.

Sa femme l'attendait de l'autre côté de la rue ; il la trouva vieillie. Un jeune garçon maladif était à ses côtés, sans doute son fils. Il ne le reconnut pas, tout comme eux ne le reconnaissaient pas non plus. S'il disparaissait là, maintenant, il serait libre. Il aurait l'illusion d'une liberté à laquelle il n'avait, de sa vie, goûté.

Est-ce que décider de faire ceci ou cela est un signe de liberté ? Faire ou ne pas faire ? Vivre ou mourir ? Où est donc la liberté pour un homme qui, par choix, a voué toute sa vie à l'obéissance ? Où trouver la rédemption pour un crime individuel et collectif dont la nature a dépassé l'humain ?

Alors il entendit son nom : « OTTO ! » et ces syllabes contenaient non pas de la joie, mais le soulagement animal d'une créature encore plus faible que lui.

Otto Coblenz ne comprit rien au monde qui l'attendait. Mais le jour passé, la nuit venue, il comprit encore moins ce qu'il avait fait de sa vie. Cette volonté, cette énergie, ces valeurs, ces dons qui avaient été les siens pour construire la monstrueuse grande Allemagne, se focalisèrent en un et unique nom expiatoire : Zacharie Poletti, l'assassin.

À la mort de son fils, victime d'un sordide règlement de comptes entre petits trafiquants, Otto Coblenz cessa de parler à sa femme qu'il jugea, de manière brutale et injuste, coupable d'une éducation pernicieuse ayant entraîné un Coblenz à sa perte.

À près de soixante ans, Otto Coblenz buvait, dormait quand il ne buvait pas, fumait tout ce qu'il trouvait, et occasionnellement battait sa femme.

Celle-ci le quitta à un moment où son degré d'alcoolémie devint tel que son regard de reptile n'allait pas au-delà du verre qu'il avait devant lui, et que, dans son cerveau incroyablement vivace, se dessinaient, se projetaient de manière ininterrompue les images de Treblinka, d'Auschwitz, de Bergen-Belsen, de Sobibor. Des noms qui n'avaient aucune autre réalité que celle de la culpabilité d'un alcoolique vieillissant.

Il arrêta de boire le jour où l'on découvrit, dans une petite ville proche de la frontière française, les scènes d'un carnage digne d'un conte de terreur. Ou du régime nazi.

Otto Coblenz s'infligea un sevrage violent, comme

si le manque qui emportait son cerveau aux confins des pires cauchemars pouvait contribuer à effacer son passé.

Quand il fut capable de se tenir droit dans la rue, il acheta un journal, puis un autre, et encore un autre.

Bientôt ils recouvrirent le sol de son salon, pièce où il vivait, mangeait, dormait. Il s'inscrivit à une bibliothèque et chercha, dans le Bottin, le nom de sa femme. Il ne pouvait imaginer qu'elle fût ailleurs que là, quelque part entre ces ruines qu'on laissait à l'abandon, quelque part entre ces murs gris de la ville que le soleil ne parvenait pas à illuminer.

Pendant des mois il lut tout ce qui avait trait à des crimes perpétrés dans les deux Allemagne et les pays alentour. Les journaux ne parlaient que de monstres, de criminels de guerre, de crimes contre l'humanité, de gens comme lui. Aucun autre crime ne retenait l'attention de journalistes, repus par tant de sang versé. Il en conçut une grande haine, un grand mépris pour ces charognards qui ne savaient pas voir l'essentiel.

Aucun crime ne portait la trace de son assassin, de Zacharie Poletti, si ce n'était celui-là.

Il voulut retrouver sa femme, lui dire la bonne nouvelle : il avait arrêté de boire, il partait sur les traces de l'assassin.

Otto Coblenz fut étonné de ne pas la trouver rapidement et un sentiment d'indignation insupportable l'envahit. Cette incapacité à résoudre un problème aussi simple le remplit de fureur et cette fureur le galvanisa.

Il avait toujours méprisé la famille de sa femme, d'incultes papistes remplis de superstition, enclins à la petitesse de vies vouées à la médiocrité. Mais il n'avait su résister à l'attrait de cette jeune fille dont la fragilité de constitution contrastait avec les femmes fortes, solides, de sa Rhénanie natale.

La modestie qu'elle affichait n'était que de la bêtise, la réserve de ses manières, qu'un manque d'éducation. Quant à ses penchants pour les hommes en robe, il avait cru, à tort, pouvoir vite l'en détourner.

Il se souvint d'une cousine, Gertrud. Gertrud Haseloff était toujours dans le Bottin. Sa femme devait être chez elle, elles avaient été aussi liées que les doigts d'une même main dans leur jeunesse.

Il ne s'annonça pas et se présenta chez Gertrud avec toute l'arrogance que donne une antipathie viscérale envers une femme qui, s'il lui reconnaissait un certain esprit, restait en tout point son inférieure.

Gertrud Haseloff habitait une maisonnette à l'arrière d'une église aujourd'hui en ruine. Il dut enjamber de gros blocs de pierre pour parvenir jusqu'à un minuscule jardin, pauvre mais soigné.

Il frappa à la porte, doucement. Son geste, tout d'abord empreint de violence, se ralentit de lui-même. Un mouvement furtif entre les plantes le fit tressaillir. Il attendit plusieurs minutes, frappa de nouveau, et comme rien ne se produisait, il se retourna pour partir.

Il commençait à pleuvoir. Des gouttes rondes, espacées, tombaient d'un ciel étonnamment clair pour une averse.

La porte s'ouvrit et le bruit qu'elle fit lui parut anormalement long. Ses sens, pourtant émoussés, libérés partiellement de l'alcool, recommençaient à fonctionner. Cette découverte le fragilisa ; il eut un haussement d'épaules comme s'il voulait se protéger alors que, sur le seuil, Gertrud Haseloff le dévisageait en silence.

Il se mit à transpirer. La femme qui avait les yeux fixés sur lui, était, avec vingt ans de plus, la même qui lui avait dit, le jour de son mariage, au milieu des agapes et des félicitations : « Quand ma cousine découvrira qui est réellement l'homme qu'elle a épousé, eh bien, elle sera surprise. Bien moins, cependant, que lorsque vous-même découvrirez ce qu'il y a en vous. »

Il avait ri, pour se donner une contenance devant ces mots, ni insultants ni accusateurs. Il les avait récusés, effacés, jusqu'à ce jour. Il y a des paroles qui jamais ne disparaissent.

Otto Coblenz eut envie de fuir. Au lieu de cela, il articula, sous la pluie maintenant drue :

– Je suis Otto, Otto Coblenz.

Et comme elle ne disait rien, il continua, la voix brisée par l'humiliation.

– Otto… le mari de… Il ne put achever.

Gertrud Haseloff s'était reculée dans la pénombre, et lâchait, comme une aumône :

– Je sais.

Elle disparut à l'intérieur et il la suivit. Une puanteur atroce saisit ses narines. Des mouvements furtifs agitaient l'obscurité, parfois un éclat, une zébrure de lumière, et le bruit ténu des pas de la vieille femme s'éloignant.

Il arriva dans une cuisine étroite, toute en longueur, où rien ne traînait, malgré cette odeur nauséabonde qu'il ne parvenait pas à identifier. La femme lui tournait le dos, s'affairait et ne se préoccupait pas de lui.

– S'il vous plaît…

Elle ouvrit un placard, sortit des gamelles en plastique, en aluminium cabossé, de vieilles boîtes de conserve récurées. En un instant, il fut entouré de chats : il y en avait sur l'évier, sur l'armoire, sur la petite table dans le coin, sur la cuisinière à charbon. Imperturbable, elle versait une pâtée grumeleuse ici, de l'eau là. Ouvrait des paquets faits dans du papier journal d'où elle sortait des os de poulet, des arêtes de poisson, des déchets de toutes sortes qu'elle avait dû, en ces temps de pénurie, aller chercher au fond des poubelles, le dos droit, le pas lent et fatigué.

Il n'osait bouger, ses mouvements étaient passés au crible par des dizaines d'yeux de félins qu'il sentait prêts à bondir.

Otto Coblenz parla longtemps. Il voulait, il devait, il essayait, il savait. Il, il, il. Tout son être meubla l'espace pendant que les chats broyaient, déchiquetaient, avalaient, feulaient, lapaient. Et quand, enfin, un siècle plus tard, ils furent rassasiés, seulement alors Gertrud Haseloff lui fit face.

– Je sais.

Et il comprit qu'elle ne lui dirait rien de plus, qu'il ne reverrait pas sa femme, et qu'il avait perdu toutes les chances de trouver le pardon.

Vaincu, Otto Coblenz se lança à la recherche de son assassin pour expier les crimes pour lesquels, quinze ans plus tôt, un tribunal à Nuremberg l'avait condamné, bien avant qu'il se condamne lui-même.

Jadis, il appuyait sur un bouton et un soldat accourait pour prendre ses ordres, ceux qu'il donnait par téléphone mettaient tout en branle : les lettres étaient aussitôt écrites, les missives portées, les déplacements assurés, à n'importe quelle heure du jour ou de la nuit, par tous les temps et en toutes circonstances. Le capitaine Otto Coblenz était au centre d'un dispositif de pouvoir où il était dieu.

À présent, vieilli, malade, seul, Otto Coblenz n'était plus rien. Il pleura de frayeur, de désespoir devant ce qu'il croyait être la plus terrible des injustices. Il commençait seulement à payer.

La nuit, il se réveillait toutes les heures, regardant

fixement la pendule parfois éclairée par la lumière froide de la lune, dans l'espoir qu'il était enfin le moment de se lever et d'échapper ainsi à l'immobilité de sa mort certaine. Mais son cerveau était devenu l'horloge de sa conscience et celle-ci marquait chaque heure du sceau de l'angoisse. Il se levait épuisé, tremblant, en proie à de violents maux de tête que des marches à pied interminables et sans but parvenaient à peine à atténuer. Otto Coblenz se savait condamné, il entreprit de mettre de l'ordre dans sa vie.

Il nettoya les deux pièces qui constituaient son intérieur, le salon envahi de journaux, la chambre pleine de linge sale, de bouteilles vides, la cuisine au sol collant de crasse, l'évier débordant d'assiettes sales, de nourriture avariée recouverte de moisissure.

Il s'efforça de sauver ce qui pouvait l'être, luttant contre la nausée que lui provoquaient la vue, l'odeur, le contact de ce que son passé et sa couardise avaient corrompu.

Il gratta, racla, désinfecta. Chaque verre, chaque assiette, chaque casserole. Plus il avançait dans les strates de la saleté, plus son sommeil s'améliorait.

Bientôt il ne ressentit plus le besoin impérieux de partir marcher à la dérive. Son intérieur était devenu l'ennemi à vaincre. Sous la crasse, il découvrit des meubles, des affaires, des souvenirs. La vie revenait.

Il dut jeter, sacrifier. On ne s'encombre pas quand il faut s'envoler. Chaque acte avait valeur de purification.

Boire un café dans une tasse, l'une de celles que sa femme avait un jour choisies, lui procura un réconfort inusité. Se coucher dans les draps propres, rugueux, de son lit, fait dans les règles de l'art militaire, lui offrit sa première vraie nuit de sommeil.

Il acheta des provisions, de celles faites pour tenir

un siège, riz, haricots, thé, café, et commença à lire méthodiquement tous les journaux qu'il avait rassemblés. Il en fut dépité au bout du compte, les meurtres passionnels, les vengeances, les parricides, les rixes, ressemblaient peu à l'homme qu'il avait eu moins d'une heure devant lui tant d'années auparavant.

Une autre routine s'installait, qui comblait ses jours à défaut de ses nuits redevenues à nouveau la proie de l'insomnie. Levé, lavé, rasé bien avant la lumière de l'aube, Otto Coblenz sortait de chez lui, été comme hiver, et traversait la ville. Indifférent aux gens, aux ruines qui, peu à peu, disparaissaient, aux uniformes étrangers qu'il croisait, il gagnait la grande bibliothèque, où, jour après jour, il parcourait la presse étrangère.

Sa connaissance des langues de l'Ouest datait de ses jeunes années. La lecture, dans le texte des classiques des lettres françaises et anglaises du temps où il était lycéen, l'aida dans la compréhension de la langue facile, universelle, de la réclame journalistique.

Il s'était interdit de regarder certaines photos, de lire certains titres, mais la réalité de ce passé, encore si présent, crevait les yeux, l'attirait comme un aimant. Des mois durant il fut poursuivi par les images atroces de ce qu'il avait contribué à faire. Il n'y avait aucune pitié dans ses yeux, aucune honte, encore moins de remords, seulement la stupéfaction, la douleur de cette découverte tardive. Il appartenait à une nation qui avait engendré des monstres, des montres comme lui.

Dans chaque camp, dans chaque image du passé, il cherchait son assassin, seulement lui, parmi les bourreaux. Son travail fut long, laborieux, décourageant ; mais il rythmait ses jours, lui donnait un but autre que le suicide immédiat. Par peur de la mort qui rôdait, Otto Coblenz avait décidé de se supprimer.

Quand il eut tout lu, ce fut un autre homme qui rentra chez lui. Un homme qui avait levé un coin du voile avec une courte liste de crimes où il avait cru reconnaître la signature de Zacharie Poletti.

Avant de fermer définitivement sa maison, il retourna chez Gertrud Haseloff.

C'était le printemps, c'est toujours le printemps quand le cœur est léger. Longtemps il frappa à la porte, mais personne ne vint lui ouvrir. Les vitres étaient recouvertes de poussière et le jardin de mauvaises herbes.

Combien de temps s'était-il écoulé depuis sa dernière visite ?

L'église était presque reconstruite. Au plus fort de la misère, de la faim, du désespoir des hommes, Dieu a toujours l'habitude d'être servi le premier.

Il regarda longtemps les ouvriers casqués s'affairer autour d'un édifice qui n'avait aucune particularité architecturale ou artistique. Il contourna le chantier et se trouva devant la porte ouverte d'un petit cimetière. Il y entra. Un vieil homme dormait derrière une petite table pliante, un registre devant lui.

– Je cherche…

Au son de sa voix, l'homme se réveilla ; automatiquement il ouvrit le livre. Son doigt parcourut la liste de noms face auxquels une lettre et un numéro étaient attribués.

– Tout le monde cherche quelqu'un, dit-il laconiquement.

Otto Coblenz n'osa rien dire de plus. L'homme fit un geste du menton.

– Là-bas, toutes les nouvelles tombes sont là-bas.

– Merci.

Il se dirigea vers le lieu indiqué, à pas lents, et sans aucune difficulté trouva une tombe récente dont il ne prit pas la peine de lire les dates, au nom de Gertrud et d'Alberta Haseloff, sa sœur, qu'il avait peu connue, et de Dorotea Coblenz, née Haseloff, sa femme. Qu'il avait, en fait, encore moins connue.

Paris, rue Danrémont, 1942

Maurice avait tenu parole. En y repensant, il se demanda ce que toute cette amabilité cachait. Désiré l'avait toujours connu cossard, et voilà qu'il avait traversé tout Paris pour venir le retrouver, là-haut, au fin fond de la petite ceinture, et lui parler.

Quand Maurice s'était pointé, il suait comme un goret. Pestant d'être interrompu, il était allé ouvrir, l'autre avait failli démolir la porte de ses poings.

– À la bonne heure ! Ça m'aurait fait mal si j'étais venu pour rien ! fit Maurice en s'essuyant le front. Tu m'offres le coup ?

Désiré lui tourna le dos et avança vers la cabane à outils. À l'intérieur, soigneusement dissimulés par des chiffons, les cageots de sa récolte. Elle avait été bonne, cette année, avec ces chaleurs qui serraient le col du bourgeois depuis le printemps, ça avait poussé comme sur la Côte. C'est pas qu'il était allé sur la Côte, mais il l'avait entendu dire.

Comme l'autre était collé à ses basques, plein d'une curiosité malsaine, et qu'il n'avait aucune envie de lui filer ne serait-ce qu'une cosse de petit pois, il bloqua l'accès avec son dos que l'animosité et la méfiance élargissaient.

Désiré se retourna brusquement, une bouteille à la main, et avança, bousculant Maurice sans ménagement, pressé de l'éloigner.

– Oh, Désiré, tu me bouscules !

Lâchée comme une plaisanterie, la phrase renfermait une menace voilée.

– On sera mieux là-bas pour boire, fit Désiré en cadenassant la porte.

Le regard de Maurice enveloppa le jardin, à peine trois mètres sur quatre, de terre sèche, de plants sans fruits.

– Alors, elle est comment, ta récolte ?

Désiré savait qu'il ne pouvait pas lui en raconter. Il biaisa.

– Boulottée.

Maurice n'insista pas. Il n'allait pas se battre pour un kilo de patates et trois laitues. Remarque, ça lui aurait fait chaud au cœur en un sens, un geste, entre amis. Mais il gardait à l'esprit ce qu'il allait pouvoir soutirer au Désiré. Il ricana. S'il continuait ainsi, assis sur son tas de betteraves, avec son attention fixée dessus, le magot allait couler dans sa poche. Il but au goulot un blanc âpre, encore frais.

– Pas mauvais, pas mauvais du tout, fit-il, connaisseur. Quand on veut de la qualité faut y mettre le prix.

Le ton était raide mais le pire était passé, tous deux le savaient. Maintenant, on pouvait parler. C'était une grande opération, pas pour tout de suite, mais fallait voir loin, surtout avec les Boches.

– C'est pour rendre à la France les biens usurpés par la coalition judéo-maçonnique.

– Hein ?

Maurice récitait parfaitement la leçon, ou du moins ce qu'il en avait compris.

Maurice l'avait immédiatement repéré. Quand on est cafetier, faut avoir l'œil.

Cinq fois il l'avait vu dans la semaine au Madrigal,

et chaque fois entouré d'huiles. Commandant à tout-va, sans regarder à la dépense, s'isolant pour parler.

Il s'était fait la réflexion qu'il ne s'appelait pas Maurice si, avec ce lascar, il n'y avait pas de pied dans la chaussette.

Avec tact, discrétion, il avait commencé sa cour.

– C'est pour la maison, avait-il dit quand le type avait demandé son café le lendemain.

Le troisième jour, il lui avait offert le croissant. Après ça, il tenait à essuyer lui-même la table et à lui donner du feu.

Un mot par ci, un mot par là, le geste qui rend service, la phrase qui donne à penser, au bout de deux semaines de ce petit manège, Maurice était sûr que le type jouait gros, et que le pactole qu'il avait entre les mains était énorme.

Édouard Gaillard avait vite compris comment fonctionnait le taulier. Il appréciait à sa juste valeur ces personnalités brutes, où seul l'appât du gain revêt d'intelligence un regard d'ordinaire animal. Alternant la familiarité, la peur et l'humiliation, Édouard Gaillard avait trouvé en Maurice un parfait homme de main pour l'opération.

Maurice savait s'y prendre. Muet comme une tombe quand il le fallait, déployant une ingéniosité sans bornes, il devançait les demandes, obéissait sans poser de questions ; en un mot, il était l'homme de la situation.

– Et maintenant, on s'organise : on cherche, on trouve, on évacue, on évalue, on vide, on trie et hop, dans la poche !

– Comprends pas, fit Désiré.

– C'est pourtant simple. Il s'agit de récupérer les biens spoliés par les juifs et les francs-maçons.

– Tu l'as déjà dit.

Maurice voulait lui en mettre plein la vue, au Désiré, rapport au pays.

– Je vais te la faire courte, je te présente les gens et tu vois par toi-même.

Désiré le regarda, soupçonneux.

– Qu'est-ce que j'y gagne ?

– M'enfin, je t'dis qu'il y a moyen de se faire le pactole au passage. C'est comme dans tout, quand c'est trop bien huilé, on peut y glisser la main et soustraire un bout !

– Ça me va.

Maurice le dévisagea avec mépris.

– Faut te nipper, hein ? Pas question de venir en bouseux, c'est des pointures, des hommes du monde !

Désiré ne dit rien, hésitant à lui foutre sur la gueule. Il se retint, l'unique barrière qu'il connaissait à sa violence était l'argent.

Il lui donna rendez-vous le lendemain au Madrigal, où Édouard Gaillard tous les matins prenait ses aises.

Maurice ne ferma pas l'œil de la nuit. Qu'allait dire M. Gaillard ? Comment prendrait-il son initiative ? Le Désiré pouvait se montrer un vrai casse-couilles quand il s'y mettait. Maurice transpirait, il finit par se lever, l'estomac tout retourné par la peur.

À pied d'œuvre bien avant six heures, il était d'une humeur massacrante. Et s'il n'y avait pas eu une telle affluence ce matin-là, à trois ils suffisaient à peine, il aurait explosé. Il n'en finissait pas de récriminer contre l'Eugène qui, sans réfléchir, avait donné la corbeille de viennoiseries et le pain blanc au tout-venant, en servant les petits noirs, les ballons de blanc, les crèmes. Il ne se rendit pas compte de l'arrivée concomitante de l'équipe de l'ERR et de Désiré, caoutchouc boueux et casquette vissée bas sur le front.

Il ouvrit la bouche, n'en croyant pas ses yeux.

– Putain, Désiré, j't'avais dit…

Désiré Cottencin avait le regard des mauvais jours. S'il y avait bien une chose qu'il ne supportait pas, c'était qu'on lui dise quand et comment il fallait pisser. Au dernier moment, il s'était défait de ses habits du dimanche et avait revêtu les hardes du jardinage. Une chemise sans col, un tricot et un pantalon informes qu'il rentra dans ses bottes. Même pas les frusques qu'il portait pour travailler chez les youpins. Des vêtements qui n'étaient pas du goût de la bourgeoise. La juive levait les yeux au ciel quand elle le voyait débouler avec le tablier blanc chiffonné sur sa veste, la chemise retroussée.

L'exclamation de Maurice attira l'attention d'Édouard Gaillard. Désiré Cottencin était planté au milieu de la salle, menton levé haut en un geste de défi que soulignaient sa mâchoire carrée et ses joues non rasées.

Maurice se mit à trembler et, le visage empourpré, parcourut la distance qui le séparait de la table où les cinq hommes, trois Français et deux Allemands, étaient installés. Il se perdit dans des explications sans fin, où les mots or, bijoux, tableaux, tapis, fourrures, furent prononcés à maintes reprises, entre des hoquets de pure terreur dans un silence sépulcral.

Quand il fut à bout de ressources, Maurice se tut, se balançant d'un pied sur l'autre, furieux d'une situation où son infériorité s'étalait au grand jour devant Désiré, son obligé, et le personnel du Madrigal qui n'en perdait pas une miette.

On fit signe à Désiré d'approcher. L'établissement s'était vidé et il ne restait plus au bar que les sempiternels ivrognes faisant durer leur fine ou leur ballon de rouge.

Comme personne ne l'invitait à s'asseoir, Désiré saisit une chaise d'une table voisine et prit place en retrait du cercle.

Édouard Gaillard promena ses yeux inexpressifs du visage baigné de sueur du cafetier à celui, plein de fureur, du nouvel arrivant. Un bref éclat de rire claqua dans l'air. Il dit à Maurice de s'éloigner et prononça la plus longue phrase jamais entendue dans sa bouche :

– Il va me plaire, ton ami. Bravo !

Humilié, Maurice retourna au bar d'où il garda l'œil sur son pays, qui, encore une fois, le trahissait.

Pendant un temps, il lui en voulut. Désiré ne lâchait mot de ce qui se tramait. Il était revenu, le lendemain, revêtu d'un grossier costume en laine bien trop chaud pour la saison, et s'était assis à leur table, comme si de rien n'était…

Un soir, Désiré arriva au moment de la fermeture, un peu avant le couvre-feu et, sans plus de façon, posa sur le zinc quelques coupures qu'il lissa de ses gros doigts pas très propres et lâcha, avec toute l'amabilité dont il semblait être capable :

– Aujourd'hui, c'est moi qui paie le mousseux !

Le ressentiment de Maurice fut atténué par cette manne providentielle et régulière, qui, si elle ne changeait rien à son train de vie, pansa son orgueil bafoué et lui insuffla le courage nécessaire pour offrir ses services à M. Gaillard.

– Toutes les bonnes volontés sont les bienvenues.

Il faisait chaud, poisseux, et ce plâtre irritait la peau de Germaine qui n'en pouvait plus du carcan que le bon docteur lui imposait, sous prétexte d'une guérison durable.

– Très chère, lui disait-il, employant à dessein ce vocable, car en flattant la dame il parvenait à amadouer la bête, cette immobilisation est le garant de votre rétablissement !

– Mais ça va faire dans les six mois ! Et de se mettre à compter sur les doigts le passage du temps depuis le jour où Désiré lui en avait mis une et était parti la remplacer chez les Meïer.

Elle regarda ce bon docteur qui commençait à se défaire en douce, lui jetant de petits regards anxieux, mine de rien, son front étroit recouvert de sueur. Elle était bonne fille et toujours prête à la besogne, mais à cet instant précis, c'était au-dessus de ses forces.

Quand il fit un pas dans sa direction, Germaine cria. Le docteur se mit aussitôt sur elle de peur de voir sa « bonne fortune » se flétrir, mais elle renouvela l'exercice vocal et déclencha une crise de pleurs chez la petite.

Germaine le repoussa sans ménagement, se mit debout avec difficulté en ahanant, claudiqua à l'autre bout de la pièce jusqu'au berceau agité par les sanglots de l'enfant et, d'une voix dure, apostropha l'homme, un très petit homme, dépité et pantelant.

– Ta gueule, la morpione ! Quand je vous disais qu'il était temps… ce truc, ça me gratte et ça part en couilles !

Elle continua à secouer le moïse et, comme l'enfant cessait de geindre et regardait sa mère avec un bon gros sourire, elle lui glissa un doigt dans sa bouche. Odile le suçota avidement.

Le docteur, vexé, se rajusta et chercha un moyen

de récupérer l'emprise intellectuelle nécessaire pour assurer à nouveau sa supériorité de médecin et de mâle.

Il ne trouva pas grand-chose. Le sang bouillonnant de frustration, il émit quelques « hum », « je… » et autres raclements de gorge significatifs, avant de rendre définitivement les armes, d'ouvrir sa trousse, de saisir une longue pince recourbée et une scie miniature en disant :

– Eh bien, chère madame, puisque vous insistez, je vais me plier à votre désir et vous ôter le plâtre. Mais en tant que professeur en médecine, je dois vous mettre en garde…

Il ne put finir la phrase car la porte s'ouvrit brutalement et Désiré Cottencin fit son apparition, un rictus à la bouche.

– C'est pour quoi, là ?

Il y avait une menace dans la question, une violence contenue prête à bondir, dans le geste qu'il fit du menton pour désigner les mains ballantes du docteur et son attirail.

– C'est, c'est…, bafouilla le praticien, pour le plâtre de votre épouse.

– Pas besoin.

Cottencin lâcha les sacs qu'il portait et s'avança vers Germaine.

– Quand je te dis, tu te tiens.

Il le dit. Germaine se tint et, sans autre effort qu'un souffle puissant sortant de sa bouche, tel celui du buffle ou de tout autre animal sauvage, il arracha le plâtre. La jambe de Germaine apparut, blanche, maigre, zébrée de veines bleutées.

Elle cria de surprise plus que de douleur et, vacillante, s'écroula.

Désiré Cottencin regarda le toubib puis la jambe de

sa femme dont la nudité indécente agressa son bas-ventre. Il chercha dans sa poche, sortit un billet roulé en boule qu'il jeta en direction du médecin pétrifié, saisit Germaine à bras-le-corps, la bouscula sur le lit et, sans refermer la porte ni ôter ses vêtements, la prit en poussant des grognements de satisfaction.

L'affaire fut conclue avant que le docteur se fût ressaisi et eût rangé ses affaires.

Il était resté là, bravant la terreur physique que cet homme lui inspirait, les yeux exorbités, fasciné par les coups de butoir qui agitaient les fesses, le bassin, le dos de Désiré Cottencin, homme rustre, vulgaire, qui lui était inférieur, tellement inférieur. Il attendit que l'acte primitif soit achevé, essayant de se persuader que sa fascination avait plus à voir avec une curiosité d'entomologiste qu'un penchant voyeuriste malsain.

Désiré Cottencin eut une dernière secousse avant de s'effondrer. Un temps mort pendant lequel le médecin eut peur de respirer. Puis l'homme se dressa, ajusta sa chemise, et se dirigea vers l'évier.

– Vous êtes encore là, vous ?

Germaine se leva et, croyant être aussi légère qu'un ange, fit deux pas et s'affaissa. Le docteur se précipita.

Cottencin se lavait les mains, le cou, le visage à grande eau.

– Bas les pattes ! Eh, toi, fit-il le dos toujours tourné, maintenant que t'es guérie, tu ferais mieux de te laver, tu pues !

Germaine se mit à crier de rage, mais ses insultes n'entamèrent en rien la bonne humeur de son mari.

Demain, il retournerait pour la dernière fois chez les juifs. Et après, ce sera la belle vie !

Il refréna son envie de causer, la Germaine, c'était plus ce que c'était, trop maigre, trop mauvaise, il commençait à fatiguer. Chaque chose en son temps, pour l'heure, il était content et il paya le coup au docteur.

Celui-ci n'osa refuser, trop heureux d'être toujours en vie après un épisode semblable. Si la brute était arrivée cinq minutes plus tôt... Il frémit rétrospectivement et se lança dans de grandes explications sur le thème qui lui tenait tant à cœur : la récupération des biens français par la France du Maréchal.

Désiré ne perdait pas un mot de ce qu'il entendait. Il voyait se dessiner au milieu de la phraséologie creuse et grandiloquente du clampin, des possibilités, des occasions qu'il n'avait pas encore envisagées, ni ses nouveaux amis non plus. Encore moins Maurice.

– Et vous faites docteur chez les juifs ?

Le toubib sursauta. Il se mit à trembler, furieux contre lui-même, contre sa propension à trop parler, à se vanter. Il ouvrit la bouche, décidé à sauver sa peau à n'importe quel prix. Cette brute était un homme dangereux.

– Je... jamais, je suis un bon Français...

Il fouilla compulsivement dans la poche interne de sa veste, sortit un portefeuille, à la recherche de cartes, de preuves.

Désiré l'arrêta net en posant sa main sur son avant-bras.

– M'en fous, c'est pas ça, ce que je vous demande. Vous y allez ou pas, chez les juifs ?

Il vrilla son regard dans le sien, jusqu'à anéantir toute velléité de dissimulation.

Le médecin déglutit. Désiré Cottencin interpréta son geste comme un assentiment.

– Parfait. Et un large sourire s'étala sur sa face. Je vous paie un autre coup pour fêter ça.

Ne buvant jamais une goutte d'alcool, le docteur

Simonot avala avec reconnaissance le rouge râpeux. Bientôt ivre, euphorique, il raconta à la brute ce qu'il savait, et s'engagea à l'avenir à tout lui dire sur ses visites en tant que médecin. Les occupants des maisons, juifs, opposants, et toute famille dont l'origine, la pureté des intentions, pourraient laisser planer l'ombre d'un doute sur leur loyauté à la France du Maréchal. Et dont les biens seraient rapidement monnayables.

Désiré Cottencin, satisfait, tapa sur l'épaule du toubib.

– Vous n'aurez pas affaire à un ingrat, ça, vous pouvez compter là-dessus, et d'ici là, je vous tiens à l'œil.

Paris, 1942

Gare d'Austerlitz, Édouard Gaillard franchit les contrôles sans difficulté.

Il a passé la nuit dans le train et n'a pas réussi à dormir.

Trop de défiance autour de lui, trop d'insomnies, de regards apeurés, de soupirs, de traits tirés, de corps tendus. Les arrêts dans les gares, dont on ne sait jamais quand on va repartir, qui va repartir. Et l'aube qui vient, qui n'apporte aucun réconfort, mais seulement un certain abandon, une lassitude qui s'étend et rassemble, parce qu'il n'y a pas de meilleure alternative à la peur que l'oubli.

Il ne peut bouger de son siège, le couloir est encombré de corps et il ricane intérieurement. Jamais, dans un pays occupé, les gens n'ont autant voyagé.

Tout en lui est retenue, grisaille, obscurité. Dans sa mise, dans son regard en biais, dans l'aile du feutre un peu trop grand, écran entre lui et les autres.

Il n'est pas neuf heures du matin quand il franchit la porte du troquet de l'autre côté du boulevard.

Pas de silence à son entrée, le silence est déjà là, épais, pesant. Deux soldats allemands sont attablés près de la vitre et parlent, lui font des sourires qui se perdent dans l'air confiné de l'établissement.

Édouard Gaillard ne répond pas à leur salut et gagne la confiance du cafetier qui s'empresse.

– Un noir. Et un croissant.

L'homme le regarde, navré.

– Plus de croissants. Une tartine ?

– Beurre ?

– Confiture, c'est ma femme qui la fait.

Il mange avec appétit. Le café est coupé de chicorée, la confiture manque de sucre.

– C'est bon.

– Je le lui dirai. Ça lui fera plaisir. C'est les dernières pêches…

Il laisse la phrase en suspens et jette un regard courroucé vers les soldats qui finissent la corbeille de croissants.

Édouard Gaillard hésite. La solution serait d'aller s'asseoir à leur table, de sortir ses papiers allemands et de leur servir une histoire qui le propulserait dans les sphères où la corbeille de croissants est un dû. Mais il n'en a pas envie, pas tout de suite. Il veut se fondre, effacer son ombre.

– Bon voyage ?

Le bistrotier enchaîne, comme si le silence était dangereux.

– Tourisme ? Affaires ?

Édouard Gaillard a un bref mouvement de recul, sa main se crispe sur l'anse de la tasse.

– Je vous remets ça ?

– Oui. C'est chaud.

– À défaut d'autre chose ! Il hausse le ton : avant, ah, si vous étiez venu avant… Peut-être êtes-vous passé prendre un petit noir, avant…

Édouard Gaillard fait non de la tête.

– Dommage, parce qu'il y en avait du monde qui venait au Coin du Départ pour son petit noir ! Et il volait pas son nom, vous pouvez me croire, que de l'arabica, monsieur, du pur arabica des colonies. Vous pensez, face à la gare, j'en vois qui défilent…

Édouard Gaillard souffle sur le liquide et demande une autre tartine.

– Avec de la confiture, la der des ders…

Il s'essaye à un sourire qui n'égaye en rien son visage.

– On voit que vous êtes connaisseur. Ce n'est pas pour me vanter, mais une confiture avec des pêches comme ça, vous n'en goûterez pas souvent ! Ce sont des pêches du mur.

Et de lui expliquer une histoire sans intérêt, sur un mur à pêches, à Montreuil, « Le Roi-Soleil… ».

– Ça vous poserait un problème si je vous laissais ma valise, juste le temps de faire un tour en ville ? Édouard Gaillard rejette son feutre en arrière, tourne significativement les yeux vers les soldats avant d'ajouter :

– Pour me faire une idée, là, dehors, vous voyez ce que je veux dire ?

Le cafetier à qui on ne la fait pas hésite. Si tu crois que tu peux t'en tirer, mon coco, avec ta valise pour deux petits noirs tartine, tu te fourres le doigt dans l'œil.

– La consigne est très surveillée, lâche Édouard Gaillard, renouvelant son regard insistant sur les Schleus. Il pose de la monnaie sur le zinc et continue :

– Si je mets la valise derrière le bar, ça vous irait ?

– Merde alors…

Les soldats se lèvent et se dirigent vers la porte. Il se précipite derrière eux, de mauvaise humeur. Il en a trop dit, trop fait. Il ne retournera pas chercher la valise. Il se contentera des affaires de sa besace. Les pièces, les bijoux, les papiers, sont à l'abri dans ses poches, dans ses semelles.

Les Allemands dépassent le Jardin des Plantes, bavardant, s'amusant à traîner leur revolver sur les grilles, réveillant les fauves, créant l'affolement parmi les antilopes, les cigognes, les oiseaux, ceux qui n'ont pas terminé leur vol dans une casserole.

Édouard Gaillard les observe avec curiosité et change d'avis, décide de ne pas les aborder. Il attend le moment propice, marche à une distance respectueuse.

Ils traversent la Seine, contournent Notre-Dame où des soldats prennent des photos. Les Français filent doux, malgré la tiédeur de l'air, la lumière qui se reflète sur l'ardoise grise des toits.

Paris ne l'a jamais intéressé. Cependant, il lui reconnaît un vivier infini d'opportunités.

Près du quai des Orfèvres, l'agitation est intense. Des voitures entrent, sortent, des motards, des hommes en civil, en uniforme, qui se croisent, se jaugent, parfois se saluent. Et cette fourmilière où se joue le pouvoir le fascine.

Il ne veut pas se presser. Il lui faut se trouver une tanière, devenir invisible.

La journée s'est presque écoulée quand il gagne les Grands Boulevards où il retrouve ce monde interlope, mélange de petits trafics, de petites gens et de grandes espérances, qui lui est familier.

Tout a changé, et pour la première fois il remarque la puissance de l'Occupant. C'est aussi la première fois que ce mot prend place dans son esprit. Il boit un coup ici, mange un morceau là, traîne jusqu'au couvre-feu, moment où, pris au piège d'une autorité qu'il a ignorée, il suit une vieille tapineuse hors d'usage jusque dans un hôtel de passe, la tue, écœuré à l'idée que celle-ci puisse le toucher, et s'allonge à même le matelas.

Il a payé une nuit entière au gargotier qui l'a regardé sans cacher son étonnement. Par peur que le pigeon ne change d'avis, il a posé une clef et saisi promptement les billets.

Édouard Gaillard dort, profondément, le corps de la femme enroulé dans un drap, sous le lit.

Quand il ouvre les yeux, il se sent en pleine forme. Il quitte les lieux d'un pas tranquille sans prendre la peine de refermer la porte. Il sait que personne n'ira se préoccuper d'une vieille prostituée à qui il vient d'épargner bien des misères. La rue est la plus dure des punitions.

Les jours qui suivent sont riches en renseignements. Édouard Gaillard marche et observe. Il teste ses jeux de papiers, change de vêtements et noue au fil des rencontres, du hasard, des relations, des connaissances, qui lui seront utiles.

Il est retourné au café d'Austerlitz, il est toujours utile d'humer les fumets qui viennent des deux rives. Il est accueilli en habitué, cela ne lui plaît guère, mais le risque l'excite.

Il accepte un cordial, lâche trois mots, de ceux que les hommes aiment entendre, et reste là, jusqu'à la fermeture, au bout du zinc, à l'affût de ce qui pourrait se présenter. Il mange une omelette et complimente le cafetier avec retenue, mais avec des accents de sincérité.

L'homme s'en trouve flatté, en confiance. Il fume une des cigarettes de ce curieux client qui l'attire et auprès de qui ses paroles, toujours les mêmes, trouvent un écho particulier.

Quand le cafetier chasse les derniers pochards et va pour refermer le rideau de fer, Édouard Gaillard pose un gros billet sur le comptoir, sans faire mine d'attendre la monnaie, puis saisit sa valise.

Le cafetier l'arrête d'un geste, baisse le rideau, tire les volets et, avec un sourire, sort le pâté, le pot de rillettes et les cornichons avec deux assiettes.

– Prends donc une boutanche, là, à gauche, la réserve du patron ! Maintenant, on va fêter ça !

Ils s'attablent tous deux, à la lueur d'une bougie, et font un sort aux victuailles entre soupirs de satisfaction et mots de tous les jours.

– Mon nom est Raoul, fait le bistrotier en s'essuyant la bouche, Raoul Petitjean. Je parie que t'as pas d'endroit où crécher.

Édouard Gaillard reste vague.

– J'en étais sûr ! Si ça te dit, si t'as pas d'ordres pour ce soir de qui tu sais… je t'emmène chez moi, à Montreuil.

Comme il ne répond pas, Raoul Petitjean, ravi, s'exclame :

– Tope là ! c'est une affaire qui marche.

9

Paris-Capdenac, 1987, Vél'd'Hiv, 1942

Lambert paie. Ne vient-il pas de passer une heure à parler ? Des mots, des silences et encore des mots, sans aucune réponse, aucune lumière. Rien. Ni même l'apaisement momentané et trompeur que procure la confession.

Il paie sans voir l'homme qui, des années durant, n'a pas su le guérir de ses fantômes. Ils restent tous les deux silencieux, vaincus par un constat qui les unit dans l'échec. Il va pour se lever.

– Vous n'avez pas essayé les antidépresseurs ?

Lambert sourit.

– Je vais vous faire une ordonnance. Ces molécules donnent de bons résultats dans bien des cas, quand… Il se tait et se réfugie derrière le carré immaculé de la feuille. Souvent, cette médication aide à franchir le cap.

Dans la rue, dont chaque pavé lui est devenu familier, la prescription en poche, Lambert ne sait où diriger ses pas, accablé, enchaîné à un passé trop lourd pour ses forces. Il se raccroche au présent et entre dans une pharmacie.

La boîte de médicaments achetée, tout s'enchaîne. Il retourne chez lui, prend un sac de voyage où il jette deux ou trois vêtements de rechange et se dirige vers la gare d'Austerlitz avec un seul nom en tête : Louise Petitjean.

Par chance, un train est à quai, prêt à partir. Il s'installe dans un compartiment vide.

La destination de Capdenac n'est sans doute pas commercialement intéressante pour la régie, les voyageurs n'ont pas le droit à un train à grande vitesse. Lambert plie son pardessus pour en faire un oreiller, et cale son dos du mieux qu'il peut, presque joyeux, réjoui devant la perspective d'une nuit blanche. Le train s'arrête à Orléans-les-Aubrais, Vierzon, Limoges, Brive.

C'est un train pour solitaires, sans wagon-restaurant. Au-dessus des sièges, les cadres métalliques où trônaient les photos en noir et blanc d'une France perdue sont vides, laissant la place aux souvenirs. À une forme de liberté.

Ses paupières deviennent lourdes avant que le train s'ébranle. Des images traversent son esprit, il ne sait si c'est un rêve ou la réalité. Il sent les secousses des roues, les essoufflements, les entrechoquements des wagons, cette odeur particulière que le système de chauffage exhale comme une haleine familière que l'on ne peut plus qualifier de bonne ou de mauvaise, qui réveille d'autres souvenirs. Ici et ailleurs. Chéris et honnis. Auxquels on ne croyait plus, parce qu'ils ont été remplacés, ensevelis par un présent sans cesse renouvelé, et qu'ils ressurgissent là, soudain, et s'évanouissent brutalement au passage du chariot des boissons chaudes.

– Boissons chaudes, rafraîchissements, *sanduiche*…

L'employé qui pousse le chariot a un curieux accent. *Sanduiche*.

Lambert n'a pas faim, juste un papillonnement des paupières, de minuscules étincelles devant ses yeux. Il se sent en forme.

– Qu'est-ce que vous avez comme *sanduiche* ?

Il appuie lui aussi sur cette dernière syllabe qui le rend de bonne humeur. L'employé se penche, inspecte d'un doigt poilu le panier métallique, agite les papiers Cellophane, comme s'il allait découvrir une nouvelle saveur.

– Nous avons poulet-crudités, jambon-crudités, rillettes, saucisson et fromage.

– Quoi, comme fromage ?

– Gruyère, camembert, ce que vous voulez.

– Jambon-gruyère ?

Nouvelle inspection, négation de la tête.

– J'ai là poulet-crudités, jambon-crudités, rillettes…

– Fromage, je prendrai un fromage.

– Camembert ou gruyère ?

– Qu'est-ce que vous me conseillez ?

L'employé hausse les épaules.

– Dans ce cas, le premier qui vous tombera sous la main. J'aime toujours laisser une part au hasard.

L'employé le regarde avec réprobation et Lambert regrette aussitôt sa sortie.

– Mettez-moi un saucisson en plus, la nuit, ça creuse.

Maintenant, l'employé approuve.

– Un quart de rouge. Et une pomme. J'ai vu que vous aviez des pommes, en bas.

L'employé se baisse et dépose le fruit sur la tablette.

– Pour le café, je verrai plus tard.

– Vous ne verrez rien du tout, je ne repasse plus. Il n'y a personne dans le train.

– Ah, bon ! Je prendrai un café alors, avec du sucre et du lait. C'est dû à quelque chose en particulier ?

L'employé fait la moue avant de répondre :

– Je ne devrais pas dire ça, mais qu'est-ce qu'ils ont dans la caboche, là-haut, à la direction, hein ? Avant, je dis pas, mais maintenant, qui voulez-vous qui aille à La Souterraine ? Ou à Saint-Denis près Martel ? Hein ?

– Avant, *combien* avant ? Il a repris le phrasé vieillot du cheminot.

– Qu'est-ce que j'en sais, moi ! Tout ce que je sais, c'est que du temps d'avant, deux services ne suffisaient pas à contenter tout le monde, et c'était pas du genre à consommer du n'importe quoi sous plastique – il donna une chiquenaude aux Cellophane dressés comme de bons petits soldats dans la panière –, mais de vrais casse-croûte, avec de la bonne charcuterie, de bons fromages.

Lambert crut voir son regard s'embuer et il se sentit envahi de respect pour cet homme plus très jeune, qui avait dû passer une bonne partie de sa vie, de ses nuits, à arpenter ces couloirs étroits, projeté contre les parois au gré des secousses d'un train menant toujours aux mêmes villes, imprimant à sa chair ces coups légers, inattendus, contre lesquels il n'y a nulle défense. Souvenirs qui, cette nuit, mouillaient son regard à l'évocation de ce qui n'était plus.

– C'était une autre époque, dit-il.

L'employé fit un bref mouvement de la tête et annonça le prix.

– Eh ben…

– Tenez, prenez-en un autre, fit le cheminot, gêné. Il jeta sur la banquette un sandwich, dont la mayonnaise déborda sous le plastique.

– De toute façon, c'est poubelle, ajouta-t-il.

Lambert l'entendit s'éloigner, sa voix à l'accent particulier annonçant la marchandise : « *sanduiche*, boissons fraîches, boissons chaudes, en-cas, sucrés, salés, dernier service, *sanduiche*, boissons… », brouillée par les cliquetis du convoi.

Lambert se leva brusquement et sortit dans le couloir désert, la poitrine oppressée. L'employé se retourna, tout au bout, et le regarda avec gravité avant de disparaître.

La nuit maintenant se dressait contre les vitres. Noire, avec parfois de brefs éclats de lumière, des scintillements froids et lointains.

Il resta longtemps le front appuyé contre la vitre, le regard perdu dans l'obscurité du paysage en fuite. Le train commençait à ralentir. Les bruits de la machinerie se firent plus aigus, les secousses plus fortes. Les roues grinçaient sur les rails avant l'arrêt définitif. Il avait su, pour les trains. Des bruits, des rumeurs. Il ne les avait jamais vus. Si, peut-être une fois. Maintenant, il était difficile de faire la part entre la vérité et la mémoire collective.

Le train freine de plus en plus, les lumières se multiplient, il peut distinguer des maisons, des parkings, des zones industrielles, des hangars. Il se rejette en arrière et entre brusquement dans son compartiment, tire les rideaux, verrouille la porte, le cœur battant à l'idée qu'un voyageur égaré puisse pénétrer dans cet espace chaud, à l'air empuanti par le fromage, la mayonnaise, l'œuf dur, étalés sur la banquette.

Il éteint et se tapit tout au fond, vulnérable et ridicule alors que le train s'arrête dans une gare, dont il ne parvient pas à saisir le nom. Ces trois minutes d'arrêt lui semblent les plus longues de sa vie.

Adélaïde avait fini par comprendre que quelque chose d'important se jouait là, devant elle. Elle demeurait immobile, ses yeux allant de l'un à l'autre, cherchant une réponse, une solution que l'inspecteur Lambert ne pouvait lui offrir. Puis elle avait dit oui.

À côté de son nom, qu'elle avait eu du mal à articuler,

l'officier avait écrit un autre nom, inconnu, alors qu'elle était déjà entraînée, sous la lumière crue des néons.

Lambert demeura là, à attendre. Il voulait savoir, comprendre le geste qu'il venait de faire, en mesurer les conséquences.

Avec une douceur empoisonnée, Kurt von Behr leva les yeux, grimaça un sourire et, d'une voix très basse qui l'obligea à se pencher, dit :

– J'ai noté Petitjean, c'est bien français, Ziegler, épouse Petitjean. Il eut un bref éclat de rire et redevint sérieux.

– Ainsi votre protégée n'aura pas d'ennuis. Brodeuse, couturière, juive épouse d'un français, elle répond parfaitement aux normes.

Lambert regarda la femme, seule dans le couloir, gardée par quatre soldats. Les noms s'égrenaient lentement dans les haut-parleurs. À l'intérieur, des hommes, des femmes, des enfants, se bousculaient, pressés de rejoindre la sortie, la rue, leur ville.

Un bruit de moteur se fit entendre. Von Behr en fut irrité.

– Bon, nous avons perdu assez de temps comme ça. Vous allez collaborer, oui ou non ?

Lambert baissa la tête.

– Venez à côté de moi. Voici la liste. Vous avez compris ? Des gens dans la force de l'âge, des professionnels, et, bien sûr, des non-déportables.

Comme l'inspecteur le regardait, interloqué, von Behr eut un rictus de mépris.

– Ce sont vos lois, les lois de votre pays. Si cela ne tenait qu'à nous... il n'y aurait pas de conjoints d'Aryens. Les demi-juifs, cela n'existe pas ! Et quant aux épouses de prisonniers de guerre...

Ce fut long, exténuant. Les interrogatoires, la demande

de certificats, de papiers, il n'y avait aucune place pour l'erreur, l'approximatif. La machinerie nazie se montrait implacable et habituée à tout broyer sur son passage. Le désarroi de ces gens qui ne comprenaient pas, les heures, les jours passés sans explication, sans nourriture, sans soins, avaient brisé toute résistance, toute velléité de révolte. Ces familles, ces vieillards, tous perdus, tous pareils, comme lui, Lambert, qui pinaillait, exigeait, accomplissait parfaitement son travail de flic pour la première fois dans sa vie. Et cette rigueur, nouvelle, cette rapidité de réaction, ses réflexes aiguisés par la fatigue, l'angoisse et la peur lui permirent de dépasser tous les sentiments embarrassants, toutes les incertitudes et lui donnèrent une assurance qu'il n'avait jamais eue.

Cet après-midi du premier jour officiel de la Möbel Aktion, quelques dizaines de femmes et d'hommes furent sélectionnés et envoyés au Lager-Ost[1], à Lévitan.

Un cri déchirant s'éleva dans l'air au passage des Meïer. Elle les avait vus, Albert, son père, son fils.

En entendant le cri, Lambert accéléra les procédures, glissant quelques mots à l'oreille de l'officier qui ferma les yeux, hurla un ordre. Le petit groupe, tremblant, chercha, affolé, la provenance de la voix si familière. Il fut poussé vers la sortie sans qu'aucune question ne leur fût posée.

Kurt von Behr eut un vrai sourire, tapota l'épaule de Lambert. Celui-ci recula, horrifié, comprenant soudain la portée de son geste, de ces mots qui avaient établi plus que tout ce qu'il avait pu faire auparavant, une complicité qui signait, aux yeux de tous, sa collaboration.

1. Lager-Ost (camp est : rue du faubourg Saint-Martin). L'immeuble Lévitan était, à l'origine, l'un des magasins de la marque Lévitan, dont le propriétaire, Wolf Lévitan, était juif.

Au bord de la nausée, Lambert se réveilla.

Il n'aurait jamais dû manger les trois sandwichs, il n'avait pas faim. Il les avait avalés, l'un après l'autre, sans mastiquer, dans l'espoir d'étouffer l'angoisse qui se terrait au fond de son ventre.

Il voulut boire le café froid où le lait surnageait en auréoles graisseuses. Il eut un haut-le-cœur, le renversa sur son pantalon, se mit à trembler, les larmes aux yeux. Il avait froid, terriblement froid.

Le train, maintenant, se traînait. Lambert, lui, frissonnait, incapable de se lever, de prendre son manteau pour se couvrir, la jambe gauche mouillée. Il regarda sa montre. Quatre heures dix. Quatre heures dix n'est pas une heure, dans la nuit, pour être éveillé.

Pourtant, c'était bien la nuit, sans doute un peu plus tôt ou un peu plus tard, il n'avait pas vu le temps passer, et quand la lumière rose de l'aube de cet été 1942 avait incendié le mur de son bureau, quai des Orfèvres, il avait éteint le Flex, comme à regret, et refermé le dossier.

Il ne savait rien de plus. Pas l'ombre d'un mobile, d'un suspect. Seulement un lieu, Montreuil, près du mur à pêches.

Mais un lieu désert vaut un autre lieu désert. Aucune signification particulière à cela, ni à l'heure du forfait. Sans doute la nuit, encore, beaucoup de crimes sont commis la nuit, et ces trois jeunes filles, Georgette Malivoine, Louise Petitjean et Régine Desmarquets étaient certainement des voisines. Leur jeunesse, leur tragique destin, restaient un défi. Une bataille perdue qu'il essayait, cinquante ans plus tard, de livrer. Sans une seule chance de gagner. Il le savait. À Angers il avait tout lâché et tourné le dos à l'unique possibilité de renouer le fil.

Lambert regarda son visage dans le reflet de la vitre. Il ne reconnut pas le vieillard qui le fixait. À qui il pouvait dire : je m'en fous, je m'en fous de ces filles, de ces mortes. La justice, je n'y crois pas. L'assassin, à l'heure qu'il est, doit être mort ou peu s'en faut.

Il rit. Peut-être avait-il son âge. On ne s'imagine pas un assassin de son âge. Tout comme soi, qui mange, dort, a soif, a froid, parle avec les autres, noue des relations. Qui a peut-être une famille, un père, une mère, aimants, dont les portraits ornent les murs des chambres et des salons.

Lui, il n'a aucune photo de son père. Il n'en a jamais eu. S'il en avait eu une, il l'aurait brûlée.

Pendant des années il a souhaité sa mort, et un jour il a décidé qu'il était mort. De ce mort aussi il se fichait.

L'évidence l'avait anéanti. Il avait commencé à payer le psy toutes les semaines, pendant des mois, des années. Il se demandait à présent pourquoi. Comme cette enquête pathétique.

Sans doute parce qu'il n'avait rien de mieux à faire. Le vin et les cigarettes, ce n'était pas suffisant pour raccourcir le temps.

Il n'était sûr que d'une chose : il n'avait pas le courage nécessaire pour se supprimer.

Et cette nuit, à quatre heures dix du matin, dans ce train qui le menait à Capdenac où il arriverait vers six heures, il partait sur la trace de Louise Petitjean, décédée à dix-sept ans, à une époque où les morts violentes étaient programmées par l'État.

Lambert a toujours été un bon fonctionnaire. À deux mois de la retraite, il peut être fier de ses états de service.

Paris, place de la Madeleine, 1987

Quand Louis d'Armentière revient à l'hospice, il s'est écoulé plus d'une semaine.

Cottencin l'accueille le visage fermé, les yeux mi-clos, la bouche serrée, les bras croisés sur sa poitrine.

Depuis que le mort est venu lui rendre visite, Cottencin a exigé en hurlant une chemise repassée tous les jours. Ses cris lui ont procuré une grande satisfaction. Il s'en est pris à celles qu'il sent plus faibles, moins promptes à résister.

Cottencin s'est tenu dans le hall pendant des heures. L'infirmière, la Gorgone, l'a laissé faire, amusée.

Elle ne sait pas ce qu'il a, mais elle sait à coup sûr que le visiteur est malade, d'une de ces maladies qui vous emportent, joli mot pour une réalité autrement plus cruelle, après vous avoir fait souffrir le martyre tous les jours que Dieu fait. La maladie, la souffrance, sont des amies fidèles, de celles qui ne vous abandonnent jamais.

Plusieurs fois par jour elle vient, l'observe et lui demande avec sollicitude : alors, monsieur Cottencin ? Toujours là à attendre ? Il n'est pas venu aujourd'hui non plus ? Elle rit du visage affaissé par la déconvenue du vieil homme. Combien de temps va-t-il tenir ?

Qu'elle ait une parole aimable est si rare qu'il va pour lui répondre. L'inquiétude, le désappointement, gonflent sa poitrine. Il lui faut maintenant parler, soumettre son point de vue, il a bien dit qu'il allait revenir, pourquoi n'est-il pas revenu ?

Le mort voulait savoir des choses ? Il pouvait lui en raconter. Si remuer les vieilles histoires lui fait plaisir… Parce que pour lui, le passé c'est le passé, rien à en tirer. S'il ne vient pas, il ne saura jamais. Tout est une question de choix dans la vie.

C'est la dernière fois, mais alors là la dernière fois qu'il se dérange pour l'attendre. Il est occupé, il a un programme à respecter. S'il croit avoir affaire à un de ces vieillards esseulés qui donneraient n'importe quoi pour de la compagnie, il se trompe.

– C'est tout de même bizarre qu'il ne vienne pas, n'est-ce pas ? Comment qu'il a dit qu'il s'appelait, déjà ?

– Comment ça, vous ne vous souvenez déjà plus, monsieur Cottencin ?

Le sourire de la femme est perfide.

– Il va falloir que je le signale au docteur, monsieur Cottencin, il va falloir revoir votre médication, c'est vraiment dommage…

Elle part d'un grand éclat de rire, semblable en tout point à un coup de fouet.

Louis d'Armentière a lu et relu tous les documents que son père lui a donnés, mais il n'a pas compris. De longues listes d'objets, des reçus, parfois des billets de transactions bancaires en anciens francs, et les deux photos, celle d'Odile Meïer-Cottencin et l'autre. La terrible : il a beau l'examiner à la loupe, aucune indication ne laisse deviner le nom de la place, de la ville. Rien non plus sur l'identité des trois hommes. Des uniformes de simples soldats, des vêtements d'époque, pour le troisième.

Il a voulu revenir voir Désiré Cottencin dès le lendemain, mais il en a été incapable, en proie à de violentes douleurs à la tête, presque une paralysie faciale, à des vomissements à répétition et puis cette faiblesse extrême, les membres qui n'obéissent plus, les vertiges, le dos, la poitrine, broyés par une main dotée d'une force herculéenne. Cette fois, les médicaments tardent à agir. Il demeure prostré sur son lit de camp, un jour entier, deux jours, peut-être plus, il perd la notion du temps, sans doute s'est-il évanoui.

Quelle différence entre l'évanouissement et le sommeil si ce n'est la rapidité à sombrer ? Entre le sommeil et la mort ? Peut-être va-t-il mourir ainsi, en glissant de l'un à l'autre, sans conscience. Et là, il aura tout raté.

Il se lève en un sursaut de volonté surhumaine. Trop faible pour se risquer dehors, il décide de passer au crible l'appartement de la Madeleine.

Dans la salle à manger, il commence par débarrasser la table de tous les détritus qui l'ensevelissent, et, sous plusieurs couches de nappes en plastique, a la surprise de mettre au jour un meuble en acajou massif, oval, marqueté en son centre, en parfait état.

Le buffet est plein : assiettes en Duralex rayé, verres à moutarde, panières publicitaires, couverts en fer-blanc. Des bouteilles, poisseuses, entamées, des liqueurs gluantes comme du sirop, et des litrons qui exhalent le vinaigre. Au-dessus, des dizaines de figurines témoignent du mauvais goût de la femme de la maison.

Il songe qu'il ne sait rien de Mme Cottencin, Germaine.

Il boit avidement une bouteille d'eau minérale. Il est épuisé, mais ne peut supporter l'idée de s'en aller avant qu'il l'ait décidé. Dans sa famille, l'important dans la mort c'est le quand et non le comment, contrairement à ce que la majorité des gens pensent. Tous inégaux dans la vie, tous inégaux devant la mort. Pourquoi en serait-il autrement ?

La chambre matrimoniale dévastée ne lui apprend rien. Tout a été fouillé, des tables de nuit jusqu'à l'armoire où pendent des guenilles sales. La commode, tiroirs renversés, est quasiment vide. Là aussi, des sous-vêtements douteux au Nylon jauni, des bas dépareillés.

La mise à sac a été faite dans les règles. Par qui ? Pourquoi ? Odile Cottencin elle-même ? se demande-t-il avant de perdre à nouveau connaissance.

Il fait nuit quand il ouvre les yeux au milieu du linge de Germaine Cottencin. Il n'a pas besoin de cela pour avoir un haut-le-cœur et vomir.

Il abandonne là sacs-poubelle et détritus, et se réfugie dans la chambre, propre, spartiate où, assis devant la fenêtre ouverte, il se laisse bercer par le bruit des voitures, le regard perdu dans les colonnes du temple qui porte le nom de la plus grande pécheresse de la chrétienté.

Des klaxons, des néons, des lumières de phares qui se croisent, et le froid, enfin, qui l'envahit, l'emplit de frissons, le rend à la vie.

Louis d'Armentière prend son manteau, une poignée de billets, et sort. Sur son palier il n'y a qu'une porte, l'appartement des maîtres.

Il a chaud, soudain il étouffe. Sans doute a-t-il appuyé sur le bouton de l'ascenseur, car dans un bruit de machinerie vieille d'un siècle, voilà que la cabine, lentement, se met en branle. Une cabine d'un autre temps, avec son banc recouvert de velours rouge, des glaces ouvragées en forme de tulipe et des accoudoirs en bois sombre, lustrés par des milliers de mains émerveillées par le progrès de la science. Il pousse les grilles et se glisse à l'intérieur, prend place sur le banc et appuie sur le dernier bouton. L'ascenseur s'élève jusqu'au cinquième et dernier étage. Quatre portes et un escalier étroit qu'il s'oblige à grimper. Chaque marche est une épreuve. Ce sont les chambres de service qui, alignées, s'offrent à ses yeux. Il avance lentement et le silence amplifie le bruit de ses pas. Où frapper ? Il n'y a aucun nom sur les portes.

Il croit entendre des bruits, une musique. Il s'immobilise, la main levée. La musique s'arrête. Une odeur, un fumet de curry parvient à ses narines.

Il frappe alors, une fois, deux fois. Sous la porte, la lumière s'éteint. Impatient, il frappe à nouveau, plus fort, et le silence s'installe.

– Ouvrez, écoutez-moi…

Sa voix résonne dans le couloir vide aux portes fermées. Un rectangle blanc de petite dimension éclaire le sol. Il dit à nouveau « ouvrez », mais sans grande conviction.

Au bout du couloir, l'obscurité. Il a peur, une peur légère, bien légère, en regard de celle de l'homme, derrière l'huis, qui écoute et se tait, le cœur au bord des lèvres.

Il quitte les lieux, offensé, blessé, hésitant, jette un œil rapidement sur les plaques du cinquième, des sociétés.

Il entre dans l'ascenseur, s'assoit, pousse le bouton et ferme les yeux. De nouveau le bruit, puis la secousse de l'arrêt. Il hoquette, un renvoi acide lui brûle la langue. Depuis combien de temps n'a-t-il pas mangé ? Il a si peu faim.

La lumière s'éteint. Il a eu le temps de sortir sa clef et essaye de trouver la serrure, en vain. Il tâtonne. Le tapis de sol semble plus usé, comme s'il y avait eu beaucoup de passage. Il s'approche du témoin lumineux, le presse, la lumière claque, la minuterie s'enclenche et il perçoit, nettement, le bruit, minuscule, inexorable, du mécanisme en marche.

Face à la porte, les clefs lui tombent des mains. Là aussi, une plaque en bronze terni, piquée de vert-de-gris où un nom s'inscrit :

G.O.T. D'ARMENTIÈRE & E. GAILLARD
Associés
Le nom de son père, son nom.

Sept longs jours se sont écoulés avant que Louis d'Armentière retourne à l'asile. Il a maigri mais il ne souffre plus, grâce à la morphine. Le médecin a renâclé à augmenter les doses, il a évoqué une hospitalisation. Louis d'Armentière n'en a cure.

Cette fois, il connaît les règles. Il a pris des billets de cinq francs. S'abaisser aux pièces serait une faute de goût. Il emporte des cigarettes, des petits cigarillos, il n'a pas osé prendre les cigares. Et au cas où, une fiasque de cognac, du mauvais, de celui qu'on utilise pour la cuisine, ce sera toujours assez bon pour le vieux.

Dans un sac un premier tri de papiers, la photo d'Odile Meïer-Cottencin, son laissez-passer. L'autre photo, il la garde dans son portefeuille, pour plus tard.

Il retrouve Cottencin dans la même salle, arrimé à la même place, vieilli, lui semble-t-il, la mise négligée. Un aide-soignant l'accompagne, pas d'effet d'annonce, cette fois. Louis d'Armentière prend Désiré Cottencin au dépourvu.

– Bonjour.

Cottencin lève les yeux et ne peut empêcher son visage de s'éclairer.

– Je croyais bien que vous ne reviendriez plus, lâche-t-il, sans pouvoir cacher son contentement.

Louis d'Armentière a la tentation de la victoire facile mais renonce aussitôt. Il n'a jamais su mesurer l'étendue du mal et gagner ne l'intéresse pas.

– Je suis là, maintenant.

Désiré Cottencin a un mouvement de rejet.

– Je ne suis pas aveugle !

– Je peux m'asseoir ?

Cottencin hausse les épaules, ferme son visage, crispe la mâchoire. Le soulagement qui l'envahit n'a d'égal que la rage qui l'étreint. Depuis quand, lui, Désiré Cottencin, se réjouit-il de la présence d'un clampin ? C'est, foutre Dieu, une misère que de vieillir !

Et voilà que le mort sort la photo, allonge un billet de cinq francs, mine de rien.

– L'autre fois, c'était dix.

– L'autre fois, c'était l'autre fois. Aujourd'hui, c'est cinq.

Pour un peu, il exhalerait un soupir de satisfaction. Louis d'Armentière garde les yeux baissés, la partie est ferrée.

– Je vous ai dit tout ce que je savais sur cette garce !

– Répétez-le-moi.

Il obéit, à contrecœur. Mais faut bien commencer, et Désiré Cottencin aime réécrire l'histoire à sa façon, comme tout le monde.

– Qu'est-ce que vous voulez savoir ?

– Vous saviez qu'Odile n'était pas de vous ?

– Je m'en foutais. De moi ou d'un autre client, ça ne changeait rien. La Germaine, son métier c'était la rue. La rue d'où je l'ai tirée. Parfois j'm'dis, t'aurais mieux fait de l'y laisser !

Il abat son poing sur la table.

Louis d'Armentière sursaute. Le vieux émet un éclat de rire contenu qui dément la brutalité de son geste.

– Et les morpions, ça vient toujours avec un pain sous le bras, à ce qu'on dit !

– Ce fut le cas ?

– Nan ! Même pas bonne à ça, la grosse ! À brailler, à biftonner, mais pour ce qui est du pèze… foutre Dieu ! Heureusement, j'ai toujours su me débrouiller dans la vie !

– Qu'avez-vous fait ?

– Vous êtes flic ?

– Non.

– Alors, si vous avez une autre question, faut montrer la couleur de votre argent. Sinon, vous pouvez appeler le taulier, j'reste pas là pour vos beaux yeux !

D'Armentière s'exécute, il sent le vieux dans de bonnes dispositions. Il place deux billets et un paquet de cigarettes, des Camel filtre.

Désiré Cottencin a un rictus de dépit.

– Je ne fume que des menthol, c'est bon pour les bronches. Vous y penserez, la prochaine fois ! Avant de les ramasser promptement.

– Comment gagniez-vous votre vie ?

– Je me débrouillais.

– Vous étiez au service des Meïer, non ?

– Holà ! Jamais de la vie ! Vous rigolez ? Moi, boniche chez des youpins ?

– Mais vous étiez bien chez les Meïer au moment de…

– Non.

D'Armentière n'insiste pas. Ce n'est pas là où il veut en venir.

– L'appartement, place de la Madeleine, vous avez dû… c'était à vous ?

– Pour sûr que c'était à moi. Si la grognasse vous l'a refourgué, c'est bien parce qu'il était dans la famille, non ?

– Un bien de famille, alors ?

Cottencin acquiesce.

– Même à l'époque il devait valoir cher, comment avez-vous pu vous en rendre acquéreur ?

– Je l'ai pas volé, si c'est ça que vous insinuez !

– Comment gagniez-vous votre vie, monsieur Cottencin ?

– Vous m'avez déjà posé la question.

– Vous ne m'avez pas répondu.

– Ça vous regarde pas ! Est-ce que je vous tanne avec la façon dont vous menez votre barque, moi ?

L'agitation l'envahit, une sourde colère qui se transforme en haine. Une haine familière.

– C'est quoi, votre nom, déjà ? Parce que ça m'étonnerait qu'à moitié si…

– Je ne vous l'ai pas dit, fit d'Armentière, doucement.

– Il me l'a pas dit, il me l'a pas dit ! Ça, c'est la meilleure ! Il m'prend pour un con, maintenant !

Les cris de Désiré Cottencin agitent les autres pensionnaires. Des gémissements se font entendre. Un surveillant déboule, l'air mauvais.

En le voyant, Cottencin lève les bras.

– Ça va, ça va, j'me calme !

– À la prochaine, c'est le dortoir !

Le vieux se rapproche de la table.

– C'est dégueulasse, à la moindre incartade, ils vous attachent au lit et vous y laissent. Plus d'un il a clamsé ! Plus d'un ! Une larme d'apitoiement perle au coin de son œil.

Louis d'Armentière sort un billet de cinquante. La douleur se réveille, il faut faire vite, les jérémiades du vieux ne l'intéressent pas.

Cottencin est soufflé. Le mort ne montre aucune compassion à son égard. Mais c'est une sacrée somme. Il a un pincement au cœur.

Autrefois, il brassait de grosses sommes, il n'avait pas peur de montrer son rouleau de billets, attaché par des élastiques, comme les maquignons du pays. De belles, grosses coupures, pas du petit chiffre.

Il pose sa main dessus, mais Louis d'Armentière est plus rapide.

– Comment gagniez-vous votre vie, monsieur Cottencin ? Comment avez-vous pu acheter l'appartement place de la Madeleine ?

Ils s'affrontent du regard. L'un et l'autre n'ont plus rien à perdre, mais un seul en a conscience.

Paris, Vél'd'Hiv, 1942

Peu à peu d'autres la rejoignent. Des hommes, des femmes, parfois des couples, peu nombreux, pas d'enfants. Et les premiers moments sont toujours les mêmes : des cris déchirants, des lamentations, des noms qu'on hurle, l'autre – femme, père, mère, enfant, mari – est emmené au fond du couloir où filtre la lumière et où, peut-être, la liberté affleure. Tandis qu'on reste là, de plus en plus serrés, dans ces toilettes, ces vestiaires où règne l'odeur nauséabonde des hommes et des canalisations. Les cris sont remplacés par des gémissements et les pleurs, lentement, s'amenuisent.

Adélaïde Meïer pense qu'elle ne sortira jamais vivante de là et cette pensée la terrifie.

Tout au long de cet interminable après-midi, Lambert essaye de se persuader que cette collaboration ne signe pas de sa main des dizaines, des centaines de morts supplémentaires. Il a interrogé, vérifié. Il a sélectionné tous les corps de métiers et, peu à peu, a réuni les informations que Kurt von Behr a bien voulu lâcher sur la Möbel Aktion.

L'Allemand prend un plaisir évident. Sa rigueur

alterne avec de longs moments de délire qu'il contient avec difficulté à cause de la présence de ses troupes.

Une centaine de prisonniers est rassemblée dans les vestiaires quand Kurt von Behr se dresse théâtralement, ferme d'un coup sec ses registres, se tourne vers Lambert et, d'une voix forte, dit :

– Merci, cher camarade ! avant de lui saisir la main et de la serrer avec vigueur. Grâce à vous, nous avons accompli un travail admirable ! À la mesure de notre grand Reich ! Le Reich vous est infiniment redevable.

Lambert se lève aussi, chancelle, son visage devient pâle. Tous le regardent. Du moins en a-t-il l'impression. Les prisonniers dans son dos, silencieux, immobiles, à la limite de l'épuisement, les gendarmes qui échangent des coups d'œil – en voilà encore un plus mouillé qu'eux, eux ne font qu'obéir –, et les soldats allemands, souriants, cherchant sur son visage un point de connivence.

– Venez avec nous, venez, nous allons laisser tout cela se terminer. Allons prendre un rafraîchissement, là, dehors.

– Non – il a parlé trop vite – je suis de service.

– Parfait. Alors vous allez pouvoir m'accompagner.

Lambert est fatigué, vaincu. Il baisse la tête.

Kurt von Behr donne des ordres, les soldats se précipitent, repoussent la file de prisonniers, ouvrent un chemin.

– Et eux ? Que vont-ils devenir ?

– Qui ça, herr Lambert ?

Il se joue de lui. Debout, il est bien plus grand qu'il n'y paraissait.

– Ah… eux ! Ils vont au Lager-Ost, à Lévitan. Des chanceux !

Il renverse la tête en arrière, rit aux larmes, s'arrête

brusquement, essuie ses lunettes avec la méticulosité dont il a usée pendant ces heures où il a personnellement inscrit des noms, des prénoms, des métiers, sur son registre.

M. Libman, tailleur hommes.

S. Asher, homme de peine.

V. A. Appelfeld, horloger.

T. Goldenberg, brodeuse.

E. Shalom, ébéniste…

Kurt von Behr prend Lambert par le coude, le pousse un peu devant lui. L'inspecteur se laisse faire.

La nuit commence à tomber sur Paris, une nuit d'été, où le sol, les murs, les pierres, exhalent la fournaise du jour. Le soleil dessine des lavis rouges au-dessus des toits et Lambert, après ces heures passées à brasser la souffrance, éprouve un soulagement intense à voir la rue, les immeubles, le macadam par endroits défoncé.

Ils contournent les camions, les autobus pleins à craquer qui attendent des ordres, et Kurt von Behr l'entraîne dans un bistrot investi par les nazis.

La porte tinte, le bistrotier essuie un verre derrière le comptoir, la patronne est assise, désœuvrée, à la caisse. Dans un coin, quatre hommes attablés parlent devant une consommation. Tout garde l'apparence de la normalité. La terrible normalité des hommes qui saluent les nouveaux arrivants, de la tournée générale, de la pression qui coule, fraîche, du coup de blanc et des paroles échangées où l'on se congratule d'une opération, mon Dieu, somme toute bien menée.

– Menée d'une main de maître, ajoute von Behr.

– Comme toujours, herr von Behr.

Quand Gaillard se lève, Lambert chancelle.

« Mon Dieu, ce n'est pas possible. » Pendant un

instant il a cru, mais cela ne peut être, s'il était vivant, il aurait, à présent…

– Vous vous sentez bien ? demande l'homme. Vous n'avez pas l'air dans votre assiette.

– Il est resté trop longtemps dans les miasmes. Parmi nous, maintenant, tout ira mieux. Herr Gaillard, laissez-moi vous présenter quelqu'un dont la collaboration nous a été précieuse ; sans lui… tout aurait été bien plus long. Plus pénible, n'est-ce pas ? Inspecteur Lambert, de la P.J.

Lambert ne peut affronter les yeux de l'homme qui lui fait face. La voix de l'Allemand lui parvient en sourdine.

Berstein, Berstein lui avait demandé si son frère était mort, et lui-même, à l'instant, croit l'avoir sous les yeux.

– Je devrais dire attaché spécial de la Möbel Aktion, n'est-ce pas ?

Lambert se tait obstinément.

– Ah, toujours ce mauvais caractère français ! Qu'importe ! Il se tourne vers l'homme. Herr Gaillard, vous ne me présentez pas vos amis ?

Édouard Gaillard observe l'inspecteur Lambert et calcule combien de chances il a de se voir percé à jour par un inspecteur de la nouvelle Police française dans ce bistrot tenu par l'Occupant, lors de la première phase de l'opération « Meubles ».

Le regard fixe du type le met mal à l'aise, et il maudit l'incapacité allemande à bien choisir ses alliés. Un silence gênant s'installe, aucun des deux hommes n'a répondu à von Behr.

Édouard Gaillard réagit enfin :

– Excusez-moi, de bons policiers, je n'ai pas souvent l'occasion d'en rencontrer… Enchanté, inspecteur.

Il lui tend la main. Une main sèche, aux doigts longs, forts, qui saisit la main moite, sans vie, de Lambert.

Ce ne peut pas être son frère. Ils se seraient reconnus. Mais que sait-il de son frère ?

Gaillard fait signe aux hommes de se lever, des hommes que le hasard a jetés sur sa route.

– Herr von Behr, voici Désiré Cottencin, Maurice Jourde et… Il a une courte hésitation, Philippe-Victor Ziegler.

Tous se tournent vers ce dernier. Maigre, d'une laideur qui prêterait à rire en d'autres circonstances, Philippe-Victor Ziegler porte une mèche collée à la gomina sur l'œil gauche. Un œil dont le strabisme divergent augmente en fonction de son état de nerfs. Philippe-Victor Ziegler est un homme en proie à des affections nerveuses graves qu'il parvient difficilement à maîtriser et le rendent cruel, colérique, atrabilaire. Cet aspect de sa personnalité, lié à ses connaissances du milieu, ont fait de lui un élément indispensable à l'organisation qu'Édouard Gaillard a mis en place dès son arrivée, à Paris. Son nom, juif tout comme ses origines, n'a jamais posé problème, jusqu'à cet instant.

– Ziegler ? Vous avez bien dit Ziegler ? demande von Behr.

L'œil gauche de Philippe-Victor Ziegler devient blanc. D'un blanc strié de petites veinules rouges.

Édouard Gaillard répond avec calme, en faisant un pas en avant.

– Oui. Philippe-Victor Ziegler, et eux, ce sont Désiré Cottencin et Maurice Jourde. Une fine équipe. Des rabatteurs comme j'ai rarement rencontrés. Un problème, herr von Behr ?

– Ziegler… attendez voir… Ziegler…

L'Allemand semble perdu dans ses pensées. Il lève la tête, le soleil plonge lentement à l'horizon, se reflète dans ses verres, l'aveugle. Il secoue la tête.

– Ziegler, n'est-ce pas là le nom de votre protégée, Lambert ? Celle grâce à qui, en définitive, nous devons l'excellence de votre collaboration ?

Il rit aux éclats et, politesse ou peur, le rire gagne les autres. Le rire de Kurt von Behr n'a rien de joyeux.

Philippe-Victor Ziegler s'avance. Sa voix est nasillarde et les mots sortent de sa bouche sans qu'on sache très bien si c'est lui qui les prononce :

– Je vous demande pardon, herr kommandant, vous avez bien arrêté une Ziegler ? Une Adélaïde Ziegler, peut-être ?

Les rires s'arrêtent.

– Il n'y a aucune exception, monsieur Ziegler, nous ne faisons aucune exception et si…

– Vous ne m'avez pas bien compris, herr kommandant, je ne demande rien. Je veux seulement savoir si…

– Peut-être, sans doute, sans doute… de toute façon, les autobus pour le Lager-Ost sont encore à l'arrêt…

Philippe-Victor Ziegler se précipite dehors en proie à un sentiment particulier qui illumine son visage.

Par la vitre, Adélaïde Meïer regarde la rue où nulle âme ne passe, un bistrot, L'Avenir, aux portes gardées par des soldats armés de mitraillettes, et le ciel, zébré de traînées rouges et sombres, des nuages plus loin, peut-être la pluie. Il fait si chaud, elle a tellement soif.

Puis elle le voit qui sort de L'Avenir, cet homme, son frère.

Philippe-Victor s'avance vers l'autobus. Une excitation terrible la gagne. Cela fait plus de vingt ans qu'elle ne l'a pas vu. Son cœur se serre, il a tellement vieilli, sans doute comme elle. Et elle cherche avec désespoir dans son sein, dans son cœur, des sentiments dictés par autre chose que la peur, un amour fraternel qu'elle n'a jamais ressenti.

Philippe-Victor Ziegler l'aperçoit qui frappe frénétiquement à la vitre, qui pleure, s'agite, essaye d'attirer son attention. Son sourire s'élargit, il fait un signe de la main.

Et il est dans l'autobus, il a montré une carte, un laissez-passer, précédé par un soldat qui lui fraye un chemin, bouscule les gens jusqu'à cette femme. Adélaïde Meïer se lève, tremblante, en pleurs.

– Philippe, Philippe-Victor, gémit-elle en tendant les bras.

Philippe-Victor Ziegler, faute de place, s'arrête à cinquante centimètres de sa sœur, la regarde de haut en bas, très lentement, et lui crache au visage.

Quand toute une vie on a attendu une telle rencontre, il faut que celle-ci soit parfaitement réussie.

Le crachat de Philippe-Victor Ziegler atteint sa sœur en pleine figure.

À la mort de sa mère, sa vie avait rapidement basculé dans une semi-pauvreté, où seul son sens de la perversion des hommes l'avait tiré d'affaire. C'est au gré des rencontres, des tours et des détours du destin que Philippe-Victor Ziegler vivotait. L'héritage, dont il disputa âprement la totalité à sa sœur, se révéla n'être qu'un tas de vieux meubles et quelques titres qu'il liquida aussitôt, accusant les Meïer de malversation. A.A.A. traita le jeune Ziegler par le mépris et lui restitua les sommes, fort modestes, sans se départir de sa parfaite éducation et sans déroger aux obligations professionnelles.

Le mariage d'Adélaïde Ziegler et d'Albert Meïer,

avancé en raison des circonstances, avait eu lieu dans la plus stricte intimité. Philippe-Victor s'y rendit, déjà passablement éméché, et commença à faire la cour à une Elvire Frozen, divorcée, frisant la quarantaine, que la famille du marié avait dû inviter pour d'obscures raisons d'affaires.

Il resta avec Elvire Frozen une dizaine d'années, bon an mal an, buvant, spéculant sans grande chance en Bourse, bambochant à Pigalle, à Montmartre, en compagnie de son ami Benguigui, jusqu'à épuisement du capital de la femme.

Jamais il ne répondit aux invitations de sa sœur, jamais il ne lui rendit visite. Il l'effaça de sa nouvelle existence, gardant jalousement dans son cœur toute la rancune accumulée depuis l'enfance.

Il lâcha la divorcée et Benguigui à la même époque. L'une n'avait plus rien à lui offrir, ni biens ni attraits, l'autre portait avec trop d'évidence une judaïcité qui commençait, dans certains milieux, à être gênante.

Il avait ça pour lui, sentir à l'avance de quel côté le vent tournait. Il observa, planqué dans l'univers des prête-noms, des transactions à la petite semaine, comment la France et l'Europe s'acheminaient vers la fin de leur monde. Nullement effrayé, préoccupé uniquement par sa subsistance, Philippe-Victor Ziegler, qui n'avait auparavant jamais ouvert un livre, commença à dévorer la presse, *Le Petit Parisien*, *Le Figaro*, *Le Matin*, *L'Action française*, *Le Temps*, *La Gerbe*, où la manne d'informations livrées chaque jour pouvait, pour ceux qui savaient lire entre les lignes et effectuer les recoupements adéquats, constituer un capital facilement monnayable en ces temps troublés.

Ses sympathies, si l'on pouvait ainsi nommer ses penchants envers tous ceux que la fortune, l'entregent, comblaient, furent aussi changeantes qu'une rose des vents. C'est ainsi que Philippe-Victor Ziegler fréquenta tour à tour toutes les factions politiques existantes sans se départir d'un accent de sincérité dans ses propos et dans ses actes, et en offrant à chaque interlocuteur un appui sinon efficace, du moins convaincant.

Les femmes eurent, elles aussi, une grande importance dans sa carrière. Et si son physique ingrat ne lui permettait pas d'approcher les beautés dont il se sentait en droit de rêver, il ne manqua jamais d'un ventre accueillant où soulager sa frustration, ni d'un coin de table où calmer sa faim.

Il savait parler aux femmes, aux laissées-pour-compte. Il promettait le mariage, les enfants, tout ce qu'elles voulaient entendre, et les dépouillait, certain de la totale impunité de ses actes, avant de disparaître.

Il en changeait souvent, ne supportait rien, ni contraintes ni récriminations, et se comportait, à quarante ans passés, comme le roi de la maison qu'il avait été du temps de sa mère, du temps de son enfance.

Il fréquentait les cafés des Grands Boulevards, le café de Madrid, le café Frontin, le café du Gaulois, la brasserie de Strasbourg où il lisait, se taillant une réputation d'homme avisé, ce qui n'était pas pour lui déplaire.

Quand les événements commencèrent à se durcir, il s'éclipsa. Si la situation venait à empirer, il n'était pas question de servir, à son âge, un pays qui, à aucun moment, n'avait su apprécier ses talents et qui, au mieux, ne pourrait le récompenser que d'une médaille posthume.

Il disparut.

Un jour, un quidam s'assit à sa place, là, près de la baie vitrée, juste derrière la colonne. Et le lendemain, ce fut le tour d'un autre. Personne ne s'étonna, personne ne s'inquiéta, ne posa de questions. C'est ainsi que commence l'oubli.

Ce ne furent pas des jours fastes pour Philippe-Victor Ziegler. Tenir n'avait jamais été son fort. Rapidement à bout de ressources, il déposa un billet chez sa sœur :

« Si tu es toujours de la famiye, déposse dix mille francs (barrés), vingt mille francs au café de Madrid. Demande Marcel. Ton frère Philippe-Victor Ziegler. »

Adélaïde n'avait pas la somme, et si elle l'avait eue, elle ne l'aurait pas donnée à un frère qu'elle n'avait jamais aimé. Mais c'était son frère, elle s'en ouvrit à son mari.

Albert Meïer lut le billet en silence et le passa à son père.

– Décidément, ce garçon fait toujours autant de fautes de français.

Il retira ses bésicles, se tourna vers sa belle-fille.

– Que souhaitez-vous faire, Adélaïde ?

Adélaïde continua de couper avec attention en tout petits morceaux la viande qui se trouvait dans son assiette.

– Dix mille, vingt mille francs, c'est une somme, vous en conviendrez…

Elle en convint.

– Si vous le désirez… J'ai placé pour vous, du temps de votre pauvre maman, un petit pécule qui, depuis toutes ces années, a dû prospérer.

Elle porta la fourchette à sa bouche.

– Vous n'en verrez jamais la couleur, il faut le savoir, ce garçon, votre frère…

Elle avala.

– Puis-je avoir le billet ?

– Mais, certainement.

Adélaïde Meïer relut les mots mal orthographiés de son frère et sonna. Quand la bonne entra dans la salle à manger, la maîtresse de maison demanda une soucoupe sur laquelle elle déchira le papier en minuscules morceaux.

– Vous pouvez l'emporter, Armande, merci.

Les Meïer père et fils se regardèrent. Le père pensa qu'en choisissant Adélaïde Ziegler pour son fils, il avait eu la main heureuse. Et Albert, étonné, se rendit compte qu'il ne connaissait pas sa femme.

Ils n'eurent plus de nouvelles l'un de l'autre.

Jusqu'à ce jour, dans l'autobus qui allait conduire Adélaïde Ziegler, sa sœur, vers le camp de Lévitan, ancien magasin de meubles, sis au 85-87, rue du faubourg Saint-Martin, à Paris, antichambre de Drancy. Et, si tout se déroulait comme prévu, première étape avant Dachau, Auschwitz, Treblinka, Buchenwald ou n'importe quel autre camp, et où, après tant d'années, il put enfin lui cracher à la figure.

Montreuil, 1942

– Dis donc, t'es pas bien lourd ! C'est une chance, parce que sur la montée de Belleville, une livre de plus, ça compte !

Essoufflé, Raoul Petitjean était, au fond, ravi. Il en aurait demain à raconter à la bourgeoise. C'est pas qu'il était causant, le client, mais il avait une manière de vous écouter, de vous comprendre, que tout de suite, là, ça faisait quelque chose. Il l'avait installé sur le pliant, dans le salon.

– C'est là que dormait la belle-mère, précisa-t-il, et pour ce qui est du confort, c'était une exigeante.

Édouard Gaillard lui avait coulé un regard qui le mit mal à l'aise.

– C'est juste pour la nuit, demain… si ça te chante, bien sûr, je verrai de te mettre dans la chambre de la Louise. Ma fille. Une jeunesse, ça dort n'importe où.

Il étouffa un éclat de rire de peur de réveiller la maisonnée, et le quitta d'humeur fort joyeuse.

Louise Petitjean ne fit pas de difficulté pour laisser sa chambre, un étroit boyau coincé entre le salon et la cuisine, où rien, cependant, ne manquait pour en faire une chambre de vraie jeune fille. Ni les rideaux en percale blanc brodés par la mémé, ni le couvre-lit en crochet où trônait une magnifique poupée en porcelaine, offerte par sa marraine lors de sa communion solennelle. Ce n'était pas la première fois que son père s'entichait d'un inconnu. Et, à chaque fois, c'était pareil, un engouement fulgurant et une déconvenue encore plus cruelle, quand l'élu disparaissait du jour au lendemain, en emportant les ronds de serviette, le bracelet de fiançailles de sa femme, la montre du grand-père.

– De toute façon, on n'a plus rien, dit sa femme, alors… un de plus…

– Je te dis qu'il est dans la Résistance, maman !

– Et alors ? Ça n'a pas de besoins ceux qui font dans la Résistance ? Ça ne mange pas ? Parce qu'il n'a pas l'air riche, ton résistant, et il a plutôt une bonne dent à table !

Mme Petitjean avait dit cela d'un ton las, pour la forme. Elle n'allait pas s'opposer à son Raoul. Le chérir comme elle le chérissait n'empêchait pas de voir ses défauts. Gentiment couard, celui-ci n'osait pas entrer dans la clandestinité, se farcissait la tête avec toutes ces histoires, et voyait le premier quidam fort en gueule comme un véritable héros. Quel mal faisait-il en vivant par procuration ? Qu'est-ce qu'il avait bien pu trouver chez celui-là ?

– Tu dois savoir ce que tu fais…

– Pour sûr que je sais ce que je fais ! Il est pas pareil, je te dis ! Crois-en mon instinct ! Il est pas pareil !

Ce qu'Édouard Gaillard ne voulait surtout pas, c'était se faire remarquer. Il quittait les lieux dès potron-minet et accompagnait Raoul sur le porte-bagages de la bicyclette jusque dans Paris, où il multipliait ses contacts, tissait une toile solide pour se tailler une place.

Parfois il se perdait dans Montreuil, s'allongeait dans une friche et passait la journée à contempler les nuages, immobile comme un lézard, le cerveau vide, le corps en manque.

Dès qu'il rentrait du travail, le couvre-feu souvent largement passé, Raoul Petitjean invitait volontiers les voisins pour un apéritif, un verre sur le pouce. N'importe quelle occasion était bonne pour présenter avec moult mystères et circonvolutions son nouvel ami Édouard Gaillard. À force de sous-entendus, il finissait par lâcher le morceau, et tous étaient très impressionnés. C'était à celui qui l'inviterait le premier. Beau joueur, Raoul, avec une légitime fierté, accompagnait Édouard Gaillard dans les virées chez les voisins et amis. Mme Petitjean ne voyait pas cela d'un très bon œil.

– Ferait mieux de s'occuper de son jardin par les temps qui courent au lieu d'aller faire le beau et vider des ballons avec le monde !

Mais elle ne s'en ouvrait à personne, et parlait à son bonnet.

Raoul eut la puce à l'oreille, sans doute à cause d'une certaine désaffection au moment du câlin du soir ou d'une plus petite part dans son assiette, le jour du clafoutis aux pêches, son dessert préféré.

Il changea son fusil d'épaule, bien décidé à garder le plus longtemps possible un ami qui, sans coup férir, le comprenait si bien. Ne pouvant convaincre sa femme, il s'attaqua à la Louise.

Quand Raoul lui vanta sa fille, ses manières, ses charmes – faisant, là, preuve d'un aveuglement tout paternel, Louise n'était ni belle ni laide, elle avait, comme la plupart des filles de son âge, la beauté du diable –, Édouard Gaillard fut tenté. Après réflexion, le jeu n'en valait pas la chandelle. Il envisageait son séjour à Montreuil comme un pis-aller salutaire où il n'y avait pas de place pour le plaisir.

Le lendemain, au café de Madrid, il avait rendez-vous avec un informateur proche de *Je suis partout*, susceptible de le mettre en relation avec un Allemand, arrivé de Berlin à la tête d'une puissante organisation, la Dienststelle Westen issue de l'Einsatzstab Reichsleiter Rosenberg.

Quand il vit Georgette Malivoine entrer dans la cour, il remit sa résolution à plus tard.

Comme tous les soirs, Raoul Petitjean avait réuni ses voisins autour d'un ballon de rouge et, entre quatre murs, dans l'obscurité des premières nuits étoilées de la fin de ce printemps, ils oubliaient le monde, se raccrochant au bonheur illusoire et fugitif des mots et du vin.

Georgette Malivoine était accompagnée de Régine Desmarquets, sa voisine. Louise Petitjean abandonna alors la cuisine où elle écoutait un feuilleton, pour rejoindre ses amies.

Des rires, des chuchotements, de gais conciliabules, des bousculades, un parfum qui se mêle à la sueur, des socquettes rehaussant un mollet, et une mèche de cheveux qui s'échappe, frise, enfin libre d'un savant artifice, font de Louise Petitjean, de Georgette Malivoine et de Régine Desmarquets le centre d'attention d'un seul homme : Édouard Gaillard.

Une courte promenade au mur à pêches est évoquée.

– Pourquoi vous ne l'emmenez pas, le client ? lança Raoul d'une voix rendue pâteuse par le vin.

Édouard Gaillard déclina aussitôt l'invite. Il allait se coucher, il devait se rendre en ville demain, un rendez-vous important. Il fallait rester vigilant.

Raoul comprit à demi-mot. C'est ce qu'il expliqua à ses voisins, jusqu'à la fin de la soirée, faisant perdre patience à son épouse qui partit se coucher elle aussi.

Mme Petitjean ne fut pas étonnée de ne pas recevoir de réponse de la part d'un homme si avare en paroles quand, en traversant le salon, elle lui souhaita bonne nuit.

Les trois jeunesses, elles, ne furent pas étonnées d'être rattrapées en chemin par l'ami de leurs pères et l'accueillirent avec un bonsoir poli et des phrases de circonstance. Gentilles, bien éduquées malgré leur condition modeste, elles lui fournirent des bribes d'explication sur le but de leur promenade, évitant ainsi de devoir parler du rendez-vous galant qu'elles avaient fixé une demi-heure plus tard à trois garçons.

Il les égorgea en moins d'une minute, l'une après l'autre, profitant de l'obscurité quasi totale, de la surprise que son acte provoqua et de son instinct qui lui dictait une efficacité maximum lorsqu'il s'agissait de plaisir.

Allemagne, Spandau, 1987

Lisestein se réveille, l'esprit vide, le corps engourdi, en pleurs. Sous la douche, il redevient l'appelé taciturne que ses compagnons ignorent.

Dès la première garde du jour, l'insupportable de sa situation lui saute à la figure. Privé de but, il ne peut continuer. Il lâche son fusil, abandonne son poste et se précipite dans le corps du bâtiment central où, dans une autre vie, lui semble-t-il, le capitaine Rivet l'a accueilli en lui disant : « Vous vous occuperez du Boche, soldat Lisestein, cela devrait vous plaire ! »

Le capitaine Rivet n'est pas rentré chez lui. Du mess il est allé directement à son bureau. Sale, débraillé, avec la certitude que l'odeur d'alcool qu'il dégage servira de rempart contre tous les indésirables. Il ne se trompe pas. Ceux qu'il croise, peu nombreux, détournent la tête.

Il se sent fébrile, ouvre des dossiers, les déplace, mais rien dans la routine du travail ne parvient à capter son attention. Il n'est que huit heures du matin et il est comme un lion en cage.

Une grande armoire métallique couvre le mur du fond. Dans l'étagère du bas, une bouteille et deux verres. Cela fait partie du savoir-vivre militaire. À force, on acquiert de petits privilèges, on trouve de bonnes raisons de rester. Tout est affaire de persuasion.

Il ne prend pas de verre, décapsule la bouteille et avale au goulot.

Elle a passé une partie de la nuit à lustrer ses meubles.

Ce qu'il y a de plus difficile, ce sont les rainures, les petites cannelures des chaises, les rebords étroits où ses doigts menus, déformés par les rhumatismes, ne parviennent pas à se glisser. Elle aime les grandes surfaces planes, la commode, l'armoire à lunes, la table de la salle à manger, le buffet. L'odeur d'encaustique la rassure, lui donne un rôle dans cette vaste architecture du monde où elle n'a jamais eu de place.

Elle s'est couchée un peu avant l'aube. Au matin, elle se lève, tremblante de froid, épuisée, mais ne déroge en rien à sa règle de vie. Toilette au gant et Nescafé. Prête pour affronter un nouveau jour, un jour de plus, elle passe une blouse en Nylon sur sa jupe en lainage, et se prépare à briquer la maison.

Lisestein baisse la tête, presse le pas. Personne ne lui demande rien, personne ne l'arrête. Plus il se rapproche, plus il ralentit, l'absurdité de sa démarche lui pèse.

Que faire d'autre ? Il n'a ni réponse ni envie.

Le capitaine Rivet n'aurait jamais cru qu'il pourrait boire ainsi, à jeun, à huit heures du matin. Cette découverte glisse sur lui, tandis que l'alcool glisse dans son gosier ; une brûlure de moins en moins forte, qui efface lentement les contours de la réalité.

Ginette reste là, dans la minuscule entrée de sa maison, incapable de bouger, le cœur serré. Pas une trace de poussière, pas une salissure, pas une tasse ou une soucoupe à laver dans l'évier. Rien, absolument rien. Sa maison est désespérément propre. Sa maison, ses meubles, ses bibelots, tout étincelle et ce constat l'horrifie.

Le jour se lève enfin sur Spandau. Mais la luminosité est si pauvre que les lampadaires demeurent allumés, à trois mètres quarante les uns des autres, selon le plan d'aménagement sécuritaire des grandes puissances, il y a de cela plus de quarante ans. La nuit est repoussée, mais dans cette purée de pois, ce brouillard jaunâtre chargé de pluie, ce vent à rafales, changeant, tantôt du nord, tantôt de l'est, charriant froid, glace, humidité, rien ne rappelle le jour suivant.

Les camions roulent au ralenti, et les silhouettes des hommes se pressent dans un théâtre d'ombres au décor fantasmagorique.

Cela fait longtemps, lui semble-t-il, qu'il est assis sur sa chaise, au pied du lit. La porte s'ouvre, un soldat apporte au prisonnier une tasse fumante, du pain. Rudolf Hess n'y touchera pas.

Plus tard, il refusera de sortir, il restera avec son manteau, l'œil collé à la porte grillagée. Dehors, trois pies sautent du banc au sol, du sol au banc.

En regardant le calendrier accroché au mur de sa cuisine, il se dit qu'il y a très longtemps qu'il n'a pas rendu visite à son père à Spandau. Voir ou ne pas le voir le laisse totalement indifférent.

Lisestein grimpe les deux étages, le planton lui fait signe de passer. Ne vient-il pas de lâcher un « pneumatique pour le capitaine Rivet » ?

Plusieurs bureaux sur le palier, des portes fermées ; un soldat est avachi au fond, derrière une table. Lisestein s'arrête, mais le soldat ne bouge pas, probablement assoupi par le chauffage puissant du bâtiment.

« Tu n'auras pas froid. Dans ces pays nordiques, ils veillent à très bien chauffer », lui avait prédit sa mère. Son père l'avait immédiatement corrigée. « L'Allemagne n'est pas un pays nordique, chère mademoiselle de Chambourtin ! »

Sans cesse il lui faisait payer son titre, comme si cette petite particule accolée entre le prénom et le nom était le gage d'une supériorité que lui, Lisestein, conseiller d'État, ne pouvait souffrir.

Combien de fois n'avait-il pas entendu cette ritournelle domestique en apparence anodine : Mademoiselle de Chambourtin ?

« Mademoiselle de Chambourtin, la dernière du nom », avait-elle l'habitude de répondre, ne cédant pas d'un pouce, éludant ainsi toutes les critiques contenues dans les propos de son époux.

Le capitaine Rivet cale. Son corps est saturé de l'alcool de la veille. Il pose la bouteille en équilibre instable sur une pile de papiers. Le liquide s'épand lentement au sol, goutte à goutte, jusqu'à former une petite mare au pied de la table. Il ne l'essuiera pas, elle restera là, à sécher sur place, à moins que quelqu'un n'y pose son pied. Un cri muet traverse sa gorge, il s'effondre contre la fenêtre en hoquetant.

– Putain, si seulement je n'avais pas épousé la fille d'un collabo ! Je ne pouvais pas le savoir ! Je ne pouvais pas le savoir ! Je ne pouvais pas le savoir !

Les larmes coulent sur son nez, sur ses lèvres. C'est une sensation nouvelle et étrange. Pleurer ne change rien, mais pendant qu'on pleure, on se sent vivant.

Ginette sait que tout est propre, que tout est à sa place, dans les armoires, la penderie, les meubles, les assiettes, les casseroles, les provisions, sucre, farine, haricots, tout est bien étiqueté, dans des pots, les vêtements d'été, de demi-saison, bien rangés, les albums de photos, celui de son mariage, celui des premières années à Spandau, les années possibles. L'Instamatic s'est cassé, il n'a pas été réparé ni remplacé.

Ginette se poste derrière la fenêtre. Son jardinet, toujours identique, boueux, sec ou gelé, la forteresse en arrière-plan comme une menace, la lumière des lampadaires, le bruit habituel des moteurs et ce silence, infini, la glacent.

Ginette Rivet se met à geindre. Personne, absolument personne ne l'entend.

Il est là, devant la porte fermée, un nom est barré sur l'écriteau, « commandant Vittu de Kerraoul », et, écrit à la main, « capitaine Rivet ». Personne n'a songé à le remplacer.

Un bruit, ténu, le cliquetis d'une machine à écrire, persiste. À côté des armoires d'archives, des piles de dossiers grimpent jusqu'au plafond. La poussière reste en suspension dans l'air, propulsée par le système de chauffage. Un abandon insidieux sourd des murs où des traces de salpêtre apparaissent. Les néons clignotent et finissent par s'éteindre au-dessus de la tête du planton assoupi.

Il est tenté de faire demi-tour, de recommencer de zéro. Recommencer quoi ? L'angoisse monte, serre sa gorge, il a laissé son inhalateur dans sa cantine. Lisestein fait un pas en avant et frappe à la porte du capitaine Rivet.

Il recommence, quatre fois, sans effet, alors il pousse la porte et entre.

L'odeur d'alcool l'arrête sur le seuil, la lumière est éteinte. Dans le clair-obscur du jour naissant, le capitaine Rivet, assis à son bureau, regarde droit devant lui et les larmes coulent sur ses joues non rasées.

Les yeux secs, les lèvres, le menton tremblant, Ginette Rivet pense à ses affaires. À celles, triées, rangées de maintenant, à celles jetées, vendues, de sa jeunesse. Et la rage la gagne.

Il n'avait pas le droit ! Il était comme fou, criant, gesticulant, l'accusant, elle, d'être la fille d'un collabo !

Son père n'a jamais collaboré. Des mensonges, de la jalousie, des histoires mal intentionnées de voisins, de soi-disant amis ! La pauvre maman en avait pâti, elle aussi, mise au ban par toute sa famille, les Chambourtin ! Ils l'avaient même considérée comme morte !

Son pauvre papa lui avait dit :

– Moi, collaborer ? Jamais de la vie ! Si je n'avais pas fait ce que j'ai fait, qui aurait soigné tous ces juifs, hein ? Toutes ces familles – avait-il rectifié – que personne ne voulait visiter en raison de leur… Il avait choisi ses mots avec soin. De leur religion ? Hein ? Qui ?

Elle n'avait pas su quoi répondre. Elle n'avait pas connu cette époque.

Les larmes avaient inondé les yeux du bon docteur, il s'était mis à trembler. Une petite carcasse agitée par les sanglots de l'autoapitoiement.

– Quand je pense à tout ce que j'ai fait pour ces gens et comment j'ai été payé en retour !

Il n'en finissait pas de récriminer, de ressasser ses malheurs. À la Libération, alors qu'il se réjouissait de la fin de cette bien sombre époque, il avait été couvert d'infamie, rayé de l'ordre des médecins par ses pairs, et jeté en prison. Sept mois interminables. Relâché pour cause de santé fragile. Rendu à la vie publique sans métier, avec une femme enceinte mise au ban par sa propre famille.

Avec son sens des opportunités, il avait réussi à

soutirer une maigre pension d'un quelconque ministère et, changeant de quartier, avait refait surface, veuf, pensionné, père d'un nourrisson calme et apathique. Quand Ginette revint de la campagne où il l'avait placée, le docteur Simonot trouva en sa fille une parfaite maîtresse de maison et une garde-malade dévouée.

Il voit le soldat Lisestein avancer, refermer la porte et s'installer sur la chaise des visiteurs. Il le scrute de son drôle de regard. Un regard à la fois hautain et suppliant.

Son visage, d'ordinaire pâle, est très rouge, le nez, le bord des paupières, les pommettes, les oreilles. Il est en vareuse et ne porte pas son arme. Sans doute l'a-t-il laissée dans le couloir. Les soldats n'entrent pas en armes dans les bureaux, par politesse.

Il ferme les yeux, la nausée le gagne, il a un renvoi. Au diable, le soldat Lisestein !

Il ne devrait pas se trouver là, pas depuis si longtemps. Au début, il était heureux de son affectation. Mettre des kilomètres entre eux et le lieu d'infamie était sans doute la meilleure chose qui pouvait leur arriver.

Il n'en avait plus parlé, plus un mot. Il avait interdit à Ginette de prononcer le nom de son père. Elle avait pleuré un peu, mais s'était résignée.

Ils avaient fréquenté, les premiers temps. Puis, avec les familles qui se formaient, s'agrandissaient et partaient, les sorties s'étaient raréfiées. Il y avait bien les fêtes pour les départs, les arrivées, mais de moins en moins, et vite ils s'étaient retrouvés à l'écart.

Ginette avait entamé la litanie de « ses états de service ». À croire que ses jérémiades lui avaient porté la poisse. Au fur et à mesure des mutations de ses collègues, alors que lui restait là, prisonnier de Spandau, il avait été pris d'un affreux soupçon.

– C'est toi qui leur en as parlé, hein ? T'as pas pu t'empêcher ? Hein ? Dis ?

Il l'avait frappée jusqu'à avoir le poing enflé et avait soudoyé le médecin, le vieux, qui en avait vu d'autres, pour son silence.

– Vous devez avoir vos raisons, je présume, s'était-il contenté de dire.

– Son père était un collabo. Un médecin collabo, il dénonçait les juifs.

Le vieux avait exigé le double de la somme promise. Rivet s'était débrouillé pour payer, et fut le premier à charger le dossier quand l'hallali sonna pour le médecin.

Il n'a jamais vu un homme pleurer, lui excepté. Rien à voir avec le spectacle infiniment triste de cet homme, empestant l'alcool, pleurant seul dans l'obscurité.

Aucun mot ne parvient à franchir ses lèvres. Pourquoi est-il là ? Pourquoi est-il venu ? Que croyait-il pouvoir faire ? Subsiste-t-il une chose qui n'ait été chimère ?

Il ne revoit pas sa vie au ralenti, il n'a pas eu de vie. Ou si, pis encore, il a eu la vie médiocre qu'il méritait, celle d'un enfant gâté de la bourgeoisie, issu directement des Chambourtin. Lisestein ou Chambourtin, la même race, pourvu que le portefeuille ait de l'épaisseur. L'appartement plaisant, les vacances en Vendée, ses camarades, des vies identiques, orientées dès la naissance vers la réussite sociale. Les mêmes écoles, les mêmes fréquentations, une basse-cour dorée où il s'est cru un canard sauvage, capable de voler et de traverser de grands espaces. Belle révolte en chambre que la sienne. Beau, grand destin que le sien. Sa mère, une mademoiselle de Chambourtin, « la dernière du nom », avec sa sœur morte en couches et un mystérieux frère disparu dans le scandale peut, comme toujours, lever haut le menton et être fière. Lui aussi sera le dernier du nom.

Il a un grand, un long éclat de rire. Aussi triste que les larmes du capitaine Rivet qui ne cessent de couler.

Il se lève, contourne le bureau, et ouvre la fenêtre.

L'air glacial s'engouffre dans la pièce. Deux étages plus bas, les soldats s'agitent. On entend en continu une sirène d'alarme. Les projecteurs bougent et finissent par illuminer la prison, une Jeep démarre, avec, à son bord, des officiers. Le soldat Lisestein enjambe la fenêtre.

Le froid gagne peu à peu sa conscience. Rivet se lève, regarde par la fenêtre grande ouverte, mais ne voit rien d'autre dans le ciel bas qu'une accumulation de nuages que le vent du nord agite. Il quitte son bureau, se cogne au chambranle de la porte, cruellement, et, tenant son coude endolori, s'avance dans le couloir où toutes les portes sont ouvertes, où nul soldat n'effectue sa garde.

En un éclair de lucidité, Ginette, à petits pas rapides, se dirige vers le cagibi qui tient lieu de bureau à son mari. Un cagibi occupé entièrement par une table et une armoire métalliques de récupération. La porte est fermée à clef, mais elle sait où se trouve le trousseau. Elle s'étonne de ne pas y avoir songé auparavant. Un soupir de satisfaction s'échappe de ses lèvres. Un seau, un chiffon à la main, elle s'apprête à ranger, nettoyer à fond le bureau du capitaine Rivet.

Ce matin-là, le soldat Cliff Hudson, un Britannique, prit sa garde auprès du septième prisonnier. Le tour de nuit n'avait rien signalé de particulier. Rudolf Hess avait plus de quatre-vingt-dix ans. Les conditions météorologiques étaient sévères, dix degrés au-dessous de zéro avant le jour. On attendait de la neige dans la journée et le vent soufflait par rafales dépassant les soixante-dix kilomètres-heure. Des conditions habituelles pour un mois de janvier. La veille, dans une commission internationale, une ordonnance avait été signée autorisant la démolition de la forteresse de Spandau et l'affectation des corps des armées vers d'autres bases. Un hôpital-prison accueillerait le prisonnier.

Le capitaine Rivet ne sut jamais que l'homme qu'il avait gardé pendant tant d'années avait été, ce matin-là, trouvé pendu à un fil de fer dans sa cellule. Sans doute ce suicide l'aurait affecté, étant le militaire le plus ancien de la place.

Ce fut seulement deux jours plus tard que d'autres officiers s'interrogèrent sur les raisons de l'absence du capitaine Rivet.

On les trouva tous les deux à leur domicile. Il avait traîné le corps de sa femme de son bureau exigu à la chambre à coucher, le sol et le tapis étaient maculés de sang. La descente de lit, le couvre-lit étaient, eux aussi, tachés, mais le capitaine Rivet avait tenu, une dernière fois, à coucher dans son lit.

Samuel Lisestein se cassa les jambes en sautant de la fenêtre du bureau de son officier supérieur, au deuxième étage. Il fut rapatrié en France et, après une hospitalisation et une convalescence négociées par son père au Val-de-Grâce, il goûta un peu à la dépression avant d'entamer des études de gemmologie.

Un bien curieux choix. Mais son père et sa mère, soulagés, firent tout leur possible pour favoriser cette extraordinaire vocation de leur aîné. Ils l'installèrent près de la Bourse, dans un bureau, petit, fonctionnel, admirablement bien situé, où il exerça avec succès le métier de courtier en gemmes.

À la mort de ses parents, bien des années plus tard, Lisestein racheta peu à peu tout l'immeuble, et déménagea confortablement au rez-de-chaussée, car le malheureux accident de Spandau, comme il aimait à dire dans le monde, l'avait rendu claudicant.

Il fit ôter les plaques au fur et à mesure du départ des anciens occupants, Blumfeld, d'Armentière, Bensoussan… Au dernier étage, dans un appartement constitué de plusieurs chambres de bonne, il trouva de drôles de papiers appartenant à un commissaire de police à la retraite : Lambert.

Il se demanda alors, descendant doucement les marches, appuyé sur ses cannes, ce qu'étaient devenus le capitaine Rivet et son épouse.

10

Capdenac, 1987

Le train s'arrêta sans bruit. Un couple âgé descendit, à l'autre bout du quai, et s'en alla très vite, si vite qu'il se demanda s'il avait vraiment existé. Puis, tout doucement, le convoi reprit sa route vers une voie de garage ou une autre destination.

Il attendit que le train disparaisse. Un cheminot, une lampe à la main, entra dans le corps du bâtiment, la porte se referma avec un claquement qui se répercuta à l'infini. Un écho civilisé au-dessus des innombrables entrelacs de rails ; sous le faisceau électrique des lampadaires, une mer luisante, immobile, aux reflets d'acier.

Il alluma une cigarette. La première bouffée le fit tousser, la deuxième lui permit de faire un pas vers le bord du quai, de sauter à terre pour gagner la sortie.

Il marcha droit devant lui, dans une grande rue déserte, et remonta vers le centre, plus haut, une pente légère, dépassant des maisons laides aux volets clos. Des boutiques aussi, le marchand de journaux, la boucherie-charcuterie reconnaissable à son cochon rose grandeur nature, vissé au sol à côté de la porte, la boulangerie avec ses effluves chauds de sucre, de beurre, s'échappant par un soupirail, un bar-tabac, Le Bienvenu. En face, une station d'essence, la mairie, la Caisse d'Épargne.

Capdenac était encore plongé dans la nuit.

Lambert se demanda où était passé le couple de vieux. Il regarda les maisons, sans doute dans l'une d'entre elles.

L'avenue s'élargissait et, au-delà, un lampadaire sur deux restait allumé, plongeant le macadam dans une semi-pénombre. Il avança, sans curiosité, mû par l'impossibilité de demeurer immobile dans cette nuit qui n'en finissait pas.

Un chien aboya. Son aboiement fut repris par d'autres. Il frissonna, le froid chevillé au corps. Il revint sur ses pas, vers le café. Il s'approcha du rideau de fer grillagé et essaya de voir à l'intérieur. Tout au fond, une lumière, jaune, de faible puissance. Il secoua la grille. Le bruit amplifié par le silence ressemblait à une tempête. Un chat traversa devant lui en courant.

La rue était vide. Il commença à s'éloigner, sans autre volonté que la force d'inertie de ses pas.

La sensation d'une présence le fit se retourner. Un homme en chemise à carreaux rouges, impeccablement repassée, un balai à la main, se tenait à côté de la grille.

– Vous êtes ouvert ? demanda Lambert.

Il était âgé, plus âgé que lui, avec un pantalon à plis, en Nylon, tenu par une ceinture dont la boucle brillait. Un pantalon inusable, qu'on achète par correspondance à la Camif.

– Je prendrais bien un café, une tartine, je n'ai pas dormi… Il fut étonné de sa loquacité.

L'homme le considéra avec gravité, lui, chiffonné, mal rasé, au visage émacié, vieilli, un sac à la main.

– Ça peut se faire, lâcha-t-il avant de lever le rideau.

– Vous voulez de l'aide ?

– Si je devais attendre de l'aide pour lever le rideau tous les matins, ça ferait belle lurette que j'aurais mis la clef sous la porte. Installez-vous, ajouta-t-il, une fois à l'intérieur.

Le Bienvenu était aussi bien tenu que l'était son propriétaire, qui, attrapant un grand panier, sortit, laissant Lambert seul.

Ce dernier s'assit près du bar et n'eut pas longtemps à attendre. Le patron revint avec un gros sachet de croissants brûlants et quatre baguettes moulées. Il passa sans dire un mot dans la cuisine. Dans un coin, une pendule sonna la demie. Lambert sursauta, le son était grave, court, sans écho.

Le Bienvenu comportait six tables, un portemanteau, un seau pour les parapluies à l'entrée, et un flipper éteint où une pin-up, habillée en groom d'hôtel, tendait ses gros nichons vers les joueurs.

Le zinc était en demi-cercle. Des bouteilles, des verres, le robinet à pression, de petites affiches publicitaires, l'autorisation de débit d'alcool et quelques photos jaunies qu'il ne distinguait pas, constituaient le décor. Il ne put poursuivre son exploration car le patron entra, tenant deux bols fumants, deux demi-baguettes et une corbeille métallique remplie de viennoiseries.

– Du lait ?

– Non.

– Vous avez raison, le lait est toujours indigeste. Il s'assit. Je prends toujours le petit déjeuner avec mon premier client. Ma femme est morte il y a déjà une pelle. On s'y fait. On se fait à tout. Mais en prenant le premier café avec un client, on se sent moins seul.

Lambert ne dit rien, il n'aurait su quoi dire.

– Vous en avez beaucoup de clients ?

– Les habitués. Pas plus, pas moins.

Il crut bon d'ajouter :

– À nos âges, il commence à en mourir, pour ainsi dire, tous les jours.

Lambert s'arrêta de mastiquer sous le choc. Il n'avait pas le même âge que… Le patron s'essuya la bouche et eut un petit sourire complice.

– Je sais bien ce que vous pensez : je ne peux pas avoir le même âge que ce vieux schnoque ! Mais si, mon bon monsieur, le vieux Jeannot se trompe rarement.

Lambert essaya de sourire, il but une gorgée de café trop vite et se brûla. Il se mit à tousser.

– Attention ! C'est brûlant ! C'est du vrai café, je viens de le moudre, il est fait à la casserole. La machine, le percolateur, c'est pour les suivants.

Il le laissa se ressaisir et continua, visiblement de bonne humeur :

– Allez, je dirais bien dans les soixante-cinq ans, soixante-six, peut-être… je me trompe ?

– Non.

Lambert ne s'était jamais soucié de son âge. Le malaise qu'il éprouvait en cet instant était absurde. Il était furieux contre lui-même.

– J'ai toujours été très observateur. Ce qui différencie vraiment les hommes, c'est leurs frusques. Vous, vous avez des frusques de ville. Du beau tissu, de belles affaires. Ça ne tiendrait pas un hiver, ici. Et on est en ville. Ici, l'argent n'est pas fait pour s'acheter des habits à tout bout de champ. Ici, on les entretient, on les fait durer.

– Il y a longtemps que vous êtes ici ? Que vous tenez ce bar ?

– Pour ça, oui ! Et avant moi, mon père, et avant lui, le pépé. Mais ça n'avait rien à voir, il y avait le charbon… Vous voyez ?

Lambert ne voulait pas voir, seulement savoir. Son

âge, balancé à la figure entre la tartine beurrée et le croissant, était l'accélérateur qui lui manquait. Comme le temps que la pendule égrenait, seconde après seconde.

– Je suis flic, je suis à la recherche… Il se tut. Comment allait-il lui expliquer ? Peut-on expliquer la reprise d'une enquête bâclée plus d'un demi-siècle plus tôt ? Louise Petitjean, ça vous dit quelque chose ?

L'angoisse le saisit. Il se vit se lever sans avoir terminé le café, amer et brûlant, le ventre lourd du croissant au beurre, le corps las de tant de nuits sans sommeil, partir dans le jour naissant, en sens contraire, et attendre, sur un quai ou dans une salle d'attente sale, déserte, un train qui le ramènerait à son point de départ, dans son appartement vide, sans le début d'une réponse.

– C'est vieux…, fit le patron en se levant.

Il contourna le bar, regarda avec attention le mur et revint avec un cadre recouvert de graisse et de poussière. Il s'assit, but une dernière gorgée, saisit le chiffon et commença à frotter.

Peu à peu la saleté s'estompa et une photo jaunie apparut. Il chaussa ses lunettes, des loupes qu'il gardait dans la poche de sa chemise et, pendant quelques instants, examina le groupe de personnes qui figurait là.

– C'était un 14 juillet, dit-il, l'année, je ne sais plus bien, mais d'avant la guerre, bien avant. J'étais un jeunot et… Ah, je savais bien ! Elle est là, la Louise, encore gamine. Son vieux n'était pas monté à Paris.

Il se rejeta en arrière et poussa du doigt le cadre vers Lambert.

Celui-ci vit une petite fille juchée sur les épaules de son père. Il ne reconnut ni l'un ni l'autre. Un mort a tellement peu de ressemblance avec un vivant. Et sur la photo, ils étaient nombreux sous les lampions en papier, qui riaient, buvaient, profitaient de la fête.

– Là, c'est moi, vous voyez ?

Lambert se pencha.

– Attendez, je vais vous passer mes lunettes.

La vision d'ensemble ne s'améliora pas, mais le point qui représentait le visage de Jeannot dans sa jeunesse apparut.

– Oui.

Lambert finit sa tartine en silence, tourna le cadre encore poisseux dans ses mains, s'essuya avec une serviette en papier.

– Depuis la mort de ma femme, je ne suis plus aussi soigneux. J'essaye, parce que le laisser-aller, elle aimait pas ça. Bon ! C'est pas tout, faut que je m'agite.

Ses yeux étaient rougis. Il paraissait mécontent. Lambert détourna les siens, quitta son siège, la tasse à la main.

– Ce qui est drôle, fit le cafetier lentement, c'est que vous n'êtes pas le premier…

Lambert se figea.

– Avant vous, il y a eu le Boche. Mais ça date, oui, ça date…

La porte s'ouvrit.

– Ah, faut que j'enclenche la cloche, dit-il en se levant. Alors, un petit crème, Philippe ?

Après Philippe, ce fut Ernest et Robert, deux petits jeunes qui prenaient le train. Jeannot demanda des nouvelles de leurs parents, ça faisait un bail, depuis qu'ils s'étaient installés là-haut à Vezol, déjà Capdenac-le-Haut c'était loin, alors…

Lambert resta là, assis, tournant la tête chaque fois que la cloche s'agitait, que la porte s'ouvrait. Vers le coup de neuf heures, il y eut un creux, Jeannot tourna l'écriteau « fermé ».

– Vous pouvez rester là, si ça vous dit. Je vais chercher la charcuterie, pour ce midi.

– Non, je vous accompagne.

Il paya, ramassa son sac et suivit Jeannot, traversa une cuisine vieille, propre, étroite comme un boyau, qui ne faisait plus usage, et sortit, au bout du couloir, dans un jardin, à l'arrière de la maison.

– Avant, nous faisions le midi. Depuis que ma femme est partie, je ne fais que des casse-croûte. Mais des bons, avec de bons produits, pas de la camelote, hein ?

Le jardin, un potager dans son centre et des parterres de fleurs tout autour, offrait un curieux contraste. Une terre sarclée, entretenue, des plants alignés, tomates, haricots verts, salades, patates, herbes aromatiques et de longues bandes en friche, pleines de mauvaises herbes, mêlées à des roses trémières immenses, aux tiges rachitiques, s'élevant au-delà du mur d'enceinte.

– C'est ma femme qui s'occupait des fleurs.

Ils restèrent là un moment, sans parler, Lambert fumant une cigarette. Le ciel avait pris une teinte jaune, de petits nuages noirs s'avançaient, véloces, vers l'est.

– Il pleuvra avant midi.

Un chien aboya, d'autres répondirent, plus loin.

– Bon, va falloir que je me secoue, c'est marché aujourd'hui à Capdenac-le-Haut. Quand ils vont débarquer, ça va faire du trafic.

Ils sortirent dans la rue, contournèrent le café.

– C'est plus ce que c'était les jours de marché, avant, il en venait de partout. Maintenant, il y a Les Mousquetaires. C'est bien, Les Mousquetaires, je dis pas. Ça fait du travail pour les jeunes, c'est plus… Enfin, c'est le progrès.

Ils arrivèrent devant la charcuterie où, sur le cochon rose, un panneau indiquait les promotions du jour.

« Pâté de tête, six francs cinquante le kilo. »

« Rillons, deux kilos cinq francs. »

– Je vais faire du pâté de tête, tiens… et je vais prendre des rillons pour moi. Si ça vous dit…

Lambert n'avait jamais connu une telle paix. Était-ce le fruit de la nuit sans sommeil ? L'effet lénifiant d'une vie sans complication, où chaque moment, le réveil, le petit déjeuner, le coup de feu de onze heures, le repas de midi et ainsi de suite jusqu'à la mort, était parfaitement organisé ?

– Oui, merci.

– Au fait, je ne vous ai pas demandé, vous allez rester dans le coin ?

Lambert s'arrêta.

– Je ne veux pas être indiscret, moi, la vie des autres, je m'en mêle pas.

– Non, non. Enfin, si. Je reste, je reste encore un peu, vous savez…

– Ah, c'est ça.

– Oui.

À l'intérieur de la boucherie, une vieille à cabas parlait d'une voix forte. Ses cheveux drus, blancs, coupés court, auréolaient un visage où les rides, profondes, rehaussaient des yeux pleins de malice.

– Bonjour, Méméanti, où est-ce que vous allez, comme ça ?

Elle les regarda tous les deux, le front plissé, la bouche rieuse.

– Chaparder, Jeannot, chaparder. C'est jour de marché. Il y a toujours une bricole à ramasser. Une bonne soupe d'orties me ferait plaisir. Tu ne me présentes pas ton copain ?

Jeannot se tourna vers Lambert.

– Méméanti, je vous présente…

– Lambert ; bonjour madame.

– Tu m'appelles Méméanti, comme tout le monde. Lambert, c'est pas un prénom ça… Et sans rien ajouter, elle partit d'un bon pas sur la route.

– Elle a dans les quatre-vingts ans, peut-être plus. Va savoir. On dit qu'elle a fait dans la Résistance, mais elle n'en parle pas, elle veut pas. Alors nous, on dit rien.

Ils regardèrent sa silhouette petite, sèche, s'éloigner, disparaître à l'horizon. Jeannot recula soudain.

– Oh ! lala ! la mère Bea, faut que j'y aille, sinon à onze heures, je serai toujours là !

Il se précipita dans le magasin.

Lambert, ce n'était pas un prénom, elle avait raison. Il alluma une autre cigarette, une quinte de toux le secoua. Les yeux pleins de larmes, la gorge en feu, il songea que personne ne l'avait appelé par son prénom depuis l'enfance. Son prénom, Simon, une relique sur sa carte d'identité.

Le cafetier prit son temps, il bavarda même un peu avec la mère Bea, et Lambert attendit sans impatience. Le trafic de la grande rue s'anima, une estafette de la poste, des voitures, des Mobylette, un car qui jeta sur la place une légion de femmes aux filets remplis de victuailles.

– Ah, vous voilà, j'avais peur que vous soyez parti.

– Je suis là.

– On y va ?

– On y va.

Ils firent une halte chez le fromager pour du roquefort et du beurre et, à nouveau, chez le boulanger.

– Vous avez dit, tout à l'heure… pour le Boche.

– Vous restez combien de temps ?

– Je ne sais pas au juste, un jour, voire deux, peut-être plus.

– Si ma femme avait été là, je vous aurais bien dit, mais à présent… Il secoua la tête. C'est plus possible, vous comprenez ?

Lambert comprenait.

– Remarquez, il y a l'Ibis, c'est bien l'Ibis. Propre, pas cher. Mais si c'était moi, j'irais chez Monique.

Jeannot fit un geste vers une enseigne.

« Chez Monique, mercerie »
Pension de famille

– Chez Monique ?

– C'est bien. Bien comme il faut. Vous y serez comme un coq en pâte.

Monique portait ce blond oxygéné caractéristique des vraies brunes. Dans une autre vie, elle était peut-être montée à Lyon, à Roanne, à Paris. Jeune, avec de belles dents et un ventre replet. Au bout d'une dizaine d'années, riche d'un petit pécule elle était revenue, avait repris la mercerie de sa mère et ouvert une pension de famille, au-dessus. Avec tout le confort moderne.

Avec le temps, elle n'avait pu rivaliser avec les Ibis, les Formule 1. Néanmoins, elle gardait le sourire et certains clients.

Lambert s'installa dans une grande chambre sur cour, plus tranquille, aux murs et plafond recouverts d'un papier fleuri, rose. Les rideaux, le couvre-lit, les coussins étaient eux aussi roses, et fleuris.

Lambert eut l'impression de se laisser enfermer dans une bonbonnière et sombra cinq heures d'affilée dans un sommeil profond et réparateur.

Monique avait connu le Boche. Les mauvaises langues prétendaient qu'elle avait connu tous ses clients. Lambert constata la véracité de ces propos lorsqu'elle se glissa, nue et plus très jeune dans son lit, pour le réveiller. Ce fut inattendu, professionnel et plaisant.

Il arriva au Bienvenu un peu avant dix-sept heures.

Jeannot l'accueillit avec un sourire, il essuyait un verre derrière le comptoir. Il dut attendre dix-neuf heures que la clientèle se raréfie, pas plus de cinq, six habitués, des vieux, les jeunes préféraient le Rond-Point, où il y avait des flippers, de la musique, la leur, tenu par un gars revenu des Amériques.

– Il ne vous resterait pas un casse-croûte de ce midi ?

– Rien boulotté ?

– Dormi.

– Le sommeil, ça nourrit son homme, à sa façon – il sourit. Je vais voir ce qui reste.

Lambert prit place face au bar, saisit une bouteille de blanc entamée, au frais dans l'évier, et emplit deux ballons.

Jeannot revint avec une assiette, deux gros morceaux de pain et deux paquets roses de la charcuterie.

– Fromage, il n'en reste plus. Les rillons, c'est parti aussi, mais j'ai là un peu de pâté de tête et de la saucisse. Ça vous dit, de la saucisse ?

Elle était sèche et coriace. Ils burent leur blanc, échangèrent des considérations, le temps, le foot, le passage des ans. Ce fut Jeannot, qui, le premier, aborda le sujet.

Lambert, lui, n'éprouvait plus rien, ni curiosité ni angoisse. Écouter les paroles du cafetier, respirer l'air gonflé de silence en parcourant les deux cents mètres qui séparaient la pension du bar, soulager son ventre en n'ayant rien demandé, rien monnayé, dans le corps doux et usé d'une femme sans attrait particulier, l'avaient transformé. Depuis combien de temps ne s'était-il pas senti si bien ?

– C'était un peu comme vous, le Boche. Un beau matin, il était là. Descendu du train, tout pareil, et le voilà qui commence à poser des questions. Parlait pas trois mots dans le bon sens, mais y se faisait comprendre. D'aucuns se méfiaient. Il y a eu pas mal de résistance, dans le coin. Le centre de tri, la gare, ils ont fait des dégâts nos gars par ici, alors vous pensez ! Un Boche, on voyait bien qu'on avait affaire à un professionnel.

Lambert ne dit rien et laissa venir. Jeannot se leva et partit dans la cuisine. Il revint avec un pot de cornichons, leur versa un autre verre.

– La mort, disait ma femme, c'est manger à pas d'heure. Les organes, ça plaisante pas, mais maintenant qu'elle est partie…

Ils mâchèrent un bout de saucisse. Avec le blanc, ça passait mieux.

– Goûteuse.

– Où j'en étais ?

– Un type débarque un beau matin et pose des questions. Quel genre de questions ?

– Des tas, et en même temps, rien de précis.

– Vous voulez dire qu'il ne posait pas de questions sur quelqu'un en particulier ?

– Oui et non. Plutôt sur des assassinats, des crimes, des gens égorgés. Il s'anima. D'ailleurs, il avait plein de coupures de journaux, que des atrocités, des journaux de l'étranger.

– Vous vous en souvenez ?

– Non. À part le français, moi… Et la lecture, ça n'a jamais été mon truc. Je n'ai pas de dessert, une fine ?

– Va pour une fine !

Jeannot cria presque :

– J'y suis ! Ça me revient, maintenant. La Louise, il était fortement intéressé par cette pauvre gamine, lui aussi. Il avait toute une page de journal, de pendant les événements. Ça nous a fait quelque chose, vous pensez bien, une gamine de par ici, et son père qui était monté à Paris. Il avait bien réussi, le père Raoul, il avait un estaminet, une belle affaire, près d'une gare.

– Vous pensez que le… – il hésita – le Boche s'intéressait particulièrement à Louise Petitjean ? Pourquoi elle ? Vous m'avez dit qu'il avait une longue liste de crimes…

– Parce que c'était notre crime, pardi ! Il avait beau avoir eu lieu là-haut, dans la capitale, la Louise était une gamine de chez nous, ça n'aurait jamais dû arriver !

Lambert sursauta. Jeannot venait d'énoncer le seul constat acceptable.

Une fragile, inutile révolte contre le destin. Il frissonna, ses paumes se couvrirent de sueur, il avala l'alcool, s'étouffa, et songea au grand nombre de choses qui, dans sa vie, n'auraient jamais dû arriver.

Quand il quitta Le Bienvenu, la nuit était tombée depuis longtemps et le vent rapide, froid, des plateaux, avait entraîné les nuages. Jeannot sortit sur le pas de la porte avec lui.

– Viendra plus personne, ce soir.

Dans la nuit limpide, les étoiles, minuscules, brillaient.

Paris, place de la Madeleine, hospice, 1987

Louis d'Armentière le tient. Il est épuisé, la douleur, d'une intensité capable de lui briser les os un à un, gagne du terrain. Mais il ne veut pas prendre les cachets devant lui. Chaise roulante ou pas, Désiré Cottencin est un homme dangereux.

Il sort les papiers de l'enveloppe, de longues listes, meubles, lampes, ustensiles de cuisine, vêtements, tapis… Un inventaire absurde du quotidien.

– Comment avez-vous eu ça ?

Il aurait pu lui répondre, un brusque accès de mauvaise humeur l'en empêche. Il se sait condamné, mais pas encore prêt à abdiquer devant un vieillard méprisable.

– Je les ai, c'est tout.

Cottencin perçoit le changement. Dur en affaires, il sait parfaitement reconnaître cette subtile transformation du ton, du regard, de la position du corps chez l'adversaire, prélude à l'affrontement.

Il a toujours su mener sa barque, pas comme ce con de Maurice, prêt à fanfaronner, à donner de la gueule, à étaler son magot devant le quidam, comme si cet étalage pouvait conforter sa position. Pauvre con ! Ni une ni deux, à la Libération, ç'avait été un des premiers, les FTP-MOI[1] ne l'ont pas raté : pendu, sans voix au chapitre.

Il sourit, il est content de lui. Le Maurice n'a pas été le seul. Pas assez fin pour s'assurer une tranquillité. Fallait montrer des preuves, donner des gages aux cocos. Il a balancé tous ceux qu'il a pu, le juif borgne, un malin celui-là, qui croyait pouvoir s'en tirer avec ses histoires de youp. Mais lui, Désiré, il avait eu de quoi l'enfoncer, fabriquer des preuves, c'était du cousu main. Tous ceux qui l'ont regardé de travers y sont passés. Dommage qu'il n'ait pas pensé à la Germaine.

1. Les FTP-MOI (Francs-tireurs et partisans-Main-d'œuvre immigrée) : groupes de résistants.

Remarque, elle a pas été bien loin, rasée et tout le tintouin. Ça lui aurait mis la joie d'assister au spectacle, mais il y avait du pèze à se faire avec les Américains. Du solide, il a pas traîné.

Un seul regret, il n'a pas osé s'attaquer au rupin, à d'Armentière. Quant au dangereux, le Gaillard, il s'était fait la malle du jour au lendemain. Évanoui en fumée.

– Je me suis débrouillé ! Avec ça… Il montre les listes posées sur la table.

– Je ne comprends pas.

– C'est les Allemands, une grande opération. Des milliers et des milliers de meubles, de tapis, de l'argenterie, des fourrures… Rien que du beau, du bon, parti en Allemagne.

La voix est basse.

– Pour la population civile, qu'ils disaient. Le docteur Simonot disait, lui, que c'était pour rendre les biens des Français spoliés par la coalition judéo-maçonnique aux Français du Maréchal.

Les épaules, le torse de Désiré Cottencin sont agités de soubresauts. Un gargouillis continu qui mousse au coin de la bouche s'échappe de ses lèvres. Désiré Cottencin est pris d'un fou rire inextinguible.

Le garçon de salle croit qu'il a une attaque. Pas de bol, juste avant le changement de tour. Ils vont faire des histoires, comme toujours, « c'est pas nous, c'est le tour de jour… » gnagna, gnagna. Il connaît la chanson.

Il arrache la chaise de la table et avant que Désiré Cottencin puisse faire un geste, dire un mot, il le sort, presque en courant, le met dans l'ascenseur et le laisse, vitupérant de rage, dans le dortoir vide du troisième.

Le sommeil est enfin venu. Des heures de pur oubli. À son réveil, Louis d'Armentière hésite à continuer la fouille ou à retourner à l'asile. Un autre nom a émergé : le docteur Simonot. Aucune trace de lui dans les documents de son père.

Pourquoi lui a-t-il transmis, à la fin de sa vie, cette vérité parcellaire, alors qu'il aurait pu ne rien dire ?

En soulageant sa conscience, son père l'a condamné à ce retour absurde dans un passé voué, lui aussi, à disparaître.

Tout tournera, définitivement, autour de la mort, de la disparition.

Mauvais, renfermé, le visage ravagé de tics, Désiré Cottencin l'attend dans le hall. Il ne s'embarrasse ni de préliminaires ni de politesses.

– On a à causer, tous les deux. On a été interrompus. Vous m'avez apporté les menthol ?

Louis d'Armentière va pour sortir la cartouche qu'il a achetée.

– Pas ici, l'arrête Cottencin. On va aller se poser au calme.

Au prix de grands efforts – il a du mal à faire rouler seul sa chaise –, ils gagnent le bout du couloir où se trouve la salle d'activités. Désiré Cottencin veut effacer sa sortie de la veille.

Une fois qu'ils sont installés, Cottencin attaque direct. Il n'aime pas perdre son temps.

– L'opération était admirablement bien organisée. Près de trente-huit mille appartements nettoyés, nous étions une fine équipe, dit-il.

Louis d'Armentière n'a qu'une question à la bouche, mais il se tait. L'orgueil, l'autre face de la stupidité, pointe dans les mots du vieillard.

– Vous…, glisse d'Armentière. Il a besoin de précisions, non d'un chapelet complaisant de souvenirs.

Cottencin n'écoute pas, il est lancé.

– Une belle mécanique dirigée par Kurt von Behr, la Dienststelle… Westen… Vous connaissez ?

Il est ravi de lui en mettre plein la vue. Ce n'est pas parce que, maintenant, il est cloué dans ce fauteuil, à la merci des ordures, qu'il a toujours été ainsi. Il les a doublés, les Boches et les Français. Si le dangereux, un drôle de paroissien, celui-là, ne l'avait pas devancé, il l'aurait eu, pour sûr, l'idée : utiliser les services d'un rabatteur, d'un médecin, le docteur Simonot. Il les avait dans sa poche, les juifs, le bon docteur, une visite de repérage, une confirmation, et ils étaient pour ainsi dire évacués.

– C'était une grande époque, tout fonctionnait à merveille, on travaillait main dans la main, police, Allemands, citoyens, c'est pas comme cette gabegie d'aujourd'hui. L'ordre régnait.

– Vous êtes en train de parler de l'Occupation, de collaboration, dit froidement Louis d'Armentière.

– Collaboration ! La belle affaire ! C'était la survie, oui ! On est comme les bêtes, faut pas l'oublier, ça, mon petit monsieur ! On voit bien, rien qu'à vous regarder, que vous n'avez jamais eu à vous soucier de la becquetance ! De la collaboration, j'en ai fait aussi après, avec les Amerloques, et alors ? Personne n'y a trouvé à redire ! Tout est une question d'opportunité !

Louis d'Armentière hésite entre le rire et la colère. Mais il veut s'en tenir au concret, les considérations de cette ordure ne l'intéressent pas.

– Et ceci ?

Désiré Cottencin saisit les papiers, il les connaît par cœur, il en a eu des centaines entre les mains. « Stern, 87, rue Vieille-du-Temple – meubles : armoire normande, table de salle à manger, desserte et cinq chaises assorties, petite table roulante, lampe à pied en laiton, chandeliers, deux. Un abat-jour, deux lits, table de nuit, trois tapis, dimensions 60 × 40, 80 × 150 et 120 × 150.

« Linge de maison, linge de corps, un manteau de fourrure, vison, tableaux, deux instruments de musique… » « Meïer, place de la Madeleine… » Il s'est personnellement occupé des Meïer.

Il s'était dédouané de tout ce qu'il avait subi, ce matin-là, quand la juive lui avait balancé les clefs pour qu'il referme bien la porte et prenne soin de sa maison.

Il l'avait gardée sa maison, et c'est comme ça que l'idée lui était venue. Le Maurice était tombé là-dessus comme une manne du ciel. Il l'avait présenté à des gens.

– Ce sont les listes des marchandises, lâche-t-il, la voix pleine de regrets. Des listes, il y en a eu des milliers. On peut dire ce qu'on veut, mais l'Allemand a le sens du travail, du boulot bien fait. Y a qu'à voir. Tout était trié, répertorié, nettoyé, réparé.

Il s'enthousiasme.

– Il y avait trois camps : Lévitan, Bassano, quai de la Gare, sans compter le dépôt d'Iéna pour les pièces de prix, les beaux morceaux. J'ai cogité, quand il y en a pour trois, il y en a pour quatre, parce que la marchandise, c'était pas ça qui manquait. Et des ressources, il n'y avait qu'à tendre la main, les juifs, c'étaient les banquiers du monde…

S'il voulait être honnête, mais le mort n'avait pas besoin de le savoir, c'était M. Gaillard, le dangereux, qui avait eu l'idée. Au Madrigal, avant d'aller chez von Behr. Gaillard travaillait main dans la main avec celui-ci, une mission spéciale. Personne ne lui avait posé de questions. Il courait des bruits à faire froid dans le dos, sur le paroissien.

– Cottencin, il est comment l'appartement où tu t'es installé ? lui demanda Gaillard, ce jour-là.

Une bouffée de chaleur l'avait envahi. Une chaleur à en faire péter une chaudière. Il avait attaqué, il savait d'où venait le tir… Maurice.

– Il est à moi ! Et celui qui dira le contraire…

Il s'était levé, la chaise avait basculé en arrière. Le bruit avait fait reculer Maurice, plus très à l'aise dans ses pompes. Putain, il aurait dû la boucler, mais si le Désiré en était arrivé là, c'était bien grâce à lui ! Même pas la reconnaissance du ventre. C'étaient pas les quelques billets, une misère, posés là, sur le zinc…

– Personne ne dit le contraire, coupa Édouard Gaillard. Si tu l'as piqué à un juif, tant mieux. Si tu en piques un autre demain, bravo. C'est pas ça, ce que je te demande.

– Je croyais…

– Je répète ma question. Une veinule bleue, un peu en relief, palpite à sa tempe. Édouard Gaillard est en train de perdre son temps. Et il n'aime pas ça, il sait, par expérience, que le temps est, dans certaines circonstances, une denrée rare. Il est comment, ton appartement ?

– Grand.

Cottencin avait fini par comprendre.

Tout s'était mis en place, en parallèle. Le docteur Simonot apportait tous les jours des informations, des pistes insoupçonnées, il avait le don pour déterrer les planqués, les embusqués, les réfractaires à l'ordre nouveau. Ziegler et sa clique écoulaient la marchandise, l'ordinaire, meubles, ménagères, vêtements. Personne ne demandait quel était le circuit, du moment que l'argent rentrait. Une fois, Maurice insinua que Ziegler devait revendre la camelote à ses potes juifs. Il avait fallu les arrêter, dommage. Il n'aimait pas Ziegler, c'était une fouine. La raclée avait été un spectacle !

Maurice, c'était le transport, il ne se mouillait pas beaucoup. Il ne cessait de pleurnicher sur les clopinettes qui lui revenaient, alors que tous roulaient sur l'or. Un con, ce Maurice. Il l'avait bien cherché, tiens, ce qui lui était tombé dessus, à l'arrivée des Américains.

Lui, il stockait, répartissait. Il avait toujours su gérer son fonds de commerce.

Germaine avait cru qu'elle pouvait se servir, comme ça, sans lever le petit doigt, sous-vêtements en soie, robes, fourrures, vaisselle, tapis… Il avait mis le holà très vite, malgré ses cris et ses protestations. Devant Gaillard, il lui avait flanqué une rouste mémorable et Gaillard avait apprécié le spectacle et sa loyauté. Pas deux sous de jugeote, la Germaine, elle continuait à voler, petitement, en sous-main, et lui, Désiré, laissait faire. Ce que sa femme mettait à gauche lui reviendrait.

Quand Gaillard avait ramené l'aristo, Désiré avait fait la gueule. Plus il y a de parts, moins il y a de gâteau à manger.

Il se fourrait le doigt dans l'œil. D'Armentière avait ses entrées partout, c'était un expert. Il avait vite compris qu'ils ne jouaient pas dans la même cour, même s'il savait se tenir dans le monde et que d'Armentière lui donnait du monsieur, du cher ami long comme le bras. Chacun chez soi et les cochons sont bien gardés. Il avait été content quand il s'était installé au-dessus, place de la Madeleine, chez les Toledano. Des Espagnols qu'ils disaient. Juifs, comme les autres ! Le docteur Simonot, toujours à traîner dans l'escalier – on ne pouvait pas dire qu'il ne se souciait pas de ses patients, le bon docteur –, avait remarqué une petite vieille à qui on aurait donné le Bon Dieu sans confession, patraque par-ci, patraque par-là. En un tournemain, il avait su ferrer sa proie.

– Vous voulez dire qu'il y avait vos combines d'une part, et de l'autre, les Allemands ? L'Opération meuble ?
– Je veux, oui !
– Et c'est tout ?
– Comment, c'est tout ? C'était une belle entreprise !
– Minable, comme vous.
Louis d'Armentière sent la nausée monter.
– Je ne vous permets pas !
– Je m'en vais.
– Attendez ! J'ai pas fini !
– J'en ai assez entendu !
– Ça ne vous intéresse pas de savoir…
– Non.
Désiré Cottencin hurle, le mort ne peut pas partir. Il entend dans le couloir les pas du garçon de salle. Depuis combien de temps crie-t-il ?
– Je peux vous donner les noms. Les noms, ça vous intéresse pas, les noms ?
Louis d'Armentière sait qu'il doit partir, rentrer, prendre ses cachets et s'allonger sur son lit, dans cette chambre, au milieu de cet appartement de la Madeleine. Un centre de tri, de dépôt parallèle de la Möbel Aktion, où ont été entassés, vaisselle, habits, mobilier, livres, tableaux ; les vies de centaines, voire de milliers de juifs. De personne.
– Non.
Que peut bien lui importer, à présent, le nom de ces gens ? Son père a voulu lui faire payer ce que lui, vivant, n'a pas payé. Ni châtiment ni pénitence. A-t-il eu seulement des remords ?
– Ziegler, je ne sais plus son prénom, mais ça devrait

se trouver, et Maurice Jourde, celui-là est mort, pendu par les FTP ; Gaillard et d'Armentière. Un de la haute, celui-là, vous devriez voir ça ! C'était une fine équipe. Des professionnels comme on n'en voit plus.

Louis d'Armentière se lève. Son dos est raidi par la douleur, des élancements de plus en plus violents vrillent sa tête, sa vue se brouille, sa respiration devient haletante. Cottencin vient de prononcer le nom de sa famille.

– Tenez, prenez-les je vous dis, c'est les clefs, les clefs du bureau de Gaillard et de d'Armentière, au-dessus de chez moi. J'y suis plus retourné, mais il doit rester du beau matériel ! Tenez, prenez-les !

Il lui jette les clefs.

– Elle a pas pu vous le vendre, la grosse morue ! C'était pas à elle ! Moi seul avais les clefs, personne savait, personne !

« Clefs » est le dernier mot que Louis D'Armentière entend avant de s'évanouir. Le corps broyé par la souffrance, il songe que la question, la seule qui a de l'importance, il ne l'a pas posée et elle restera désormais sans réponse.

Là aussi, il fait erreur. L'important n'est pas les questions qu'on se pose, les réponses qu'on obtient. L'important est le moment où on les pose. Juste ce bref, insaisissable, moment.

Un infirmier entre dans la salle. Il ressort très vite en courant. Les vieux criaient, l'emmerdeur était en pleine crise et le visiteur venait de se trouver mal !

Devant le médecin de garde, l'infirmière prend la situation en main. Pendant que ce dernier se précipite sur l'homme au sol, d'un geste elle règle son compte à Cottencin.

– Vous me l'emmenez au dortoir, ça le calmera, et les autres, dehors ! Le docteur a besoin de ses aises !

Désiré Cottencin a seulement entendu le mot « dortoir ». Il se met aussitôt à beugler, à donner des coups sur les bras de l'employé qui le pousse. L'infirmière a un rictus de pur plaisir.

– Piqûre !

– Infirmière, prévenez le CHU, ce type doit aller en réa tout de suite !

Elle part dans un bruit agité de talons. Autour de d'Armentière, l'affolement s'est propagé comme un feu de paille.

L'ambulance tarde plus de trois quarts d'heure à arriver. Le visiteur, perfusé, recouvert d'une couverture chauffante, ne fut pas transporté. On ne trouva rien dans ses poches faisant état de son identité, seulement des clefs, lourdes, travaillées, de vieilles clefs pour de vieilles portes, et une grosse somme d'argent remise, au centime près, au commissariat d'où dépendait le jeune inspecteur dépêché à la chambre mortuaire de l'hospice. Procédure routinière en cas de décès d'un individu non identifié. L'argent, si personne ne le réclamait dans un délai réglementaire, irait aux œuvres sociales et aux orphelins de la police.

Plus tard, bien plus tard, Désiré Cottencin se réveille. Dans l'obscurité, il perçoit des lits avec des formes, des hommes, des femmes, tous attachés.

Il ne sait pas très bien où il est. Il respire bruyamment, sent la panique l'envahir. Par la fenêtre haute, étroite, qui grimpe jusqu'au plafond, la lueur d'un lampadaire éclaire la moitié du lit où il est sanglé. Il essaye de se situer, par rapport à la lumière, dehors. Il n'y parvient pas. Mais l'effort, ou le calmant qu'on lui a injecté, le fait à nouveau basculer dans le sommeil.

Il fait jour. Il dresse la tête pour essayer de situer la porte. Celle-ci se trouve à l'autre bout du dortoir. C'est un vieux dortoir de vingt-quatre lits. Il croit être au quatrième, peut-être au cinquième. Il frissonne. Sa vessie est pleine. Il regarde sur sa droite ; cinq lits plus loin, il y a quelqu'un.

– Oh ! crie-t-il.

La forme ne bouge pas. Il crie de toutes ses forces, puis se tait.

On va venir, on a dû l'entendre. À chaque étage il y a un pôle d'infirmiers : une pièce accueillante où ils se réunissent pour croûter, discuter le bout de gras au lieu de s'occuper d'eux, les vieux.

Il écoute. Les pas, lointains, semblent se rapprocher. Il ne s'avoue pas vaincu tout de suite. Il crie à nouveau, fait silence, les appelle, eux, qu'il n'a jamais nommés.

Il attend toujours. Ils doivent être occupés, avec le mort qui a fait tout un cinéma ! Sont friands de spectacle dans la tôle, ça fait passer le temps. Quelle heure peut-il être ?

Il tente de voir l'heure, ses poignets sont maintenus de chaque côté de son corps. Il remarque qu'il n'est pas habillé. Il gueule.

– Mes frusques ! Je veux qu'on me rende mes frusques, bordel !

Il voit ses jambes nues, attachées aux chevilles, avec des hématomes, des crevasses. Mauvaise circulation, a dit le docteur, mais dire, c'est facile. Rien n'a été fait pour améliorer son état.

De rage, il pleure. Il n'a jamais pleuré et cette faiblesse le prend en traître. Il se pisse dessus, n'en pouvant plus.

Il crie encore, et au soulagement succèdent la honte, la colère, le sommeil.

C'est la fin du jour quand Désiré Cottencin ouvre à nouveau les yeux. L'obscurité est tapie derrière la fenêtre. Se pourrait-il qu'ils l'aient oublié ? On n'oublie pas un pensionnaire. Il repasse mentalement tous les appels, toutes les humiliations visant à priver définitivement les malades de dignité. Ce sont des connaisseurs. Puis il énumère le travail que le personnel doit accomplir chaque jour. La toilette, les soins, les repas, les activités. Derrière chaque mot, il place ce que la réalité ne lui a jamais donné, ni à lui ni à aucun des pensionnaires, mais il s'y accroche.

De nouveau il se pisse dessus. Il est bien obligé. De toute façon, qu'est-ce que ça change, faudra bien qu'ils le nettoient. Il dort, se réveille en pleine nuit. Il hurle, hurle, et en hurlant, son ventre se lâche.

Désiré Cottencin hurlera jusqu'à ne plus avoir de voix.

Ils ne peuvent pas ne pas avoir entendu. Dans le silence de la nuit, un bruit, minime, régulier, un goutte à goutte, son urine, qui le brûle, qui lentement s'écoule à terre.

Quatre étages plus bas, l'infirmière donne ses ordres. Les journées ont été rudes, mais une satisfaction nouvelle la galvanise.

– Demain, vous me détacherez l'emmerdeur, il doit être calmé maintenant. Et s'il en reste d'autres, vous me les redescendez.

Capdenac, 1987

Monique François se glisse dans son lit alors que le sommeil a gagné son corps épuisé. Elle travaille avec douceur, sérieux, et Simon Lambert éprouve pour cette femme qui, en toute simplicité, lui offre ce dont elle dispose, une reconnaissance proche du bonheur.

Quand il descend, rasé de près, reposé, il est près de neuf heures. Elle se tient debout, dans la cuisine étroite et longue comme un couloir, contre l'évier, une tasse en porcelaine fine à la main.

– J'allais vous apporter le petit déjeuner, j'attendais juste un peu, vous avez besoin de dormir, de vous retaper, on dirait.

Il apprécie le vouvoiement, cette distance civilisée qui n'empêche rien et permet au respect mutuel de s'épanouir.

Sur un plateau en bois, un bol, un pot de lait et deux tartines avec de la confiture.

Elle n'attend pas de réponse, se retourne, les pans de la robe de chambre s'écartent un instant. Si la cheville est fine, la cuisse s'épaissit. Lambert fixe ses hanches, ses fesses larges, sans déplaisir.

– Mais puisque vous êtes descendu, je vais vous servir et prendre un café avec vous, si vous le permettez.

– Volontiers.

Elle verse un café fort, grillé à même une casserole qui chauffe sur le feu, ajoute du sucre sans rien lui demander et coupe des morceaux de saucisse qu'elle dépose, entre eux, sur une assiette.

– Un temps, je faisais les marchés, j'ai gardé l'habitude de manger le matin.

Il mord dans la tartine, surpris de cet appétit nouveau chez lui, s'étonne des saveurs – l'acidité de la rhubarbe, la douceur de la mûre.

Elle ne parle pas, ses yeux ne le quittent pas, et le tic-tac de la pendule emplit la pièce, endort ses sens.

Monique François range le beurre dans le réfrigérateur, ramasse les bols, les assiettes, les plonge dans l'évier, mais ne fait pas mine de vouloir les laver. Elle se dirige vers la porte du jardin. Il l'entend taper des pieds sur une grille métallique faisant office de paillasson, et sa voix, lente, posée, s'envole dans l'air froid qui envahit la maison.

– Minet, minet, minet !

Elle ferme la porte, revient, lui adresse un sourire.

– Je me recoucherais bien, pas vous ? Elle s'enserre dans sa robe de chambre d'un air frileux. Il fait frisquet.

Lambert regarde la pendule où l'aiguille frôle la demie.

– Et la mercerie ?

– Quoi, la mercerie ? Sa voix pour la première fois est railleuse.

– Vous avez raison.

Elle sourit. Son visage se recouvre de petites rides, Simon Lambert ne peut faire autrement que la suivre.

Ils passent midi au lit dans la chambre fleurie où pas un détail ne manque à la panoplie du mauvais goût.

Il ouvre les yeux et la voit à ses côtés. Sa chair blanche, tout contre lui, encore endormie, souriant dans un demi-sommeil. Il s'arrache à la moiteur de l'édredon et passe dans la salle de bains, toute de rose carrelée, pour une toilette qui lui rend l'allant de la jeunesse. Sur le pas de la porte, il songe, avec ce qui ressemble à un attendrissement, à un fléchissement léger de son inébranlable dureté à l'égard d'autrui, qu'elle fait semblant de dormir pour n'entraver en rien ses mouvements.

Il est cette heure du jour si particulière de la vie provinciale, où les parkings vides, les rideaux tirés, les enseignes au vent, donnent un relief inquiétant à la personne croisée au carrefour qui vous salue vite, en passant, et se retourne pour vous observer avec une pareille méfiance.

La lumière est jaune, coincée entre les nuages bas, le vent emporte les feuilles mortes qui n'ont pas moisi, les papiers, les résidus envolés des poubelles publiques ; un bulletin du Loto, un paquet de cigarettes froissé.

Il fait quelques pas, indécis, ne veut pas retourner au Bienvenu. Il s'avance vers la route. Le bruit d'un Solex ébranle l'air. La frêle machine noire crachote, surmontée d'un homme en casquette, veste molletonnée, pétrifié sur la selle. Arrivé à sa hauteur, il porte les doigts à sa visière en guise de salut. Le bonjour de Simon Lambert se perd dans le sillage bruyant de la vieille cylindrée.

Rendu au croisement, Lambert prend la route de Capdenac-le-Haut et, d'un bon pas, entame la montée. Au bout de vingt minutes, le souffle court, il tousse, crache, genoux flageolants. Il s'arrête contre un poteau électrique, ferme les yeux et inhale l'air chargé d'odeurs. Herbe, pissenlits, marguerites, orties, millepertuis. Il faudrait revenir à la belle saison. Cette pensée le suffoque d'avantage que l'oxygène, trop pur, qui se précipite dans son appareil respiratoire.

En contrebas, la ville luit sous la lumière éphémère d'un arc-en-ciel. Le silence est complet, et le regard de Simon Lambert, un regard serein, erre sur l'étendue plate des voies de chemin de fer, des dizaines et des dizaines de rails qui se croisent, comme les mailles d'un tricot en acier.

– Mon mari, il était cheminot.

La voix est assurée. Elle a surgi dans son dos avec un grand panier d'où s'échappe ce qu'il prend pour des mauvaises herbes.

– Bonjour, madame, répond-il, surpris.

– Tu grimpes à Capdenac-le-Haut ? Moi, j'en reviens, sinon, je t'aurais fait un bout de chemin.

Elle a posé son panier par terre. Il croit à un signe de fatigue et se précipite pour le ramasser ; la vieille femme – il a oublié son nom – est sympathique. Il a envie de sourire, c'est la deuxième fois en moins d'une heure qu'il éprouve, sans arrière-pensée, des sentiments pour autrui. Des sentiments qui sont étrangers à son registre habituel, défiance, curiosité, peur, rancœur, mépris, indifférence.

– Je vais vous aider à porter le panier, je ne suis pas pressé, il a l'air lourd. Qu'est-ce que vous portez là-dedans ? Vous revenez du marché ?

Il rougit, s'apprête à s'excuser de cet interrogatoire.

– Tu rigoles, le marché, c'était tantôt. Je suis allée chaparder. Il y a toujours des tas de bricoles à chaparder sur le bord d'une route. Plein de choses que les autres ne voient pas. Moi, j'ai toujours eu de bons yeux. Là, tu vois, je vais me faire une soupe de chardons au lard. Avec de belles tranches de lard. Tu as déjà goûté la soupe de chardons ?

– Non.

– Alors, suis-moi, tu m'en diras des nouvelles.

Ce fut une route longue de plus d'une heure et demie. Sur les bas-côtés, sous les arbres, il y avait des trésors à prendre, des plantes à nommer, genévriers, adonis d'automne, thym, serpolet, des histoires, par bribes, à raconter. Dans le bourg les chiens aboyaient à leur passage. La vieille femme émettait une sorte de sifflement amical avant de les appeler. Le Bâtard, Jojo, Rex, Larsouille, Patoufet et leurs maîtres, Anselme, la Doris, Fanfan, tous des cheminots, tous des amis.

– Alors, comme ça, t'es venu pour le Boche ?

La cuillère resta en suspens. C'était la première fois

qu'il mangeait une soupe aux chardons, pour lui c'était de la nourriture pour les ânes.

« Faut pas partir en se disant, aujourd'hui, je veux des poires d'eau, des asperges sauvages, des champignons, de la menthe. Faut pas chercher, faut laisser faire, on finit toujours par trouver », lui avait-elle dit. Simon Lambert l'avait écoutée, certain maintenant que s'il devait, quarante ans plus tard, trouver quelque chose, il trouverait, ou pas.

Il revint à la mercerie. Le soleil disputait mollement sa place à de brèves bourrasques. Avant de rentrer il resta un bon moment à fumer dans la rue, regardant l'intérieur où la silhouette alourdie de Monique dessinait un ballet d'ombres dans la lumière irisée. Deux femmes sortirent, traversèrent la rue dans sa direction, lui firent un bref signe de tête au passage, en un bruissement de plastique et de bottines fourrées.

Un klaxon, à trois reprises. Il écrase sa cigarette au sol et la ramasse avant d'entrer.

Le son mélodieux d'un carillon le surprend quand il pousse la porte, il n'a pas vu la cliente que Monique est en train de servir. La conversation se fige. Il fait un pas en arrière.

– Ne t'en va pas, j'ai fini. Monique se tourne vers la femme qui l'observe sans dissimuler sa curiosité. Nous avons dit trois mètres de ruban lilas, n'est-ce pas, madame Boutin…

Celle-ci s'arrache avec peine de la contemplation de l'inconnu.

– Oui, c'est pour la fête des majorettes, cette année les jupes sont festonnées, je me demande…

– Ce sera très joli, madame Boutin, très joli, avec ses jolis cheveux blonds, votre fille sera ravissante.

Monique saisit une bobine en bois et, avec dextérité,

coupe le métrage demandé. Ses gestes sont amples. Lambert remarque ses mains, fines, longues, manucurées, où chaque doigt porte une bague. Un assemblage hétéroclite de pierres de qualité médiocre, d'or, d'argent sans finesse.

Elle encaisse, sort de derrière le comptoir et, sans cesser de parler avec la cliente, la reconduit fermement à la porte.

– Bonsoir, madame Boutin, vous ferez une bise à Chantal de ma part.

Mme Boutin essaye de prolonger l'entretien, en vain.

– Tu peux monter, je ferme. Mme Boutin est ma dernière cliente, aujourd'hui.

Une pendule fait entendre un carillon aux variations familières qu'il n'arrive pas à identifier.

– Il est cinq heures à Big Ben ! Elle lui sourit. La porte, là, au fond.

– Vous fermez bien tôt, ce soir, Monique.

– Oui, madame Boutin, vous voyez bien que j'ai un invité.

La porte se ferme, la conversation est close. Ils s'installent dans la cuisine où elle prépare un pot de café.

– Aux gens, il faut toujours leur donner ce qu'ils attendent, ce qu'ils veulent savoir.

Il n'a pas enlevé son manteau, il appuie son visage contre le carrelage. Pour un peu, il s'endormirait, là. À cet instant, il pourrait mourir. Rien n'a d'importance, excepté cette paix qui envahit son corps, sa conscience.

Monique s'est assise de l'autre côté de la table en vieux Formica vert pâle. Elle fait des mots croisés, les deux bols de café fument à peine.

– Tu t'es endormi.

– J'ai dormi longtemps ?

Elle se lève et revient avec une petite valise fermée

par deux courroies en cuir. Ensemble ils la posent sur un tabouret.

– C'est ce que tu cherches, n'est-ce pas ?

Il ne répond pas.

– C'était à Otto.

– Otto ?

– Le Boche. Il s'appelait Otto Coblenz.

Le visage de Monique est large, doux, ridé. Son rouge à lèvres, trop rose, lui donne un air enfantin. Ses longs cheveux oxygénés jurent avec la couleur bleu roi de son ensemble. Tout en elle dégage la plénitude d'une personne en accord avec ses décisions, jusqu'au choix d'une douce vulgarité domestique.

Simon Lambert fera de nouveau l'amour avec Monique avant d'ouvrir la valise du Boche. Il ne l'ouvrira que le lendemain, car le sommeil le gagnera, l'emportera, jusqu'à une aube, timide et froide.

– Il est arrivé de nulle part, comme toi. Il est allé voir la police, ils ne l'ont pas accueilli à bras ouverts, tu parles, à l'époque, c'était encore frais. Il y a eu beaucoup de résistance par ici, alors un Boche qui arrive, pose des questions. Les gars n'ont pas fait dans la dentelle.

Elle beurre sa tartine avec attention, recouvre chaque centimètre du pain grillé, étale une cuillère de confiture, et la lui tend. Personne n'a jamais eu pareil geste envers lui.

– Remarque, ça se comprend. Elle boit une gorgée.

– Tu ne manges pas ?

– Je dois faire attention à mon embonpoint.

Lambert n'a pas l'habitude du marivaudage amoureux, il rougit et demeure silencieux, incapable de lui donner la réplique dans le même registre.

– Quel genre de questions ?

Elle secoue la tête.

– Des questions de flic.

Il se retient de lui demander ce que sont des questions de flic. Dans ce registre-là, il excelle.

– Tu crois que c'était un flic ?

– Je ne sais pas. S'il avait été flic, j'ai toujours pensé que ceux d'ici n'auraient pas fait ce qu'ils ont fait !

– Qu'est-ce qu'ils ont fait ?

Elle prend une éponge et essuie soigneusement la table.

– Ils lui ont mis une rouste. Une sacrée rouste. Ils l'ont attendu un soir, près du Bienvenu. C'est ainsi que je l'ai récupéré, dans un sale état.

– Pourquoi ?

– Pourquoi, quoi ? Pourquoi je l'ai récupéré ?

– Oui.

– J'aime les hommes. Elle inspira. C'est comme ça. D'autres aiment les tripoux au petit déjeuner. Moi, ce sont les hommes. Peut-être parce que j'en ai jamais eu un à moi.

Elle lui tourne le dos face à l'évier où elle revêt de longs gants en caoutchouc rose.

– Ils l'ont rossé parce qu'ils avaient, eux aussi, beaucoup de choses à faire oublier.

C'est à son tour de rougir, il sait parfaitement ce à quoi elle fait allusion. Il est troublé. En dix ans de psychanalyse, il n'est pas parvenu à prononcer les mots que Monique vient simplement de mettre sur la table.

– Tu n'as pas dit qu'il y a eu beaucoup de résistance dans le coin ?

Elle se retourne vers lui, sa voix est moqueuse.

– Tu ne crois tout de même pas que c'était la maréchaussée, les résistants par chez nous, non ?

– Pourquoi pas ?

– Je ne sais pas dans quel monde tu vis, tu as vécu. Mais par ici, ils appliquaient à la lettre le dix-neuvième article de la Convention d'armistice du Maréchal. Bon, je dis pas que tous… Il devait bien y en avoir qui ne collaboraient pas. Tu sais, c'est une toute petite ville, tout finit par se savoir. On l'ouvre, cette valise ?

La valise est remplie de coupures de journaux, de deux grands cahiers où d'autres articles sont collés avec soin, et d'un mince carnet retenu par un élastique. À l'intérieur encore des coupures, en français celles-là, et des notes, des schémas, beaucoup de notes.

– Merde, c'est écrit en allemand !

Elle rit.

– En quoi veux-tu que ce soit écrit ? Otto est allemand. Nous allons bien trouver quelqu'un qui parle allemand.

Un article s'échappe de ses mains, glisse, voltige vers le sol. Il ne le ramasse pas tout de suite. Ses yeux sont incapables de se détacher des gros caractères du papier jauni.

« Triple meurtre à Montreuil : quand l'assassin s'arrêtera-t-il ? »

La une du *Petit Parisien* est tronquée. La suite devait se trouver dans les pages intérieures. Il lit ce qu'il sait déjà, ce qu'il n'a pas lu à l'époque, trop occupé par l'autre affaire.

Avec impatience il trie les journaux, les articles, essaye de faire des tas par langue, par année. Très vite, il se rend compte que les journaux, une grande majorité sont allemands, évoquent des crimes ou des morts violentes. Les crimes de Montreuil semblent avoir retenu l'attention du Boche. Le nom des trois jeunes filles se retrouve sur le carnet, mais il y a d'autres noms, d'autres lieux, d'autres dates. Des crimes semblables.

– Il n'a pas pu coller les autres, fait-elle observer.
– À quoi tu vois ça ?
– Regarde, au début ce sont tous des journaux allemands, enfin, la plupart, il y a des anglais, des belges, des espagnols.
– Tu as raison.
Il lit tout ce qu'il peut comprendre, suit les listes écrites par l'Allemand, observe les schémas.
– Il faut absolument que je lise les notes. Tu connais quelqu'un ?
– On doit pouvoir trouver.
Elle n'ajoute rien de plus, il est fatigué. L'odeur de moisi du vieux papier irrite sa gorge. Il la suit dehors. L'air venteux lui fait du bien. Ils marchent ensemble, sous son parapluie pliable qu'il tient fermement, luttant contre les rafales soudaines et imprévisibles.
– Tous les crimes ont été commis avec un couteau, tu as vu ?
Il n'a pas vu.
– C'est lui qui me l'a dit. Je ne m'en souvenais plus, c'est en regardant les journaux, ça m'est revenu.
– Tu te souviens d'autre chose ?
Monique François rit.
– Ça ne te regarde pas… et puis, tu sais, les faits divers n'ont jamais été ma tasse de thé.
– Une fille d'ici est morte.
– Je sais, n'empêche, je n'aime pas ça. Mais je vais y penser.
Son calme l'agace. Ils entrent au Bienvenu, il est accueilli en habitué. Jeannot ajoute une coupelle de cacahuètes à la pression.
– Vous connaissez quelqu'un qui parle allemand ?
– Faudrait voir.

Monique ne tarde pas à partir, elle n'a aucun signe de familiarité envers lui. Il apprécie.

Dans son propre carnet, il retranscrit les noms, les lieux, les dates :

« Heinrich Wilhem, Félicité Moreau, Paris, 1942, 1941 », et d'autres, dont il n'a jamais entendu parler, en province, du côté de Guéret, de la Souterraine. Tout s'arrête avant les années soixante.

Les journaux français évoquaient un même assassin lors des meurtres de Montreuil. Aucun nom, aucune piste sérieuse n'était mentionnée. Il a hâte de revenir à la mercerie, un doute l'en empêche.

– Il y a une bibliothèque, ici ?

– À côté de la mairie. Faut te dépêcher, ça ferme tôt.

Il se précipite sous une pluie battante.

La bibliothèque est un bâtiment moderne, à l'arrière de la mairie. La salle de lecture est vide, à l'exception de quelques enfants qui ne lèvent pas les yeux à son arrivée.

– Je cherche une personne parlant allemand, dit-il sans même saluer.

L'employée, occupée à taper des titres derrière une imposante machine à écrire, lève les yeux au-dessus de ses lunettes loupe.

– Bonjour, monsieur.

Il rougit.

– Bonjour, excusez-moi, je cherche une personne…

– J'ai entendu, je vais voir.

Elle se dresse, minuscule, serrée dans un tailleur vert eau en gros lainage. Modèle Burda. Elle revient rapidement, accompagnée d'un jeune homme aux cheveux longs. Il ne lui donne pas vingt ans.

– Cédric Leroy, le bibliothécaire.

– Commissaire Lambert, dit-il en tendant sa carte.

– Si c'est pour les BD volées, j'ai dit à vos collègues que je ne portais pas plainte. Il recule d'un pas, les yeux assombris par la colère.

– Parlez-vous allemand ?

– Oui, mais…

– Nous pouvons aller dans votre bureau ? Vous avez un bureau ?

Simon Lambert reviendra le lendemain à l'ouverture. Cédric Leroy n'a pas vingt, mais trente ans, il est agrégé d'allemand.

La traduction du carnet d'Otto Coblenz et des coupures de presse ne lui posa aucun problème. Dans le carnet étaient consignées, de manière précise, succincte, les principales caractéristiques des meurtres. Des assassinats commis dans des villes différentes, à des dates différentes. Aucun lien ne semblait relier les victimes, ni leur sexe, ni leur âge, ni leur position sociale. Parfois, on pouvait rattacher un vol au crime, mais rarement. Toutes les victimes avaient été égorgées, tuées au couteau. Il s'agissait sans l'ombre d'un doute d'un ou de plusieurs professionnels.

En Allemagne, le nom d'un seul assassin avait aussi été évoqué. Mais les articles étaient courts ; des entrefilets. Les journaux anglais, espagnols, italiens, belges, étaient plus prolixes, mais souvent, des coupables ou présumés tels, avaient été arrêtés.

Cédric Leroy avait une bonne connaissance des langues étrangères. Cet intermède dans la routine de sa vie de bibliothécaire à Capdenac le passionnait.

– Je suis bibliothécaire en attendant, lui confia-t-il.

– En attendant quoi ?

Lambert n'avait pas voulu troubler le jeune homme, ni le blesser, mais sa question fit l'effet d'un tourbillon sur une fourmilière dans l'esprit de son interlocuteur qui ne sut quoi répondre en un premier temps, puis parla d'un livre à écrire, des études de philosophie à reprendre, un pays lointain à visiter, une branche éloignée de sa famille à découvrir.

Simon Lambert fut heureux de retrouver la chambre fleurie de la mercerie où il dîna, fit l'amour et se réveilla les idées claires, parfaitement reposé, le lendemain. Avant de partir, il demanda à Monique François :

– Pourquoi as-tu dit « Otto est allemand »... Je croyais...

– Qu'il était mort ?

– Oui.

– Pourquoi serait-il mort ? Il a autant de chances que toi d'être mort, ou toujours en vie. Vous avez le même âge.

Il ne sut quoi dire. Simplement, il n'avait pas imaginé un homme de son âge. Il ne pouvait concevoir cet homme, ce double lancé à la recherche du même coupable que lui, car il appartenait au passé, tout comme les trois mortes de Montreuil : Louise Petitjean, Georgette Malivoine, Régine Desmarquets. Un passé que lui seul, Simon Lambert, commissaire à deux mois de la retraite, voulait recouvrir d'un manteau de sable où, à la face du monde, s'inscrirait le nom de l'assassin.

– Je m'en vais.

– Lui aussi est parti.

Il ne la serra pas dans ses bras ni ne l'embrassa. Il descendit du trottoir. À ses pieds, une petite flaque d'eau où surnageaient des papiers de bonbon brillait.

Monique François se baissa, les ramassa et alla jusqu'à une poubelle pour les jeter. Elle frissonna, leva la tête, observa le ciel et fit un pas vers la porte de sa boutique.

– À son âge, on peut encore voir venir. Otto avait des projets… comme toi.

Elle rentra, referma la porte et resta à le regarder faire un bref demi-tour sur lui-même, se redresser, esquisser un geste d'adieu auquel elle ne répondit pas et, portant son sac et la petite valise d'Otto Coblenz, regagner la gare de Capdenac où, sans s'arrêter pour saluer Jeannot au Bienvenu, comme il l'avait envisagé – il serait toujours temps de revenir, peut-être reviendrait-il –, il prit un train de nuit pour Paris.

La première chose qu'il fit en arrivant chez lui fut d'appeler Monique. Elle décrocha à la quatrième sonnerie, et sa voix lui fit immédiatement oublier sa chambre fonctionnelle, son salon triste de vieux garçon. Un vieux garçon depuis l'âge de vingt ans.

– C'est moi.

– J'entends bien.

– Je suis arrivé chez moi, à Paris.

Pourquoi l'appelait-il ? Sa respiration s'accéléra, la sienne, paisible, ronronnait doucement à l'autre bout de la ligne.

– L'Allemand, Coblenz, quand il est parti, est-ce qu'il a… ?

Elle ne dit rien.

La presse avait parlé d'un assassin en série. Puis les crimes retentissants du docteur Petiot avaient tout balayé. Coblenz les avait écartés, à peine une mention dans le carnet et, patiemment, il avait dressé une liste, comme celle des meurtres en Allemagne que rien ne reliait, hormis le couteau. L'arme des crimes, le couteau de l'égorgeur.

– Sais-tu où il est parti, après…

– Oui, je sais.

– Tu ne m'as rien dit.

– Tu ne me l'as pas demandé.

À nouveau le silence. Il ne voulait pas le rompre de peur de voir se briser son image.

– Il a parlé d'Angers, d'Angers et de Paris. Non, pas Paris, une banlieue. Tu sais bien, c'est écrit dans le journal.

Au début du carnet d'Otto Coblenz, un nom italien, Zacharie Poletti, une date, 1942, une ville, Varsovie, puis un petit entrefilet. Cinq lignes à peine. Il se souvient de ce que le jeune bibliothécaire a dit, un crime crapuleux, quatre femmes de chambre trouvées dans les sous-sols d'un hôtel, en pleine guerre. D'autres brèves, des noms de victimes égorgées, forment une route sanglante jusqu'en France.

Il pleut, ce matin-là l'appartement est glacé. Depuis combien de temps n'a-t-il pas allumé le chauffage ? Son dos, ses jambes, lui font mal. S'il s'allonge, il s'endormira. La crasse de la salle de bains lui saute à la figure. Dans le bac à douches mal scellé, dans les interstices du carrelage, des traces d'humidité, solides, vieilles, comme lui. La faïence est grisâtre, piquée par la rouille. La pastille de savon est sèche, le miroir au coin cassé est souillé de projections, la serviette raidie pue.

Dans la cuisine, un coin séparé par du placoplâtre du reste du salon, une odeur froide et nauséabonde s'échappe de l'évier où un bol et une cuillère sont posés.

Au pied du lit, des petits tas de vêtements sales. Il n'a pas eu le temps de laver son linge ces derniers jours, ces dernières semaines, il ne sait plus. Il a cru, jusqu'à cet instant, avoir toujours fait attention.

Le jour est maintenant levé, sombre, froid, sous la pluie. Le bruit des klaxons lui parvient, assourdi. Par la fenêtre, il voit les toits, un corbeau sautille, luisant, avec, dans ses mouvements, une précision humaine.

Il enlève sa chemise en pinçant ses narines, incapable de supporter son odeur, et revêt un col roulé trop serré. La laine le gratte et le réconforte.

Sans rien toucher, il met le contenu de la valise d'Otto Coblenz dans un sac en plastique et quitte les lieux. Il a seulement gardé le carnet.

En descendant l'escalier – l'ascenseur est bloqué –, il a entendu du bruit, des voix étouffées. Il est encore tôt, ceux qui parlent ne veulent pas déranger. Les portes du deuxième étage sont grandes ouvertes ; de la lumière, des coups. Du mobilier de bureau encombre le palier.

Il s'arrête, enjambe, heurte un carton qui se renverse. Deux hommes, l'un en costume, l'autre en bleu de déménageur, sortent.

– Désolé, j'aurais dû prévenir, j'emménage.

– Il n'y a personne dans l'immeuble à cette heure-ci, s'entend-il dire, je m'en vais.

– Lisestein, Samuel Lisestein, expert. Lisestein s'appuie sur deux cannes, les fait glisser l'une vers l'autre avec une grande habileté, et son corps bancal reste en équilibre, sans doute une grande pratique. La poignée de main est vigoureuse.

– Enchanté.

– Je m'installe.

– Je vois.

Il a un frisson de fatigue, descend les dernières marches avec l'impression désagréable d'avoir bu une bouteille entière de cognac et de ne pas s'en souvenir.

Lambert hèle un taxi place de la Bourse et, contre la banquette, au chaud dans l'habitacle, il souffle enfin. La radio déverse des nouvelles à mille lieues de sa vie, le monde extérieur lui semble étranger et bruyant. Les panneaux publicitaires, les enseignes, l'agitation des rues, l'agressent. Il ferme les yeux.

Quand il les ouvre, le taxi est arrêté, le compteur tourne, le chauffeur farfouille dans sa boîte à gants, indifférent au sommeil, à l'absence de son passager. Enfin le silence s'est fait dans sa tête.

Il s'extrait avec difficulté de la voiture, paie et entre quai des Orfèvres. On le salue, de loin, sans animosité, sans chaleur non plus. Il a découragé, au long de sa carrière, tout élan pouvant s'apparenter à une relation.

Son bureau sent le renfermé, la chaleur est étouffante. Il s'assoit sans allumer la lampe, n'enlève pas son manteau, se contentant de rester là, transpirant dans un pull qui le gratte, regardant le vasistas, la lumière du jour qui ne parvient pas à pénétrer.

Quand il se décide à partir, les heures se sont écoulées. Dans le couloir, l'agitation est intense. Certainement pas plus que d'habitude, mais auparavant, son corps, son cerveau, faisaient partie intégrante de ce mouvement vain et constant de la vie.

Un collègue l'arrête.

– Tu seras là, vendredi ? Le patron a organisé quelque chose pour ton départ. Tant d'années de maison, ça se fête.

Il n'a pas répondu, il est allé aux archives, il a consulté tous les dossiers répertoriés dans le carnet d'Otto Coblenz.

Il a tout lu, à nouveau, et n'a rien appris de plus. Au fond, Otto Coblenz ne savait pas grand-chose. Zacharie Poletti n'a jamais existé. Du moins dans les fichiers de la police. Il faudrait…

Il a faim, il est fatigué. Un rayon de soleil pâle glisse sur l'eau boueuse, dangereuse, de la Seine. Et cet éclat de couleur éphémère suffit à donner aux passants un air fugace de contentement.

Il entre dans un bistrot, commande un sandwich, un

ballon de rouge. Le bruit est à son comble, le bistrot est plein. Dans le cœur de Simon Lambert, il n'y a de place que pour la nostalgie.

Il est étonné, à la sortie du métro, que le jour soit encore là, et il presse le pas, ne se souvient pas des horaires de fermeture du cimetière.

Il retrouve les tombes sans difficulté. Dans le crépuscule, la luminosité du soir, la nudité des arbres, la pluie qui vient de cesser rendent les stèles, les noms et les dates plus visibles.

La fleur en plastique, un gros coquelicot, se dresse encore dans son vase métallique rouillé.

Ce n'est pas l'homme qu'il avait vu des siècles auparavant qui se trouve dans le bureau, mais un autre.

– Bonjour, commissaire Lambert.

L'employé fait un mouvement de la tête. Toutes les questions qu'il voulait, qu'il aurait dû poser, s'évanouissent.

La plaque de l'homme, un homme corpulent aux mains replètes, très blanches, porte un nom et une initiale : G. Poletti.

Il ne peut détacher son regard de la plaque.

– « G », c'est pourquoi ?

– Gérard. Gérard, comme mon oncle.

La voix est aimable, chantante. Quand Gérard Poletti sourit, son visage, un peu lourd pour son âge, prend vie.

– Je peux vous aider ?

Simon Lambert hésite.

– Vous avez une enveloppe ?

– On doit pouvoir trouver ça…

Il ouvre un tiroir, cherche et lui tend une enveloppe kraft.

– Ça ira ?

– Parfait.

Il la prend, y glisse le carnet et écrit en majuscules : OTTO COBLENZ.

– Vous vous occupez des tombes ?

Gérard Poletti rit de bon cœur.

– Que voulez-vous que je fasse d'autre, dans un cimetière ?

– Écoutez, en été, vers le mois de juillet, peut-être en août, un homme, vieux, de mon âge, viendra pour les trois tombes du fond.

Dans le dos de l'employé un plan, des allées, des emplacements. Il contourne le bureau et lui montre.

– Là, ce sont les tombes de trois jeunes filles, assassinées.

– Je vois très bien.

– Il viendra changer la fleur. Une fleur en plastique. Vous lui remettrez ça. Tenez, pour la peine.

Il lui glisse un gros billet.

Gérard Poletti regarde le billet, regarde l'homme dont les yeux rougis clignent de fatigue, et l'enveloppe kraft, avec un nom, Otto Coblenz, écrit au stylo bleu.

– C'est important, insiste-t-il. Vous vous en souviendrez ?

Gérard Poletti hésite, puis se décide.

– Oui.

– Merci, merci beaucoup. Il lui serre la main, le contact chaud, suave, de la peau de Gérard Poletti le fait frissonner. Vous êtes nouveau ?

– Moins de six mois.

– Au revoir.

– Dites…

Simon Lambert se retourne, sa main est sur la porte, la nuit dehors est tombée.

– Pourquoi ne lui donnez-vous pas vous-même, l'enveloppe, à… Otto Coblenz ?

– Parce que je dois prendre un train… gare d'Austerlitz.

Plus tard, juste quelques heures plus tard, Simon Lambert aura une pensée curieuse, avant de s'endormir dans son compartiment vide.

« Tiens, j'ai oublié Régine Desmarquets. »

Une pensée qui ne troublera en rien le sommeil qui le gagne, mais qui restera là, en suspens, car on ne peut jamais tout oublier, ni tout pardonner.

RÉALISATION : NORD COMPO À VILLENEUVE-D'ASCQ
IMPRESSION : BRODARD ET TAUPIN À LA FLÈCHE
DÉPÔT LÉGAL : NOVEMBRE 2013. N° 100173 (3002479)
Imprimé en France

« LES GRANDS ROMANS » DE POINTS
DES ROMANS QUI TRAVERSENT L'HISTOIRE

Antoine et Isabelle
Vincent Borel

En 1925 à Barcelone, Antonio et Isabel rêvent d'une vie libre, à l'image des utopies de leur temps. Ils sont entraînés dans le tourbillon de l'Histoire : Antonio combat pour la République espagnole, Isabel fuit le régime franquiste. En France, après la guerre, les deux amants pourront enfin renaître de leurs cendres, sous les noms d'Antoine et Isabelle.

Prix Laurent Bonneli, Lire & Virgin Megastore
Prix Page des libraires

« Avec une grande finesse psychologique, Vincent Borel rend sensible le destin de ses personnages embarqués dans l'histoire du XXe siècle. »

L'Express-Lire

« LES GRANDS ROMANS » DE POINTS
DES ROMANS QUI TRAVERSENT L'HISTOIRE

Dieu et nous seuls pouvons
Michel Folco

Pour échapper à la galère, Justinien Pibrac devient bourreau officiel du seigneur de Bellerocaille. Le jour de sa première exécution, après quelques maladresses rocambolesques, il parvient finalement à briser les os du condamné. Ainsi débute la saga trépidante des Pibrac, qui deviendront de génération en génération les plus grands bourreaux de tous les temps.

« Michel Folco nous régale avec son verbe riche et sa langue réjouissante. Il tient solidement les rênes d'une chronique dense et pleine de rebondissements que l'on dévore avec gourmandise. »

Lire

« LES GRANDS ROMANS » DE POINTS
DES ROMANS QUI TRAVERSENT L'HISTOIRE

Luz ou le Temps sauvage

Elsa Osorio

Après vingt ans d'ignorance puis de quête, Luz a enfin démêlé les fils de son existence. Elle n'est pas la petite-fille d'un général tortionnaire en charge de la répression sous la dictature argentine; elle est l'enfant d'une de ses victimes. C'est face à son père biologique, Carlos, retrouvé en Espagne, qu'elle lève le voile sur sa propre histoire et celle de son pays.

« Une manière extrêmement habile de révéler un passé récent, violent, dans ce qu'il a de profondément inadmissible, d'en démonter la mécanique, tout en racontant une histoire poignante, passionnante. »

Le Magazine littéraire

« LES GRANDS ROMANS » DE POINTS
DES ROMANS QUI TRAVERSENT L'HISTOIRE

L'Alliance

Tome 1

James A. Michener

Tjaart Van Doorn est un homme heureux. Sa ferme se porte bien, les récoltes sont bonnes et ses esclaves noirs lui donnent entière satisfaction. Mais lorsque l'Angleterre commence à s'intéresser aux colonies hollandaises situées en Afrique du Sud, son futur s'assombrit. Anglais et Boers s'affrontent, d'abord verbalement puis de manière nettement plus concrète. La guerre éclatera-t-elle ?

« Vieil arpenteur de continents, James Michener excelle dans le monumental. »

Catherine David